새롭게 '나'라는 정원을 가꿉니다

새롭게 '나'라는 정원을 가꿉니다

돌아보니 참 고마운 나의 인생

초 판 1쇄 2024년 11월 14일

지은이 김영이
펴낸이 류종렬

펴낸곳 미다스북스
본부장 임종익
편집장 이다경, 김가영
디자인 임인영, 윤가희
책임진행 이예나, 김요섭, 안채원, 김은진, 장민주

등록 2001년 3월 21일 제2001-000040호
주소 서울시 마포구 양화로 133 서교타워 711호
전화 02) 322-7802~3
팩스 02) 6007-1845
블로그 http://blog.naver.com/midasbooks
전자주소 midasbooks@hanmail.net
페이스북 https://www.facebook.com/midasbooks425
인스타그램 https://www.instagram.com/midasbooks

ISBN 979-11-6910-913-0 03810

값 18,500원

🐾 **미다스북스**는 다음세대에게 필요한 지혜와 교양을 생각합니다.

새롭게 '나'라는 정원을 가꿉니다

김영이 지음

돌아보니 참 고마운
나의 인생

미다스북스

2장

돌아보니 참 고마운
나의 인생길

4장

있는 힘껏 기지개를 켜봅니다

어느 해부터 자그마한 정원을 가꾸기 시작했습니다. 그 정원에는 소나무, 벚나무, 단풍나무, 배롱나무를 심었습니다. 대추나무, 감나무, 밤나무를 심어 지금은 자연에 사는 동물들과 나누어 먹습니다. 꽃도 심었습니다. 수국과 무궁화와 장미는 나와 함께 겨울을 납니다. 한해살이 꽃들은 매년 다시 심거나 씨가 떨어져 스스로 꽃을 피웁니다. 정원은 이렇게 각각의 모습으로 다채롭습니다.

더운 여름이 지나고 가을의 길목에서 뜨거운 태양을 이겨낸 식물들에게 '대견하다. 잘 이겨냈다.'라고 말해 주며 정원을 둘러보다가 소나무에 걸음이 멈췄습니다. 소나무는 아직 키와 덩치가 크지는 않지만 스스로 땅에 뿌리를 내려 힘을 받고 건강하게 자라려고 노력하는 중입니다. 이런 소나무가 한쪽으로 기울어지고 있었습니다. 가만히 보니 나팔꽃과 호박이 줄기를 뻗어 소나무를 친친 감고 있었습니다. 아무리 생각해 봐도 나는 소나무 근처에 나팔꽃과 호박을 심은 적이 없습니다. 어디서 씨앗이 날아와 자랐는지 알 수 없습니다.

소나무에서 나팔꽃과 호박을 떼어 내려다 가만히 나팔꽃을 보고 있자니 나팔꽃은 그 자체로 참 예뻤습니다. 또 호박은 호박대로 싱싱하고 보기 좋았습니다. 그런데 소나무를 보니 소나무는 나팔꽃과 호박이 친친 감고 뒤엉켜 당기는 바람에 한쪽 가지가 기울어져 무척 힘들어 보였습니다. 소나무 스스로는 곧게 잘 자라려고 노력하지만, 나팔꽃과 호박이 감아 당기는 바람에 혼자서 애를 먹는 듯 보였습니다.

나는 소나무에서 나팔꽃과 호박을 떼어 내어 나팔꽃은 나팔꽃대로, 호박은 호박대로 각자의 길을 다시 열어 주었습니다. 이 작업은 간단하지 않았습니다. 나팔꽃과 호박은 워낙 친친 감는 성질이 있어 소나무에서 떼어 내는 작업은 오래 걸렸습니다. 그리고 며칠 뒤 정원을 다시 둘러보니 소나무는 소나무대로 나팔꽃은 나팔꽃대로 호박은 호박대로 각자의 모습으로 잘 자라고 있었습니다.

아름답고 평화롭게 보였던 정원도 깊이 들어가 보면 이런 어려움이 있습니다. 우리네 인생도 정원과 같습니다. 생긴 것도 성격도 다르고 피었다 지는 시기도 모두가 다른 사람들이 모여 삽니다. 자기만의 독특한 개성으로 자기만의 정원을 가꾸며 살아갑니다. 우리는 자기만의 정원이 아름답고 행복한 정원이기를 바라며 노력합니다. 그러나 인생이라는 게 만만치 않아서 열심히 노력하지만 자기도 모르게 자기를 친친 감아 쓰러지게 하는 어떤 것들이 있습니다. 나팔꽃과 호박처럼 말입니다. 열심히 살다 보면 그것이 상처인지도 모르고 지내다가 곪아 터지기도 하고 부러지기도 합니다.

상담에서 만나는 사람들은 제각기 이유로 어려움을 이야기합니다. 열심히 살았다고 생각했는데 지금 와서 보니 인생이 너무 외롭고 허무하다고 합니다. 가족을 위해 희생했으나 암에 걸린 아프고 초라한 자신만 남았다고 합니다. 육아에 지친 자신을 보면 괴물이 따로 없다고 말합니다. 사람들은 외로움과 분노, 폭력, 양육의 어려움, 부부 외도, 돈, 병, 죽음, 스트레스 등과 관련된 어려움을 제각기 호소합니다. 나는 이런 사연들을 들으며 아픔 없이 피는 꽃은 없다는 사실을 깨닫게 되었습니다. 그리고 여실히 느끼는 것은 '삶이 참 비슷하구나, 나만 힘든 게 아니구나.'라는 겁니다.

나의 정원도 아픔과 함께 가꾸어왔습니다. 나는 어렵게 임신을 했고 어렵게 아이를 낳았습니다. 자궁으로 낳은 아이와 가슴으로 낳은 아이를 키우며 육아도 만만치 않았습니다. 희귀병에 걸린 딸을 살리기 위해 애쓰며 노력했습니다. 시어머니 모시는 일은 어떠한 참고문헌에도 없었습니다. 빈털터리도 되어 봤습니다. 컨테이너에서 일곱 식구가 함께 살아도 봤습니다. 아버지의 갑작스러운 죽음으로 슬픔과 두려움에 떨기도 했습니다. 암에 걸려 죽을 뻔했습니다. 정말이지 굴곡 있는 삶을 사느라 힘겨웠습니다.

삶에는 원하지 않지만 예고 없이 들어오는 어려움이 분명 있습니다. 열심히 노력하며 사는데도 말이지요. 소나무가 곧게 자라려 노력하지만, 나팔꽃과 호박이 소나무를 친친 감은 것처럼 말입니다. 이제 땅에 뿌리를 내리고 힘을 받으려 노력하는 소나무로서는 나팔꽃과 호박의 무게를 견디기가 어려웠을 겁니다. 나의 2030 시절이 소나무와 같았습니다. 나도 모르게 나를 친친 감는 삶의 무게들로 아프고 힘들었습니다. 혼자서 나팔꽃과 호박을 다 안고 가려 노력하지만 쉽지가 않았습니다.

그런데 가만히 보면 나팔꽃과 호박은 소나무를 아프게 하려는 게 아닙니다. 자신이 살기 위해 소나무를 타고 올라간 것뿐입니다. 나팔꽃과 호박은 소나무의 아픔을 전혀 모를 수 있습니다. 나의 삶의 무게를 다른 사람이 전혀 모르듯이 말입니다.

그러니 소나무는 나팔꽃과 호박을 탓하기보다는 자신을 봐야 합니다. 진정 나를 깊이 들여다보며 자기를 돌봐야 합니다. 우리는 누구나 태어난 것만으로도 충분히 가치 있는 사람입니다. 이런 나를 돌보고 사랑해야 합니다. 어떤 경우에도 우리는 각자의 꽃으로 피어날 귀한 사람들이니까요.

소나무를 친친 감은 나팔꽃과 호박을 떼어 내는 데 시간이 걸리듯이 나를 한 번 돌본다고 되는 것은 아닙니다. 꾸준히 노력해야 합니다. 내가 아프면 아프게 하는 것이 무엇인지 살펴 주며 공감해 주어야 합니다. 아픔 없이 피는 꽃은 없으니까요. 공감을 충분히 받으면 다시 용기가 날 겁니다. 용기가 생기면 삶의 온갖 역경을 슬기롭게 해결할 수 있는 지혜를 얻을 것입니다.

나는 이런 용기와 지혜로 조심조심 인생 정원을 가꾸며 살았습니다. 잘 사는가 싶었는데 오십의 어느 날, 갑자기 죽을 만큼 온몸이 아팠습니다. 먹을 수도 잠을 잘 수도 없었습니다. 심지어 세수도 할 수 없을 만큼 머리끝에서 발끝까지 아팠습니다. 코에서는 피가 계속 흘렀습니다.

나는 삼십의 나이에 암에 걸려 죽을 뻔한 이후로 죽음에 대한 공포가 있었습니다. 살면서 치유되었다고 생각했는데 아니었습니다. 이제는 정말 죽을 수도 있겠구나 하는 공포가 올라오자 그냥 죽고 싶지는 않았습니다. 내가 사랑했던 남편과 아이들에게 내 마음을 전하고 싶었습니다. 내가 얼마나 가족을 사랑했는지 그리고 얼마나 삶을 애쓰며 살아왔는지 나의 솔직한 이야기를 가족들에게 전하고 싶었습니다. 이런 간절하고 겸허한 마음으로 이 글을 쓰기 시작했습니다.

글을 쓰면서 나를 자세히 들여다봅니다. 나의 지난 삶이 주마등처럼 스쳐 갑니다. 그 세월을 살아낸 나의 삶을 조명해 봅니다. 알 수 없는 눈물이 함께 합니다. 나는 용기 내어 잘 살아온 시간은 그대로 칭찬해 주고 아쉽고 후회되는 시간은 '살아내느라 애썼다.'라고 위로해 줍니다. 살아내고 보니 아프고 슬픈 시간도 많았지만, 그 삶도 다 의미가 있었고 그때가 최선이었구나 싶어 위로됩니다.

처음에는 갑자기 죽을지도 모른다는 절박한 심정에서 가족들과 함께한 삶의 추억과 가족들을 사랑하는 나의 마음을 글로 전해야 하겠다는 소박하면서도 간절한 마음으로 글을 쓰기 시작했습니다. 시간이 지나면서 나의 글 한두 편을 읽게 된 친구와 같이 공부하는 동료 선생님들께서 위로와 공감이 된다며 출판을 권유했습니다. 출판을 생각하던 중에 마침 미다스북스에서 출판을 허락해 주어 이렇게 책으로 탄생하게 되었습니다. 이 글을 쓰는 지금 이 순간에도 자랑할 것 없는 삶에 대한 부족한 글을 세상에 내보내는 것이 과연 잘하는 일인가 하는 걱정과 부끄러움이 마음에 가득합니다. 바라건대, 이 글을 읽는 모든 분들이 평범하고 소박한 저의 삶의 이야기를 통하여 조금이나마 삶의 위로와 용기를 얻을 수 있었으면 좋겠습니다.

1장

아픈 만큼
성숙해지고

콩깍지는 결혼생활의 필수품

영화 〈러브스토리〉의 명장면이 떠오릅니다. 보슬보슬 눈이 내립니다. 얼마나 내렸는지 이미 공원에는 수북하게 눈이 쌓였습니다. 눈 속에서 장난을 치며 눈사람을 만드는 연인의 웃음소리가 청아하게 들립니다. 방해받는 이 하나 없습니다. 연인은 온전히 둘만의 사랑을 속삭입니다. 사랑과 함께 흐르는 음악은 마음을 뜨겁게 합니다. 영화의 이 장면은 세월이 흘러도 잊히지 않는 아름답고 사랑스러운 명장면으로 내 삶 속 깊이 들어와 있습니다.

나에게도 영화 같은 러브스토리가 있었습니다. 스무 살의 어느 겨울밤, 버스도 끊어진 시각에 두 시간을 넘게 눈길을 걸어 나를 만나러 온 남자가 있었습니다. 그 남자가 지금 제 남편입니다. 그 당시 내 방은 아파트 1층 베란다로 통하는 쪽에 있었습니다. 남편은 고양이 소리 같은 암호로 나를 불렀고 나는 그 소리를 따라 쏜살같이 집 밖으로 나갔습니다. 남편의 소리만으로도 가슴이 터질 듯했는데 내리는 함박눈을 보며 나는 이 남자와 영원히 사랑하리라 마음먹었습니다. 그날 내린 함박눈은 영화 〈러브스토리〉보다 더 아름다운 러브스토리를 만들었습니다.

우리는 아무도 없는 도로에서 가로등 불빛에 빛나는 눈을 밟으며 밤새 걸었습니다. '뽀드득뽀드득' 청아한 눈 밟는 소리와 우리의 가슴에서 들리는 사랑의 소리를 함께 들으며 밤새 사랑을 속삭였습니다. 이 추억은 나의 인생에서 영원히 잊지 못할 아름답고 사랑스러움으로 자리하고 있습니다. 누구나 자기 연애는 수도 없이 페이지를 넘길 만큼 쓸 말이 많다지만 나는 정말 그러했습니다.

남편을 처음 본 건 대학교 운동장이었습니다. 드라마에서 보면 남자가 멋있어 보이는 그 최고의 장면, 농구대에 골인하는 남편을 보고 나는 첫눈에 반했습니다. 그때부터 공부는 뒷전이고 친구들을 시켜 남편이 어디에 있는지 알아내고는 쏜살같이 달려가 남편 근처에서 서성거렸습니다. 그러고는 우연인 것처럼 남편에게 인사를 하고 말을 걸었습니다. 그 당시는 전화기가 없었던 터라 모든 건 발로 뛰어야 했습니다. 정말이지 남편 눈에 들려고 무척이나 노력했습니다. 무려 8년이나 말이지요.

그 노력이 가상했는지 우리는 정말 연인이 되었습니다. 그 당시 남편을 좋아했던 수많은 여자를 물리치고 8년 만에 제가 이 사람의 최종 연인이자 아내가 된 겁니다. 우리 부모님의 반대에도 나는 꿈쩍도 하지 않았습니다.

새롭게 '나'라는 정원을 가꿉니다

당시 부모님은 나를 부잣집에 시집보내 돈 걱정 없이 살기를 바랐지만 나는 내가 사랑하는 이 사람과 결혼했으니 세상 부러울 게 없었습니다. 방 한 칸에 연탄보일러가 있는 부엌에서 시작한 결혼생활도 마냥 좋았습니다. 사랑하는 남편과 함께라면 그 어떤 것도 잘해 낼 수 있다는 자신감이 충만했습니다.

그런데 결혼생활 1년 만에 결혼은 연애와는 완전히 다르다는 걸 알게 되었습니다. 가장 어려웠던 건 음식이었습니다. 그 당시 시어머니를 모시고 함께 살았는데 제가 요리를 하면 할수록 남편과 시어머니에게 혼이 났습니다. "생선은 냄새가 나니까 요리하지 마라. 고기는 먹지 않으니 요리하지 마라." 안 그래도 요리가 어려웠는데 고기 재료를 쓸 수 없으니 더 어려웠습니다. 생활 습관은 물론이거니와 언어습관도 참 달랐습니다.

더군다나 남편은 자주 동굴에 들어갔습니다. 결혼 전 남자들은 힘들면 자기만의 심리적 동굴에 들어간다는 이야기를 책을 통해 읽었는데 실제로 그랬습니다. 그래서 그런가 보다 했는데 정말이지 남편은 너무 길게 그리고 너무 자주 심리적 동굴에 들어갔습니다.

경상도 남자들은 아내를 보고 세 마디를 한다는 유머가 있지요. '아는, 밥도, 자자.' 동굴에서 나온 남편이 집에 오면 네 마디를 했습니다. '아들은, 엄마는, 밥도, 잔다.' 연애 때 이걸 다 알았다면 결혼을 할 수 있었을까요?

그러니 초기 결혼생활의 나의 감정은 단연 슬픔과 외로움이었습니다. 남편 없이 그 수많은 날을 혼자서 육아하며 시어머니 모시느라 고군분투했으니 말입니다. 만약 저에게 콩깍지가 씌지 않았다면 과연 결혼생활을 해낼 수 있었을까 생각해 봅니다. 콩깍지는 남편 없는 외로움과 슬픔에서 그리고 육아 전투와 시어머니 모시는 전투에서 승리하게 만든 대단한 무기였습니다. 콩깍지는 한마디로 초기 결혼생활을 하는데 필수품이었습니다. 오십이 된 지금은 이 콩깍지를 내 마음대로 벗었다 씌었다 할 수 있게 되었지만 말입니다.

사랑이라는 게 참 우습습니다. 외로움과 슬픔에 떨다가도 남편이 강력한 한 방으로 나를 감동하게 하면 흔들리던 마음은 온데간데없고 다시 사랑이 장착되니 말입니다. 남편은 10년에 한 번씩 강력한 반전으로 나를 사랑에 눈멀게 했습니다. 남편의 반전은 또 나에게 콩깍지를 씌웠습니다.

서른 살쯤의 일입니다. 남편이 운영하던 사업이 부도가 났습니다. 그때 우리 가족은 컨테이너에서 살게 되었습니다. 컨테이너에는 부엌이 없었습니다. 그래서 밥을 할 때는 바닥에다 가스레인지를 놓고 그 위에 압력밥솥을 올려 밥을 해야 했습니다.

그 시절 나에게는 아이가 셋이었습니다. 자궁으로 낳은 아들과 가슴으로 낳은 두 딸, 이렇게 세 아이를 키우던 시절이었습니다. 아이들은 누룽지를 무척 좋아했습니다. 그날도 밥을 다 푸고 압력밥솥에 물을 넣어 누룽지를 끓이고 있었습니다. 누룽지가 다 되었는지 압력밥솥을 열려고 하는 순간, 압력밥솥이 터져 버렸습니다. 그때 터져 나온 밥알들은 나의 얼굴과 목으로 다 튀었습니다. 화상을 입은 겁니다. 눈을 뜰 수 없을 지경으로 소리를 쳤는데 남편이 황급히 달려왔습니다. 남편은 마당에서 물 호스를 들고 들어와 내 온몸에 뿌려대며 화기를 빼고는 병원으로 데리고 갔습니다. 이런 남편의 응급처치로 나는 지금 깨끗한 얼굴로 살고 있습니다.

마흔 살쯤에는 이런 일이 있었습니다. 그 시절 나는 구미에서 대구를 오가며 박사과정을 하고 있었습니다. 그날도 박사과정 수업을 다 마치고 집으로 돌아오는 길이었습니다. 고속도로에서 아주 큰 화물트럭이 내 차를 치고는 아무 일 없다는 듯이 그냥 내달렸습니다. 그 시간은 벌써 밤 11시가 다 되어가는 시간이었습니다. 나는 이 상황을 어찌할 줄 몰라 불안에 떨다가 이 어려운 시기에 생각나는 한 사람, 바로 남편에게 전화했습니다. 남편은 차분한 목소리로 아무 걱정하지 말고 위치가 어디냐고만 물었습니다. 마침 칠곡 휴게소를 지나고 있어 그 지점을 이야기해 주었습니다.

전화를 끊자 얼마 안 있어 경찰차가 달려와 그 화물트럭과 내 차를 갓길에 세웠습니다. 트럭 운전사가 차에서 내리더니 화를 내며 나에게 다가왔습니다. 운전석 창문을 두드리며 내리라고 소리쳤습니다. 너무 무서워 떨고만 있던 그때 어디선가 혜성처럼 날아온 남편이 운전사를 막아섰습니다. 남편은 운전사를 향해 조용조용하게 이야기를 하고는 신속하게 사건을 처리했습니다. 그러고는 저에게 다가와 '놀랬지.' 하며 안아주었습니다. 정말이지 이건 영화에나 나올 법한 이야기지요.

지금 생각해 봐도 참 신기하고 대단한 일입니다. 그때 남편은 어떻게 그 장소에 왔을까요? 거기는 고속도로고 만약 구미에서 온다고 해도 반대 방향입니다. 또 구미에서 그 장소로 오기까지는 시간이 꽤 걸리는 게 당연한데 어쩜 그렇게 빛의 속도로 왔을까요? 나중에 들은 이야기인데 남편은 스파이더맨처럼 난간을 타고 고속도로로 올라왔다고 합니다. 이만하면 결정적인 순간에 나를 도와줄 반전 있는 남자임이 틀림없습니다.

지금도 때때로 슬프고 외로운 시간이 몰려올 때면 남편의 이러한 한 방을 기억하며 또 이 사람과 살아갈 힘을 얻습니다. 그 힘은 결국 '사랑'입니다. 그동안 힘든 시간을 지나오면서 사랑에 대해 좀 알게 되었습니다. 사랑은 눈처럼 포근하고 감미롭고 아름답는 것만 있는 것이 아니었습니다. 기다림에 지쳐 외로워하고 슬픔의 눈물을 흘리다가 화로 변하기도 하며 말로 다 표현하기 힘들어 가슴이 터질 듯이 아픈 것도 사랑이었습니다.

지금까지 알게 된 사랑으로 나를 바라봅니다. 초기 결혼생활에서 슬프고 외로웠던 그때의 내가 보입니다. 그때 나는 고작 스무 살 후반이었는데 어린 내가 어떻게 그 힘든 시간을 살아냈을까 싶어 기특하기도 하고 애잔하기도 합니다. 그때의 나를 지금에서야 있는 힘껏 꼭 안아줍니다. 참고 애쓰며 한줄기 사랑의 힘을 믿으면서 열심히 살아온 그때의 나를 위로하며 토닥여 줍니다. 그리고 앞으로 남편의 또 어떤 한 방이 있을지 기대합니다. 스무 살 뜨거운 사랑으로 시작해 오십인 지금은 친구 같은 사랑을 하고 있지만, 사랑의 모양이 바뀌어도 '사랑'이라는 걸 오십에는 알겠습니다.

막내아들이 군입대를 앞둔 전날 밤입니다. 그동안 주부로서 갈고닦은 실력으로 요리를 한 상 가득 차리고는 남편과 큰아들, 막내아들, 나 이렇게 네 명이 식탁에 둘러앉았습니다. 음식은 어디로 들어가는지 몰라도 우리가 나누는 이야기는 온 마음에 들어왔습니다. 남편은 스무 살 때 군 생활을 했던 그 이야기를 했습니다. 남자들이 군대 이야기를 하면 밤새 이야기해도 모자란다고 하지만 지금 남편은 아빠로서 아들에게 떨리는 마음으로 이야기합니다. 이야기를 들으며 웃기도 하고 생각도 많아졌는데 그 이야기 속에서 내 마음 깊이 들어온 남편의 말이 있었습니다.

"군대 생활은 한 인간사를 살고 오는 거야. 사람이 태어나 늙어 죽는 날까지 그 시기들을 열심히 살아내는 것처럼 군대도 전역할 때까지 인간의 한 삶을 살아내는 거야. 훈련병은 영유아기 시절이고 이등병은 초등학생, 일병은 중고등학생, 상병은 청년기, 병장은 성인기. 성인기를 살고 나면 전역이 다가오는데 그때는 노년기의 삶이야. 그러고 나면 전역을 하지. 아직 네가 살아 보지 않은 인간사를 군에서 다 경험해 보고 오너라. 그리고 전역하는 날까지 건강하게 잘 살아내거라."

아! 멋진 이 남자. 나는 벗었던 콩깍지를 다시 씁니다.

2

기쁨 반 눈물 반이던 육아 시절

내가 아이를 낳지 않았더라면 어땠을까? 싸이의 〈어땠을까〉라는 노래를 떠올려봅니다. '어땠을까(내가 그때 아이를) 어땠을까(낳지 않았더라면) 어땠을까(지금보다 행복했을까)'

세상의 엄마들은 하나같이 말합니다. 아이를 출산할 때가 살면서 가장 위대한 순간이었다고요. 그때를 생각하면 뜨거운 마음이 솟아오른다고 합니다. 그렇습니다. 임신과 출산은 대단한 기적입니다. 그래서 탄생은 위대하다는 겁니다.

위대한 탄생은 시작부터 이야기가 있지 않습니까? 나의 임신과 출산도 커다란 이야기보따리입니다. 여기서 한 보따리만 풀어 보겠습니다.

나는 임신 6개월째 허리를 펴지 못하는 심한 통증을 느꼈습니다. 임산부 요로결석이었습니다. 심한 통증으로 밥을 먹을 수 없었고 일어설 수가 없었습니다. 허리가 끊어질 듯한 고통이 이어졌습니다. 내가 사는 곳에서 가장 큰 병원을 찾았으나 치료하기가 어렵다고 했습니다. 부랴부랴 대구에 있는 대학병원을 찾았으나 또 어렵다는 답변을 받았습니다. 임산부에다 극심한 통증 때문에 다들 손을 대지 못하겠다고 했습니다. 절망스러운 마음으로 또 다른 대학병원을 찾았는데 거기서 이렇게 말했습니다.

"지금 산모가 너무 통증이 심하고 이대로 가다가는 산모와 아기가 모두 죽습니다. 그러니 아기를 포기하셔야 합니다."
"내가 죽어도 좋으니 우리 아기 살려 주세요."

믿을 수 없는 의사의 말을 들으며, 나는 울며불며 매달렸습니다. 그러고는 그 자리에 웅크리고 앉아 꿈쩍도 하지 않았습니다. 떼를 쓴 겁니다. 그러자 의사는 "그럼 신장에서 방광까지 관을 끼워 오줌을 받아내는 방법이 있긴 한데 관을 끼우려면 항생제를 많이 써야 하고 그러면 아기에게 위험성이 있으니 이래저래 다 어렵습니다."라는 말을 했습니다. 의사의 말에 정신이 번쩍 든 나는 한 가닥 희망을 품고 "항생제 안 쓰고 제가 견디겠습니다. 그렇게 해 주세요. 제발요." 하며 매달렸습니다. 아기만 살 수 있다면 무엇이든 참을 수 있다고 확신했습니다. 의사는 나의 서명을 받은 후 관을 끼우는 작업을 바로 시작했습니다. '엄마는 강하다.'는 말을 나는 이때 실감했습니다.

그날부터 산모의 오줌은 관을 통해 나왔고 그러는 동안 매일 하혈을 했습니다. 허리는 펴고 걸을 수 있었으나 고통은 멈추지 않았습니다. 그럴수록 나는 아기와 대화를 더 깊게 했습니다. 아기의 움직임을 더 섬세하게 느끼면서 우리는 정말 한 몸이 되었습니다.

그렇게 시간이 흘러 임신 8개월째가 되었을 때 병원에서 연락이 왔습니다. 시간이 지나 끼워 놓았던 관이 부러질 수 있으니 다시 새 관을 끼워야 한다는 연락이었습니다. 관이 부러지면 아기도 엄마도 위험하다고 병원에서는 말했습니다. 그날부터 다시 걱정이 시작되었습니다. 이런 엄마의 마음을 알았는지 관을 다시 끼우기 전에 아기는 견딜 만큼 견디다 세상으로 나왔습니다. 조산한 겁니다. 이렇게 첫째 아들이 태어났습니다. 조산이었지만 아들은 2.68kg으로 태어나 엄마 품에 안기는 기적을 선사했습니다.

임신 기간이 순탄하지 않아 조산하면서도 걱정이 많았습니다. 의사는 아기가 황달이 심해지면 뇌에 큰 문제가 생기기 때문에 바로 입원을 해야 한다고 말했습니다. 아니나 다를까 한 달 만에 아기는 황달이 심해져 인큐베이터에서 2개월을 살게 되었습니다. 이때 나도 병원에서 아기와 함께 살았습니다. 누군가는 산후 몸조리를 한다지만 아기에 대한 미안함에 나 혼자 집에 올 수가 없었던 겁니다. 아니 아기 옆에서 힘을 주고 싶었습니다.

아기는 인큐베이터에서 먹거리 때문에 또 어려움이 있었습니다. 병원에서는 세상에 있는 여러 가지 분유를 다 먹여보는 시도를 해 보았다고 했지만, 아기는 분유를 소화하지 못했습니다. 분유를 먹으면 옥수수변, 혈변, 설사 그리고 점액질 변을 보며 힘들어했습니다. 아기는 인큐베이터에 있는 동안 설사 분유만 계속 먹어야 했습니다.

그때 알았습니다. 우리 아기를 살릴 수 있는 사람은 바로 나, '엄마'뿐이라는 사실을요. 아기를 생각하며 매일 모유를 짰습니다. 때로 너무 부어서 울면서 짰고 아기가 먹지 못함에 슬퍼서 울었습니다. 2개월 동안 하루도 거르지 않고 모유를 짜는 엄마가 되었습니다. 그리고 인큐베이터에 붙어서 마음을 전하는 엄마가 되었습니다.

드디어 아기가 퇴원하는 날이 왔습니다. 나는 알몸으로 아기를 안았습니다. 엄마의 체온을 마음껏 느끼게 해 주고 싶었습니다. 그리고 젖을 물렸습니다. 그동안 얼마나 배가 고팠을까? 미안하고 안타까운 마음에 잠시도 틈을 줄 수 없었습니다. 아기가 젖을 빨았습니다. 밤새 빨았습니다. 그다음 날에도 밤새 빨았습니다. 물린 젖을 떼면 아기는 자지러지듯 울었습니다. 이게 어찌 된 일일까요! 2개월 동안 매일 모유를 짰는데 말입니다.

아기가 젖을 빠는 힘과 유축기로 짜내는 힘은 달랐던 겁니다. 늦게 깨달은 나를 또 자책했습니다. 부랴부랴 캥거루 보자기를 만들어 아기를 품에 넣고는 젖을 빨게 했습니다. 그동안 나는 미역국을 끓여 정말 미친 듯이 먹었습니다. 나를 위해서가 아니라 아기를 위해서 먹었습니다. 때론 미역국과 눈물을 함께 먹었습니다.

지성이면 감천이라 했던가요? 아기가 젖에서 입을 뗐습니다. 배가 부른 겁니다. 아기는 이제야 혼자서 잠을 잤습니다. 아기가 편안하게 잠을 자기 시작하자 세상은 온통 평온했습니다. 아기는 이제 젖도 잘 먹고 엄마의 사랑도 잘 먹고 쑥쑥 자랐습니다. 그렇게 너무나 예쁘고 건강한 아들로 성장했습니다.

그 후 나는 두 번의 유산을 하고 뼈를 깎는 노력 끝에 둘째 아들도 낳았습니다. 나의 육아 이야기는 한 권의 책으로 쓸 만큼 할 말이 많지만, 한마디로 말하면 기쁨 반 눈물 반이었습니다. 기쁨 반 눈물 반으로 살아온 세월 동안 깨달았습니다. 아이들은 존재 자체가 기적이고 이 세상에 태어난 것만으로도 귀한 존재라는 것을 말이지요. 이 깨달음은 살다 살다 힘이 들 때 다시 뜨거운 사랑을 끌어 올리는 힘이 되었습니다.

한 송이 국화꽃을 피우기 위해 봄부터 소쩍새는 울었다고 했습니다. 봄부터 소쩍새의 울음만으로 국화가 핀 것이 아니라 여름의 천둥은 먹구름 속에서 또 울었습니다. 그러고도 가을 햇빛과 가을바람, 서리가 내렸습니다. 한 송이 국화꽃을 피우기 위해 온 우주가 움직인 겁니다. 그래서 한 송이 국화는 우주만큼 소중한 겁니다.

한 송이 국화가 피기까지 온 우주가 움직여 정성을 쏟아야 하는데 하물며 인간은 오죽하겠습니까! 보이지 않는 수많은 노력이 더해져 이 귀한 생명을 탄생시키고 자라게 하는 겁니다. 이 훌륭한 일을 해낸 사람이 바로 부모입니다. 나는 그런 엄마입니다.

'어땠을까? 내가 아이를 낳지 않았더라면 지금보다 행복했을까?'라고 물었지요? 하마터면 큰일 날 뻔했습니다. 내가 아이를 낳지 않았더라면 이 훌륭한 일을 했는지도 모르고, 내가 얼마나 행복했는지도 모르고 그냥 살 뻔했습니다. 내가 아이를 키우는 동안 아이들은 엄마인 나를 성장시켰습니다. 아이들은 내가 삶을 부여잡고 갈 수 있는 강력한 원동력입니다.

내 나이 오십. 그동안 엄마로서 분주했던 그 삶은 이제 고요합니다. 아이들은 각자의 길로 다 떠났습니다. 아이들과 함께했던 추억을 떠올리며 온종일 아이들 방을 정리합니다. 어릴 적 함께 했던 사진들과 아이들의 일기장, 지역축제장에서 만들었던 도자기며 부채며, 손수건이며……. 청소는 한 시간이면 충분하지만, 추억은 밤새 이어집니다. 복잡한 감정이 눈물과 함께합니다. 아이들을 키우며 수많은 밤을 눈물로 지새웠던 그때 그 시절의 나에게 위로의 말로 토닥여 줍니다.

"애썼네. 참으로 애썼어. 고생했다. 정말 수고했어."

3

가슴으로 낳은 나의 딸

가족이란 무엇일까요? 나는 대학에서 가족복지를 가르치면서 가족이 무엇인지에 대해 스스로 질문을 자주 합니다. 가족이 무엇인가를 질문하면 항상 따라오는 질문이 있습니다. 가족이 행복한 모습은 어떤 모습일까요?

우리나라 『건강가정기본법』에서는 '가족'은 혼인 · 혈연 · 입양으로 이루어진 사회의 기본단위라고 정의합니다. 이 정의에 따르면 2030 시절의 내 가족은 혼인과 혈연으로 이루어진 가족이었습니다.

나는 혼인을 하여 28세에 첫아들을 낳았습니다. 그리고 첫아들이 7개월째 되던 무렵에 남편의 형님, 나에게는 아주버님인데요. 아주버님의 두 딸을 가족으로 맞이하게 되었습니다. 그 당시 아주버님은 이혼했고 엄마 없이 어린 두 딸이 남겨지게 되었습니다. 어릴 적 대가족 속에서 살아온 나는 첫아들을 낳으면서 생명이 얼마나 귀한지를 몸소 느꼈기에 기꺼운 마음으로 세 아이의 엄마가 되기로 했습니다. 그렇게 가슴으로 낳은 아이를 키우게 되었습니다.

그런데 나의 자신감 넘치던 마음과는 달리 세 아이 엄마로 산다는 건 만만치 않았습니다. 더군다나 딸들이 가족이 되고 얼마 안 되어 남편이 운영하던 사업이 부도가 났습니다. 빈털터리가 된 채로 아이들을 키운다는 건 정말이지 너무 어려웠습니다. 설상가상으로 둘째 딸이 아팠습니다. 많이 아팠습니다. 딸들을 가족으로 맞이하고 정말 얼마 되지 않아 이 어려운 상황들이 한꺼번에 들이닥친 겁니다.

둘째 딸은 매일 열이 났습니다. 밤새 몸을 닦아도 열은 내리지 않았습니다. 동네병원에서 처방해 온 약을 먹여도 소용없었습니다. 대학병원을 찾았을 때 의사는 '희귀병'이라고 했습니다. 열은 계속 내리지 않았고 급기야 머리에서는 고름이 흘렀습니다. 얼굴에는 까만 털이 나기 시작했습니다. 이런 딸을 업고 다시 찾은 대학병원에서 의사는 청천벽력 같은 말을 했습니다.

"우리나라에는 아직 약이 개발되지 않았습니다. 그리고 이런 병은 아직 연구되지 않았습니다. 아마 오래 살지 못할 겁니다."

'아! 하늘이시여.'

의사는 병원에서 해 볼 수 있는 노력은 다했다고 하며 딸을 퇴원시켰습니다. 딸을 데리고 집으로 오던 날, 나는 완전히 다른 엄마가 됐습니다. 영화에서 보면 전쟁터에 나가는 병사가 비장한 얼굴로 신발 끈을 다시 묶듯이 나도 신발 끈을 다시 묶었습니다. 신발 끈은 잘 묶었는데 가슴에서 흐르는 눈물은 잠글 수가 없었습니다. 그러나 눈물을 흘릴 시간조차 없었습니다. 아니, 내가 눈물을 흘리면 우리 가족 모두가 무너질까 봐 가슴으로 삼켰습니다. 이 글을 쓰는 지금, 무서웠고 슬펐을 그때의 나를 생각하며 힘차게 울어 줍니다. 또 실컷 토해내지 못하고 머금었던 눈물을 이제는 실컷 흘려 봅니다.

나는 어린 아기를 업고 둘째 딸의 몸을 매일 닦았습니다. 밤새 닦았습니다. 그다음 날도 또 그다음 날도. 그리고 조금 나아질 때면 밖에 나가 산나물과 들에 있는 나물들을 캤습니다. 마침 그때 우리는 산에 컨테이너를 놓고 살았기에 사방천지가 먹거리였습니다. 매일 나물을 삶아 무쳐 아이들에게 먹였습니다. 돈이 없어서도 그랬지만 더 중요한 건 둘째 딸을 위해서 내가 선택한 겁니다. 아이들은 맛이 없어 먹지 않으려고 울었습니다. 그래도 아이들이 착해서 조금 울다가 이내 밥을 먹었습니다. 참 고마운 일입니다.

한번은 병원에서 TV를 봤는데 거기서 피자 광고가 나왔습니다. 그걸 보고 둘째 딸이 "먹고 싶다. 피자 먹고 싶다." 하며 외쳐대는데 그때 마음 아팠던 걸 생각하면 지금도 가슴이 찢어집니다.

지성이면 감천이라 했던가요. 시간이 갈수록 둘째 딸은 밖에 나가 뛰어놀기 시작했습니다. 이런 걸 보면 사람은 죽으라는 법은 없는 겁니다. 둘째 딸이 초등학교 2학년이 될 무렵, 몸이 좀 괜찮아진 날에는 학교에도 갔습니다. 그런데 아이가 학교에 간 날에는 항상 문제가 생겼습니다. 반 친구들이 아직 어린이다 보니 눈에 보이는 그대로 말을 했던 겁니다. "야, 쟤 원숭이 같아."

학교에서 돌아온 딸은 학교 가기 싫다고 울었습니다. 아이들이 원숭이라고 놀리는 걸 어떻게 참아 내겠습니까. 열은 내렸지만, 얼굴은 자꾸만 검은 털로 덮였습니다. 그러면 그럴수록 나의 근심은 깊어만 갔습니다. 병원에서도 어찌할 수 없다고만 하니까 엄마인 내가 모든 걸 선택해야 했습니다.

둘째 딸이 학교에서 놀림을 당하고 울고 오는 날에는 반 친구들이 다 집으로 돌아간 늦은 시간에 딸의 손을 잡고 다시 학교로 향했습니다. 그리고 운동장에 서서 교실을 바라보며 크게 소리쳤습니다. "누가 우리 미경이 놀렸어. 다 나와. 혼을 내줄 테다." 이렇게 크게 소리치고 나면 딸이 말합니다. "숙모 이제 집에 가요."

그러면 나는 딸의 손을 잡고 한참을 걸어 다시 집으로 돌아옵니다. 집으로 돌아오는 길은 바람이 참 시원했습니다. 딸의 마음과 내 마음을 바람이 알았던 모양입니다. 시원한 마음으로 시원한 바람을 맞으며 딸과 둘만의 데이트를 즐기다 보면 어느새 집에 도착합니다.

시간은 쏜살같이 흘러갔습니다. 나는 딸들과 약 5년 정도를 함께 살았습니다. 우리가 가족으로 사는 동안 재미있는 일도 많았고 힘든 일도 많았습니다. 너무 많아서 글로 다 적을 수는 없지만 수많은 에피소드를 남기고 딸들은 다시 재혼 가족을 이루며 살게 되었습니다. 딸들이 떠난 후 나는 둘째 아들을 낳고 다시 혼인의 가족 형태로 살았습니다.

지금은 딸들이 벌써 35세, 34세입니다. 어여쁜 숙녀로 자라나 남자 친구를 데리고 오고 결혼 이야기도 함께 나눌 나이가 되었습니다. 직장에서 어려움을 겪는 이야기와 세상살이도 이야기하는 친구 같은 사이가 되었습니다.

얼마 전 94세 시어머니 생신날, 아이들에게는 할머니지요. 밥을 다 먹고 나서 둘째 딸이 약을 먹는 걸 보았습니다. 고생 많았던 우리 둘째 딸. 이제는 약이 개발되어 임상하고 있습니다. 때때로 아무것도 몰라 주저앉고 싶은 시간이 너무 많았지만 나름대로 노력하고 살았더니 이런 고마운 시간이 또 찾아왔습니다. 그때 병원에서도 포기했던 딸이 지금 예쁜 숙녀로 살 수 있었던 건 기적이었을까요? 아니면 사랑이었을까요?

요즘 사람들이 큰 병에 걸리면 요양하러 산속을 찾아가는 걸 보게 됩니다. 그 산에서 식이요법을 하며 요양을 합니다. 그러면 많이 호전되었다고 하거나 병이 나았다고 하는 경우를 보게 됩니다. 이런 경우를 생각해 보면 그때 우리 집이 산속에 있었기 때문에 득을 크게 본 것 같습니다. 딸이 좋은 공기를 마시고 자연 밥상을 먹었기 때문에 병이 호전된 건 아닐까 생각합니다.

이걸 보면 인생은 '고락'이라는 것을 새삼 또 깨닫게 됩니다. 괴로울 때도 있고 즐거울 때도 있으니 말입니다. 남편의 사업 부도로 가난해서 괴로웠는데 가난해서 산에서 살게 되었고, 그 덕분에 딸의 병이 호전되었으니 기쁘지 않을 수 없습니다. 이러니 참 재미있는 인생, 살아 볼 만하지요.

그리고 하나 더, 딸의 병이 호전된 건 사랑의 힘이라고 봅니다. 많은 연구 결과에서는 어려운 환경에서도 아이들이 건강하게 성장할 수 있는 건 아이를 믿어 주는 한 사람이 있기 때문이라고 합니다. 그 한 사람의 진심 어린 사랑은 아이를 건강하게 자라게 한다는 거지요. 그래서 사랑은 위대한 겁니다. 사랑은 한 생명을 살리는 최고의 가치라는 것을 저는 믿습니다.

오십의 어느 날, 두 딸과 두 아들이 한 식탁에 마주 앉았습니다. 아이들이 좋아하는 백숙을 해서 먹으며 우리는 옛날이야기 삼매경에 빠졌습니다. 둘째 딸이 이야기합니다.

"나 옛날에 참 많이 아팠지. 그런데 그때 숙모가 있어서 나 좋았어. 숙모가 엄마여서 참 좋았어."

첫째 딸이 거듭니다.

"맞아, 우리 그때 참 재미있었지. 그때가 최고로 좋은 가족이었고 따뜻했어. 숙모, 그때 나이가 지금 우리 나이보다 어렸는데 어떻게 그렇게 했어? 나는 그렇게 못 할 것 같아. 고마워요. 숙모."

이 감동의 말에 나는 또 눈시울이 붉어집니다. 돌이켜 보면 반성할 일이 한가득인데 딸이 이렇게 칭찬을 해 주니 말입니다. 문득문득 세 아이 엄마

였을 때를 떠올리면 혼자서 죄책감에 시달리기도 했었습니다. 내 선택이 잘못되었나, 나 때문에 둘째 딸이 아팠을까, 그리고 돈이 없어 아이들 맛난 거 사주지도 못했고 예쁜 옷 사주지도 못했는데…. 오십이 된 지금 딸들의 말을 들으니 세상 다 가진 것처럼 기쁘고 위로받습니다.

톨스토이의 명작 『안나 카레니나』에는 '행복한 가정은 모두 비슷한 이유로 행복하지만, 불행한 가정은 저마다의 이유로 불행하다.'는 말이 나옵니다. 그렇습니다. 나의 질문, '가족이 행복한 모습은 어떤 모습일까요?' 에 대한 나의 답은, 우리가 살아온 모든 시간이 행복한 가족의 모습이었습니다. 그때가 가장 최선이었고 모든 순간이 행복한 순간이었습니다.

오십의 나는 또 새로운 형태의 가족을 꾸렸습니다. 네 명의 아이들이 각자 자기의 삶을 찾아 떠나고 새로운 가족의 형태, 반려견 가족을 이루었습니다. 지금 나는 남편과 정말 사랑스러운 반려견 '우주'와 함께 살고 있습니다.

　새롭게 '나'라는 정원을 가꿉니다

어쩌다 보니 빈털터리

큰아들이 돌을 지나고 얼마 되지 않았을 때였습니다. 남편이 잠자고 있는 나를 깨웠습니다. 언제 집에 들어왔는지, 지금이 몇 시인지 모르겠으나 아이들이 깊은 잠을 자고 나도 비몽사몽인 걸 보니 새벽인 듯했습니다. "우리 내일 이사 간다. 빨리 짐 싸라." 남편의 말을 듣고 나는 이게 무슨 말인가 싶었지만, 결혼 후 워낙 말이 없고 헛말을 하지 않는 사람이라 이사 가야 하는 건 확실하다고 판단했습니다. 어렴풋한 불빛에 남편의 얼굴을 쳐다보니 '왜?'라고 질문할 수가 없었습니다. 남편은 근심 걱정 가득한 얼굴로 몹시 지쳐 있었습니다. 필시 무슨 큰일이 벌어졌다는 걸 직감했습니다.

남편이 운영하던 사업이 부도가 난 겁니다. 우리는 빈털터리가 된 거였습니다. 지체할 시간 없이 나는 간단하게 짐을 쌌습니다. 가지고 갈 수 있는 게 몇 없어서 짐 싸는 건 어렵지 않았습니다. 책은 모두 가지고 갈 수 있어서 내 소중한 책은 남김없이 쌌습니다. 온 식구가 잠에서 깨어나고 우리는 어디로 가는지도 모른 채 남편을 따라갔습니다.

당시 우리 가족은 시어머니, 늘 상주하는 건 아니지만 함께 사는 아주버님, 아주버님이 낳은 초등학생 두 딸, 우리 부부가 낳은 돌을 갓 지난 아들, 그리고 남편과 나 이렇게 일곱 명이 살고 있었습니다. 온 가족이 도착한 곳은 허름한 컨테이너 하나만 달랑 있는 어느 시골 마을 산속이었습니다. 남편은 이게 우리가 살 집이라고 했습니다. 그 당시만 해도 나는 컨테이너가 집이 된다는 걸 몰랐습니다. 그래서 더 깜짝 놀랐습니다. 이때부터 우리 가족의 삶은 컨테이너에서 다시 시작되었습니다.

컨테이너에서의 삶은 모든 게 불편하고 힘들었습니다. 그래도 봄, 여름, 가을은 살만했습니다. 그런데 겨울은 모든 면에서 살기가 어려웠습니다. 여기는 수돗물이 없었습니다. 멀지 않은 곳에 중년의 부부가 사는 집이 한 채 있었는데 그 집 마당에 있는 수돗물을 먹을 수 있도록 해 주어 그 물을 받아와 밥을 짓고 먹었습니다. 겨울이 되면 개울물도 얼고 마당에 있는 물도 얼고, 물이 얼어서 무척 힘들었습니다. 그만큼 겨울이 추웠습니다.

컨테이너 또한 무척 추웠습니다. 아이들은 오돌오돌 떨었습니다. 준비 없이 한 해를 보내고 난 뒤에야 나는 두 번째 겨울이 오기 전에 겨울맞이 준비를 했습니다. 인가로 내려가 버려진 이불을 주워다가 시냇물에 빨아 말려 컨테이너 안쪽을 돌아가며 덧대었습니다. 그랬더니 정말 안락하게 겨울을 날 수 있었습니다. 세상에 버려진 것들이 이렇게 귀하게 쓰일 줄이야.

정말 감사했습니다.

　여기는 화장실이 없었습니다. 아니, 온 천지가 화장실이었습니다. 봄, 여름, 가을에는 마음껏 편안하게 볼일을 볼 수 있었습니다. 그런데 겨울이 문제였습니다. 어린아이들이 똥이 마려우면 어김없이 엄마인 내가 나서야 했습니다. 아이가 똥을 누면 똥이 바로 그 자리에서 얼어 버리기 때문에 나는 아이의 엉덩이가 찔릴까 봐 앉은 모습 그대로 얼른 아이를 안아서 옆으로 자리를 옮겨 줍니다. 그러면 아이는 다시 한 덩이를 더 눕니다. 그리고 또 한 번 더 옮길 때도 있고 마무리할 때도 있습니다. 아이가 똥을 다 누고 나면 너무 추워 아이를 꼭 안고 방으로 들어옵니다. 돌아가며 세 아이를 이렇게 키우다 보니 겨울은 내가 더 바빴습니다. 그런데 신기한 건 세월이 지난 지금에 우리 아이들은 그때 컨테이너에서의 똥 이야기를 가장 재미있게 기억하고 이야기합니다. 그래서 컨테이너 시절의 똥 이야기는 우리 가족의 가장 재미있는 추억이 되었습니다.

　빈털터리가 되었기 때문에 때때로 쌀이 없어 아이들과 시어머니 밥을 해 드리고 나면 내 밥은 없었습니다. 남편이 이 글을 읽으면 마음이 미어질까 염려가 되는데 사실 나는 굶은 적이 많았습니다. 그러나 이건 슬픈 게 아니라 그냥 살아내는 과정이었습니다. 가장 슬픈 건 따로 있었습니다. 이 집에는 쥐가 아주 많았습니다. 이사를 오고 난 후 내가 조금 정신이 들고 여유가 생겼을 때 상자에 넣어 둔 책을 꺼냈습니다. 그런데 상자에 넣어 둔 책마다 모조리 쥐들이 새끼를 낳았던가 아니면 똥과 오줌을 싸서 책을 못 쓰게 만들어 버린 겁니다. 그때 나는 소리 내어 엉엉 울었던 기억이 선명합니다.

컨테이너에서 살 때 나만 기억하는 재미있는 이야기도 있습니다. 일곱 명 온 가족이 한방에서 잠을 잘 때면 한자리에서 자는 게 아니라 자다 보면 온 가족이 뒤엉키고 움직입니다. 컨테이너가 중고라서 방바닥이 기울어져 있었기 때문입니다. 잠을 자기 시작했을 때는 내 옆에 남편이 있었는데 자다 깨어 보면 아주버님 얼굴이 내 얼굴 옆에 있기도 했습니다. 그럴 때면 민망하여 눈 꼭 감고 자는 척하면서 자리를 살며시 이동했습니다. 이건 두고두고 나만 간직한 비밀입니다.

얼마나 시간이 지났을까요? 어느 날 남편은 컨테이너 하나를 더 가지고 와서 부엌으로 사용할 수 있게 해 주었습니다. 부엌에 물이 나오게도 해 주었습니다. 그리고 컨테이너 두 동을 지붕으로 이어 중간에 거실도 만들어 주었습니다. 갈수록 새로운 집이 완성되어 갔습니다. 그러는 동안 점점 내 마음도 안정을 찾았습니다. 어차피 빈털터리인 거 그냥 이 삶을 누리기로 마음먹었습니다. 이렇게 마음을 먹고 나니 이 삶이 괜찮았습니다. 그때부터 아이들과 함께 최대한 재미있는 놀이를 찾기 시작했습니다. 그랬더니 도시에선 볼 수 없었던 자연의 아름다움이 눈에 들어왔습니다. 온 천지가 아이들의 놀잇감이었습니다.

봄에는 대자연이 우리의 정원이 되어 아름다운 꽃을 피웠습니다. 그동안 몰랐던 이름 모를 꽃들과 식물이 참 많았습니다. 특히 소쩍새의 울음소리는 내가 어릴 적 시골 고향 집에서 듣던 소리로 참 정겨웠습니다. 여름에는 청개구리가 항상 우리 집 창문에 붙어 우리를 봐 주었습니다. 개구리가 있었으니 뱀도 물론 있었겠지요. 비 오는 날 방문을 열고 나오면 두꺼비가 천천히 걸어 다니기도 했습니다. 가을이면 잠자리를 잡느라 한창 뛰어다녔고 겨울에는 눈싸움도 하고 눈썰매를 탔습니다.

그뿐만이 아닙니다. 사계절 밤하늘은 늘 아름다웠습니다. 이렇게 사계절의 자연을 제대로 맛보며 아이들과 놀았습니다. 긍정의 시선으로 우리 집을 다시 보니 마치 동화 『작은 집 이야기』에 나오는 작은 집 같았습니다.

그러나 내가 삶을 이렇게 긍정으로 살아내는 시간 동안에도 남편은 무척 힘들어했습니다. 사랑하는 가족이 빈털터리로 컨테이너에서 사는 모습을 보며 한 집의 가장인 남편은 얼마나 마음이 아팠을까요. 어쩌면 살고 싶지 않을 만큼 힘이 들었을 겁니다. 특히 내가 2030 시절에는 가장의 역할이 지금과는 사뭇 달랐기 때문에 그 무게감은 대단했을 거라고 짐작합니다. 남편이 가끔 집에 들어오는 날이면 어깨가 처진 남편을 보며 때로는 겁도 났습니다. 뉴스에서 듣게 되는 극단적인 선택들이 남의 일 같지 않았습니다.

이런 남편을 보며 나는 더 밝고 긍정적으로 살아내려 노력했습니다. 아이들도 잘 키우려고 노력했고 시어머니도 잘 모시려고 노력했습니다. 혹여 남편이 미안함을 느끼며 괴로워할까 봐 애정의 눈길로 잘 살아낼 거라는 믿음을 주려고 노력했습니다.

　그런 노력 덕분인지 남편은 조금씩 안정을 찾았고 또 다른 직업을 향해 도전했습니다. 4년이 조금 지나자 남편은 조그마한 시골 땅을 샀습니다. 그 땅에 남편이 직접 도면을 그리고 멀리서 보면 '화이트 하우스'처럼 보이는 집을 지었습니다. 그 집에서 나는 둘째 아들을 낳았습니다. 그리고 2년 정도 지난 후 이 지역이 공단으로 개발되는 바람에 우리 집은 비싸게 팔렸습니다. 포기하지 않고 열심히 살았더니 고생 끝에 또 좋은 일이 있었던 겁니다.

　남편이 처음으로 직접 지은 그 집을 떠올리면 지금도 아련하게 기억나는 장면이 있습니다. 그날도 남편은 밤이 늦었는데 집에 오지 않았습니다. 혼자서 남편을 찾아 집 짓는 장소로 갔습니다. 남편은 달빛을 불빛 삼아 혼자서 집을 짓고 있었습니다. 그 모습을 지켜보며 수만 가지의 감정이 복합적으로 들어와 아무 말을 하지 못했습니다. 그리고 만삭의 몸으로 벽돌을 날랐습니다. 그때 참 행복했습니다.

　굴곡 있는 삶의 과정을 거치면서 나는 많은 걸 배웠습니다. 인생을 살면서 어떠한 역경이 찾아와도 마음이 단단하면 살아갈 수 있습니다. 긍정적으로 마음을 먹으면 어떠한 어려움도 극복할 수 있습니다. 부부가 서로 탓하거나 미워하지 않고 사랑으로 믿어 주면 역경도 이겨 낼 수 있습니다. 정작 힘든 건 돈이 아니라 마음이 무너지니까 힘든 겁니다. 우리가 삶을 포기하는 건 마음 때문입니다. 인생은 마음먹기에 달렸습니다.

　오십이 되기까지 나는 10번이나 이사를 했습니다. 지금은 아이들도 건강하게 성장해서 자신의 삶을 잘 살아가고 있고 남편도 새로운 사업에 만족하며 살아갑니다. 나는 가르치는 일과 상담하는 일에서 보람을 느끼며 행복하게 살고 있습니다. 이런 걸 보면 삶은 살아가기도 하지만 살아내어야 한다는 걸 알겠습니다.

　회고해 보면 어려운 과정을 잘 버텨준 남편도 고맙고 어려운 과정을 잘 살아낸 나도 참 대견합니다. 지금 우리 집 금고는 풍족하다고 말할 순 없지만, 나의 일을 즐겁게 하며 풍족한 마음으로 잘 살고 있습니다.

5

살 만하다 싶을 때 찾아온 암

나의 엄마는 늘 말합니다. "세상에 공짜는 없어. 인생은 거저 얻어지는 것이 아니여." 당신이 지금 치매를 앓고 있지만, 이 말은 계속 기억에 있나 봅니다. 그만큼 엄마의 인생은 치열했고 거저 얻어지지 않았다는 겁니다.

양순자 선생님도 『어른 공부』에서 당신이 살아 보니 인생은 거저 얻어지는 것이 아니라는 말을 합니다. 군인이 처음부터 병장이 되지 않듯이 말입니다. 병장이 되기 위해 훈련병을 거쳐 이등병, 일병, 상병 그리고 병장을 맞이하는 것처럼 우리 인생도 때를 다 거쳐야 한다는 겁니다. 태어나자마자 어른이 되는 사람은 없습니다. 신생아기를 거쳐 영유아기, 학령기, 청소년기, 그리고 성인기가 됩니다. 성인이 되었다고 모두 어른이 되는 것도 아닙니다. 어른은 거저 되는 것이 아닙니다.

내 나이 오십. 내 오십도 거저 얻어지지 않았습니다. 어렵게 아이를 낳았고 양육의 재미를 느끼려고 하던 찰나 나에게 암이 찾아왔습니다. 그때는 두 딸을 독립시키고 시어머니 살 집도 따로 마련해준 터라 마음의 여유가 있었습니다. 남편의 사업장도 번성하여 가정경제도 나아졌습니다. 그런데 나는 몹시 아팠습니다. 먼저 살아 본 어른들이 '살 만하다 싶으면 아프다.'라고 하더니 딱 맞는 말이었습니다.

이때 큰아들은 6세여서 혼자 일상생활이 가능했지만 둘째 아들은 13개월이어서 여전히 젖을 먹고 있던 시절이었습니다. 엄마가 없어서는 안 되는 시기였습니다. 이 중요한 시기에 엄마인 내가 아팠던 겁니다.

나는 하루에 설사를 10번 넘게 했습니다. 열은 40도를 오르락내리락했습니다. 구토를 자주 했고 목에 이물감은 늘 있었습니다. 때로는 정신을 놓고 쓰러지기도 했습니다. 이 상태가 6개월 이상 지속되었습니다. 가까운 병원을 찾았을 때 의사는 특별한 건 아니라고 했습니다. 그래서 단순하게 생각하고 처방해 준 약을 먹었습니다. 이런 이유로 큰 병원을 찾지 않았습니다. 그동안 정신없이 살아온 삶이었기도 했지만, 이때 내 나이가 삼십 대 중반이었기 때문에 암이라는 생각은 추호도 없었습니다.

결국, 아이 젖을 먹이다 쓰러진 나는 대학병원으로 이송되었고 '갑상선암'이라는 진단을 받았습니다. 내 주변 사람들이 갑상선암은 수술이 간단하고 가벼운 암이라고 했습니다. 그나마 진정되었습니다. 그런데 수술을 하기 전날 이게 간단하지 않다는 걸 알았습니다. 의사는 나에게 수면제까지 먹이고 잠을 재워 놓고는 이내 다시 깨웠습니다. 비몽사몽인 나에게 의사는 목 주위를 찍은 사진을 보여 주었습니다. 그리고 생각보다 심각해서 수술이 어렵다고 했습니다. 또 수술한다고 해도 내 몸무게가 37㎏이어서 마취의 어려움과 수술 후 깨어날 수 없을 가능성을 이야기했습니다. 그동안 내 몸에 암이 퍼지면서 살이 빠지다 빠지다 초등학생 몸무게가 된 겁니다.

34년을 살아온 삶 동안 나는 의사에게 두 번째로 애원했습니다. 한 번은 첫 아이를 살려 달라고 애원했고, 지금은 나를 살려 달라고 애원했습니다. 젖먹이를 두고 죽는다는 건 아니 될 말이었습니다. 아니 수술을 하지 않은 지금 상태로도 나는 이미 아파 죽을 것 같았습니다. 밤새 울며 매달려 결국 다음 날 수술을 받았습니다.

아니나 다를까 나는 의사들이 예상한 시간 안에 깨어나지 못해 온 병원을 초비상으로 만들었습니다. 보호자로 함께 온 우리 엄마는 병원 바닥에 주저앉아 "내 딸 살려내라." 고래고래 소리를 쳤습니다. 가까스로 내가 깨어나던 시점에 나는 엄마의 울음소리를 듣고는 정신이 번쩍 들었던 걸 기억합니다.

퇴원 후 얼마 지나지 않아 한 달 동안 독방에서 식이요법을 하며 방사선 치료를 다 받았습니다. 이미 나는 살았기 때문에 이제 어려운 게 하나도 없었습니다. 그 후로 나는 새로운 삶을 시작했습니다.

새롭게 시작된 삶은 예전과는 아주 달랐습니다. 세상이 변한 건 아니었는데 내 삶은 완전히 변했습니다. 살아 있음에 무작정 감사했습니다. 살아 있는 모든 것이 사랑스러웠습니다. 왠지 몸도 마음도 가뿐했습니다. 신기한 건 몸은 여전히 붓고 아팠고 기운이 없었는데 그냥 가뿐했습니다.

가뿐한 마음으로 둘째 아들은 업고 첫째 아들은 손을 잡고 가까운 공원 나들이를 갔습니다. 그런데 거기서 나는 다시 쓰러지고 말았습니다. 주위 사람들의 도움으로 안전하게 집에 왔지만, 아이들이 크게 울었을 것을 짐작합니다. 그 울음소리에 주위 사람들이 달려왔을 거니까요. 가뿐하다고 느낀 마음은 단지 나의 바람이었던 것이었습니다.

그 후로도 이와 같은 증세는 몇 번이 더 있었습니다. 그리고 갑상선암 수술 6개월 후 나는 다시 자궁 수술을 받았습니다. 자궁 수술 후 이명현상과 이석증으로 인한 어지럼증은 수시로 찾아왔습니다. 그때부터 나는 '삶이 거저 얻어지는 것이 아니구나!'를 온몸으로 받아들이며 노력에 노력을 더하면서 조심조심 인생길을 걸었습니다.

나는 너무나 즐거워했던 대학 강의를 그만두었습니다. 남편도 돈을 한창 벌던 사업장을 접었습니다. 그리고 우리는 자전거를 타고 세상 구경을 나섰습니다. 결혼을 하고 한 번도 쉼 없이 달려온 삶에서 '병'이 나를 쉬게 했고 세상 구경을 시켜주었습니다.

자전거를 타고 세상을 나서던 날, 나는 결혼 후 처음으로 남편의 환한 웃음을 보았습니다. 이때는 둘째가 혼자서 달리기를 했던 터라 내 몸도 자유로웠습니다. 아이들의 신나는 웃음을 보았습니다. 멈춰 버린 줄만 알았던 인생이 다시 시작되었습니다. 그저 감사했습니다.

매화가 필 무렵부터 달려서 눈이 내리던 날까지 우리는 매일 자전거로 세상을 구경했습니다. 세상은 너무나 아름다웠습니다. 참 기뻤습니다. 계절마다 보이는 풍경은 가슴속으로 다 들어왔습니다. 이름 모를 들꽃들은 내 눈을 사로잡았습니다. 아무도 봐주지 않는 곳에서 홀로 피어나 오로지 자신의 모습으로 아름답게 살아가고 있는 들꽃들은 삶의 의미를 생각하게 했습니다. 나는 이때 알았습니다. 내가 살아 있다는 사실, 그 자체가 삶의 의미라는 것을 말이지요.

오롯이 살아 있음에 감사하며 산 지 한 4년쯤 지났을까요? 그때부터 내 몸은 회복되기 시작했습니다. 몸이 회복되자 대학 강의를 다시 시작했습니다. 이때부터 나의 생활양식은 완전히 바뀌었습니다. 피곤하면 쉬어주고, 머리가 복잡하면 좋은 공기를 마셔 줍니다. 배가 고프면 맛있는 음식을 찾아 먹습니다. 매일 운동도 합니다. 물도 자주 마십니다. 내 몸이 하는 말을 잘 듣고 함부로 대하지 않는 습관이 생겼습니다.

그러고도 자주 되뇌는 말이 있습니다. '몸에 병이 없기를 바라지 마라. 몸에 병이 없으면 탐욕이 생기기 쉬우니 병고로써 양약으로 삼아라.' 「보왕 삼매론」에 나오는 말입니다. 인생을 살면서 참 많은 것을 배웁니다. 왜 이런 아픔을 나에게 주느냐고 말하고 싶은 순간도 있었지만 아픔으로 인해 나는 오히려 더 큰 배움을 얻었습니다.

엄마 말이 맞았습니다. '인생은 거저 얻어지는 게 아니다.'라는 엄마의 말은 진실이었습니다. 엄마도 젊은 시절에는 얼마나 힘든 시간이 많았을까요. 그 시간을 다 살아낸 엄마의 삶을 말로 다 할 수 없어 그저 포근히 안아드립니다. 그리고 지금까지 잘 살아온 나도 포근히 안아줍니다. 암이라는 사실을 알았을 때 너무나 놀랐을 나를 그리고 수술을 포기해야 한다는 의사의 말을 들었을 때 절망적이었을 나를 토닥여 줍니다. 그리고 한 번 수술도 모자라 연달아 다시 자궁 수술까지 하게 되었을 때, 죽을지도 모른다는 공포를 다시 느꼈을 그때의 나를 꼭 안아주며 위로해 줍니다.

"무서웠지. 얼마나 아팠을까. 그래도 잘 이겨냈어. 대단해. 고생했어."

나는 지금 살아 있고 즐겁게 오늘을 삽니다.

6

아버지가 돌아오지 못할 강을 건너던 날

'너를 보내는 들판에 마른 바람이 슬프고 (중략) 사람아 사람아 내 하나의 사람아 이 늦은 참회를 너는 아는지.' 임희숙 님이 부른 〈내 하나의 사람은 가고〉 노래 가사입니다. 나는 펑펑 울고 싶을 때 이 노래를 듣습니다. 내가 펑펑 울고 싶은 날은 아버지를 떠나보내고 늦은 참회로 괴로워할 때입니다.

　사람은 누구나 한번 태어나 죽음을 맞이한다지만 사랑하는 사람과 이별하는 건 참 쉬운 일이 아닙니다. 더군다나 무척이나 사랑하고 사랑받았던 아버지를 떠나보내야 하는 일은 나에겐 정말 쉽지 않았습니다. 가장 어려웠던 건 밀려오는 후회였습니다. 결혼 후 나 살기 바빠서 아버지와 식사 한번 잘하지 못했던 것이 몸서리치게 후회스러웠습니다.

　아버지는 건축 현장에서 일하시다가 쓰러지셨습니다. 그때 내 나이 36

세. 여름날이었습니다. 오랜만에 가족들과 남편 고향인 의성에 갔었습니다. 그런데 도착하자마자 친정 언니의 다급한 전화를 받았습니다. "영아, 놀라지 마. 아버지가 쓰러지셨어. 지금 대학병원이야." 부랴부랴 차를 돌려 대구에 있는 대학병원에 도착했습니다. 아버지가 있는 곳을 정신없이 찾다가 먼저 와 있던 친정 식구들의 모습을 보고는 큰일이 났다는 걸 알게 되었습니다.

"아버지." 하며 달려가 아버지를 안았는데 아버지는 전혀 대답이 없었습니다. 이미 뇌사판정이 내려진 상태였습니다. 2차 병원으로 옮기라는 의사의 판단에 따라 병원에서는 신속하게 처리되었고 우리는 어리벙벙한 상태로 아버지를 따라 2차 병원으로 갔습니다.

아버지는 병원에서 6개월 동안 뇌사상태로 살다가 돌아가셨습니다. 우리에게 아무 말도 하지 않은 채 말입니다. 그 사랑스러운 눈길을 보여 주지도 않으시고요. 그러나 나는 믿습니다. 아버지는 당신 가족의 목소리는 다 들었을 겁니다. 가족을 누구보다도 사랑하셨으니 말입니다.

아버지는 사랑이 무척 크신 분이었습니다. 나는 오 남매의 막내로 태어나 늘 아버지의 사랑을 듬뿍 받았지만, 그 크신 사랑을 가슴 절절히 느낀 때가 있었습니다.

결혼 후 내가 갑상선암 수술을 받았을 때의 일입니다. 나는 수술을 마치고 한 달간 방사선 치료를 받아야 했습니다. 의사는 방사선 치료에 대해 이렇게 설명했습니다. 내가 방사선 치료 약을 먹으면 방사성 물질이 내 몸에서 퍼져 밖으로 나와 다른 사람들에게 아주 위험한 영향을 미치기 때문에 꼭 독방에서 혼자 견뎌야 한다고 했습니다.

의사의 말에 따라 나는 그 당시 여관이라고 하는 방을 구하려 했습니다. 아버지는 이 사실을 알고는 노발대발하셨습니다. 아버지는 아무리 방사성 물질이 퍼져 나온다 해도 딸을 그렇게 혼자 둘 수 없다고 하셨습니다. 결국, 아버지는 결혼 전 내가 살던 방을 청소하고 그 방에서 방사선 치료를 받도록 했습니다. 나는 물론이거니와 모든 가족이 만류했으나 아버지는 딸을 그렇게 둘 수 없다고 딱 잘라 말했습니다.

나는 아버지의 말씀을 따르기로 했습니다. 아버지가 옆에 있어 안심되기도 했으나 마음 한구석에서는 계속 걱정이 되었습니다. 나를 통해서 방사성 물질이 아버지와 엄마에게 전달되면 어쩌나 하는 마음으로 방에 꼭 박혀 있었습니다. 그런데 아버지는 식사 때가 되면 밥을 같이 먹자고 하셨습니다. 아버지에게는 방사성 물질보다 딸이 밥을 먹지 못할까 봐 더 염려되는 거였습니다. 나의 완고한 결정으로 밥은 함께 먹지 않았지만, 아버지의 크신 사랑을 나는 온몸으로 다 받았습니다. 지금 글로 다 쓸 수는 없지만 이런 분이 내 아버지입니다.

나는 아버지가 보고 싶을 땐 하늘을 봅니다. 보름달이 뜨는 날이면 아버지와의 추억이 그대로 펼쳐집니다. 내가 초등학교 시절에는 6 · 25 전쟁 즈음에 웅변대회를 했습니다. 내가 다닌 초등학교는 무척 시골 학교라 아이들이 몇 없었습니다. 그래서인지 학교 선생님은 목소리가 또랑또랑하다며 나를 학교 대표로 뽑았고 시 대회에 참가하라고 했습니다. 그럴 때마다 나는 웅변원고를 받아 들고 집으로 돌아와 아버지께 보여드렸습니다. 그러면 아버지는 농사일을 다 마치고 저녁을 먹은 후 툇마루에 나를 앉힙니다. 학원이라고는 하나 없는 시골 마을에서 아버지는 모든 영역에서 스승이셨습니다.

"영이야, 저기 저 산 보이지, 네 목소리가 저 산에 있는 호랑이에게 들릴 정도로 우렁차게 소리 내는 거야. 배에 힘을 주고 몸을 세워서 자, 한 번 해보자."

유월에는 소쩍새가 울어 옙니다. 아버지가 가르쳐 준 대로 소리를 내면 저 산에서 소쩍새가 답을 했습니다. 하늘의 달은 내 원고와 아버지의 멋진 모습을 훤하게 비춰 주었고요. 그때 달에 비친 아버지를 바라보면 얼마나 멋있었는지 모릅니다. 어린 나에게 아버지는 최고였고 나는 아버지를 무척 존경했습니다. 이런 추억으로 달만 보면 아버지가 생각납니다. 신기하게 아버지 기일도 시월 보름입니다. 달빛 아래 웅변을 가르쳐 주시던 아버지가 그립습니다.

시골에서는 모든 먹거리가 산과 들에 있습니다. 아버지는 계절마다 산에서 나는 과일을 따 오셔서 오 남매에게 나누어 주셨습니다. 배, 포도, 다래, 산딸기, 복숭아, 밤…. 아버지가 따다 주신 그 과일들은 지금은 어디에도 없습니다. 신선한 공기와 물을 먹어 어찌나 맛있는지요. 그런데 어른이 되고 나서 그 과일 맛의 더 큰 비밀을 알았습니다. 바로 아버지의 남다른 큰 사랑이 그 속에 녹아 있었던 이유였습니다.

아버지는 손재주도 뛰어나셨습니다. 내가 살던 시골 마을 이름이 '지소'입니다. 종이를 만드는 마을이라는 뜻입니다. 우리 마을에서는 겨울이 오면 마을 사람들이 모두 모여 '한지'를 만듭니다. 남자들은 닥나무를 해 오고, 닥나무를 삶고 물에 불립니다. 여자들은 물에 불린 닥나무 껍질을 벗깁니다. 벗겨진 껍질은 다시 겉껍질을 벗겨 아버지께 드리면 아버지만의 기술로 한지를 생산합니다. 우리 마을에서 한지 장인은 아버지셨습니다.

이렇게 온 마을 사람들이 힘을 합쳐 만든 한지는 우리 마을 전체가 사용합니다. 방문에도 바르고 벽에도 바릅니다. 문과 벽에 한지를 바르면 겨우내 따뜻합니다. 그리고 상품이 좋은 한지는 골라 다른 마을에 내다 팝니다. 우리 마을에서 생산된 한지는 정말 질기고 단단했습니다. 또 뽀얀 색에 닥나무 껍질이 살짝살짝 무늬를 만들어 참 예뻤습니다. 따뜻한 건 말할 것도 없고요. 내가 너무 어려서 몰랐는데 지금 나이가 되고 보니 우리 아버지야말로 '국가 무형문화재 기능보유자'로 손색이 없으셨습니다.

또 아버지는 한자를 참 잘 쓰셨습니다. 아버지가 만든 한지에 붓글씨로 한자를 쓰면 무척 아름다웠습니다. 지금도 친정집에는 '입춘대길' 아버지가 쓰신 빛바랜 한자가 있습니다. 내가 낳은 두 아들의 이름도 아버지가 직접 지어 주셨습니다. 한자를 우리에게 가르쳐 주시던 한자 선생님 내 아버지. 아버지만 생각하면 너무 자랑스럽습니다. 이뿐만이 아닙니다. 노래는 또 얼마나 잘하셨는지 모릅니다. 아버지의 구성진 노랫가락을 들으면 절로 박수가 나옵니다. 농사에서도 으뜸이셨습니다. 아무도 시도하지 않는 새로운 품종을 가지고 와 앞서 연구해 보셨고 누에고치도 남들과 다르게 잘 길러냈으니 우리 아버지 자랑은 밤새워도 다 못합니다.

이런 아버지를 떠나보내고 나는 잠시 공황장애를 앓았습니다. 숨을 쉴 수 없었고 먹을 수도 없었습니다. 그뿐만 아니라 '죽음'이라는 말만 들어도 너무 무서웠습니다. 누군가 피만 흘려도 죽을 것 같은 공포가 몰려왔습니다. 이 증세는 내가 상담 공부를 하며 치료가 되었지만 뒤늦은 참회는 한참 이어졌습니다.

아버지가 떠난 자리는 나뿐만 아니라 우리 엄마에게도 큰 어려움으로 다가왔습니다. 우리 엄마와 아버지는 사이가 참 좋은 부부였습니다. 아버지는 경상도 분이어서 표현은 잘하지 않았지만 건강한 부부란 걸 나는 알았습니다. 갑작스럽게 남편이 떠나자 엄마는 정신을 놓았습니다. 그리고 엄마에게 급성 치매가 찾아왔습니다. 지금은 10년이 넘어 증세가 심해지는 상태지만 아직 자식들은 알아보고 그래도 잘 지내고 계십니다.

아버지의 크신 사랑 덕분에 우리 오 남매는 우애가 참 좋습니다. 다른 사람들이 볼 때 신기하다고 할 정도로 서로 배려하고 아낍니다. 내 위로 언니

둘, 오빠 둘인데 모두 얼굴이 선합니다. 아버지가 떠난 후에도 우리는 자주 만나 아버지와 살았던 옛날이야기로 꽃을 피웠고 지금도 그러합니다. 아버지 제삿날이 되면 모두가 모여 정성을 다합니다.

아버지를 그렇게 보내고 깨달은 게 있습니다. 지금, 항상 지금이 중요하다는 사실입니다. 다음은 없습니다. 정말 없는 겁니다. '내가 잘 살고 나면 아버지와 밥을 먹어야지.' 그런 건 없었습니다. 뒤늦은 참회로 괴로워하는 동안 크게 깨달았습니다. 그래서 이제는 지금을 살고 있습니다. 주말이면 늘 엄마와 밥을 먹습니다. 엄마와 목욕을 하고 엄마와 꽃구경을 갑니다.

'아버지, 아버지가 저에게 남겨준 중요한 유산, 사랑을 아버지가 사랑하셨던 그리고 제가 사랑하는 엄마에게 아낌없이 나누며 살겠습니다.'

그러고 보니 유산은 죽고 나서 주는 것이 아니라 평소 살았을 때 나누는 거라는 걸 알았습니다. 나도 지금 살았을 때 내가 받은 유산, '사랑'을 내 가족과 내가 만나는 사람들에게 나누며 살아갑니다.

"아버지, 제가 아버지의 딸로 태어나게 해 주셔서 정말정말 고맙습니다. 아버지 사랑합니다."

7

누군가의 엄마와 아내로 살아가기

첫째 아들이 유치원 다니던 시절의 이야기입니다. 유치원 부모참여 수업에 참여했더니 선생님은 이런 노래를 부르며 아이들 한 명 한 명을 소개했습니다.

"당신은 누구십니까?"

"나는 김영이."

"그 이름 참 아름답구나."

아이들이 이름 소개를 할 때마다 부모들은 환한 얼굴로 일제히 손뼉을 쳤습니다. 이 모습이 어찌나 사랑스럽고 아름다운 장면이었던지 두고두고 기억이 납니다.

아이들 이름 소개가 끝난 후 부모님 이름 소개 시간이 다가왔습니다. 맨 앞줄에 앉은 나는 이 노래를 머릿속으로 되뇌며 떨리는 마음으로 기다리고 있었습니다. 그런데 유치원 선생님은 이름 소개를 노래로 하지 않고 "태영이 어머니 오셨네요. 태영이 어머니 반갑습니다."라고 했습니다. 나는 멋쩍은 표정으로 자리에서 일어나 "안녕하세요? 태영이 엄마입니다. 반갑습니다."하고 인사를 했습니다. 저의 인사가 끝나자 참여한 엄마들은 모두 손뼉을 치며 반갑게 맞아 주었습니다.

이와 같은 방법으로 참석한 엄마들의 소개가 이어졌습니다. 모두 누구의 엄마로 소개되었습니다. 엄마들의 이름은 분명 있었는데 아무도 자기 이름을 소개하지 않았습니다. 우리는 당연하게 누구의 엄마로 불린다는 것을 알고 있었던 겁니다.

아이 손을 잡고 동네 놀이터에 갔을 때도 나는 당연히 태영이 엄마였습니다. 벤치에 앉아 아이들이 노는 것을 지켜보던 엄마들이 "태영이 엄마 나왔네요."라고 인사를 했습니다. 아이가 유치원 시기를 지나 학교에 갔을 때도 여전히 태영이 엄마였습니다. 아이가 중학교 고등학교를 졸업할 때까지, 그리고 둘째 아들이 고등학교를 졸업할 때까지 나는 '누구의 엄마'로 불렸습니다.

결혼 후 나는 또 다른 이름이 있었습니다. 남편과 관계있는 사람을 만나면 '누구의 집사람', '누구의 마누라'로 불렸습니다. 남편과 동행할 자리가 많지 않아 이 이름은 자주 불리지는 않았지만 말입니다.

이처럼 이름은 그 사람의 삶을 말해 주고 있습니다. '내가 지금 어떤 삶을 살고 있는가, 어떤 사람을 만나고 어떤 말을 자주 하며 어떻게 부딪히면서 살고 있는가.' 이름 속에는 그 사람의 삶의 모습과 살아온 시간이 배어 있습니다. 결혼 후 새롭게 붙여진 '엄마'라는 이름과 '아내'라는 이름은 나의 삶을 고스란히 말해 주고 있었습니다.

특히 '엄마'라는 이름은 내 삶 자체였습니다. 아이들이 엄마라고 부르면 나는 엄마의 모습으로 태세를 갖춥니다. 어릴 적 아이들은 엄마를 왜 그렇게 불러대던지요. 잠시도 쉬지 않고 불렀습니다. 영유아기 때는 그저 엄마, 엄마, 엄마. 초등, 중고등학교 시절에는 "엄마, 옷 어디 있어? 양말은, 신발 말랐어?" 연신 불러대는 통에 정신 못 차리고 살았던 시절이었습니다. 남편도 아내를 불러대기는 마찬가지였습니다. "밥도, 양말은, 집에 별일 없지? 이 서류 어디 좀 주고 와."

아이를 키우던 시절에 나는 엄마와 아내로 살아가기에 무척 바빴습니다. 엄마와 아내라는 무게감으로 살았습니다. 누가 무게를 준 게 아니라 나에게 붙여진 '엄마'와 '아내'라는 이름값을 하려고 애쓰며 살았습니다.

그래서 내 이름이 아닌 '누구의 엄마', '누구의 아내'로 불리던 삼십 대 시절에는, 잃어버린 나의 이름을 찾고 싶은 마음이 자주 올라왔습니다. 아이를 재워 놓고 혼자 맞이하는 밤이면 '언제 나로 살아가나, 빨리 아이들이 컸으면 좋겠다. 세상에 나가 온전히 나의 이름으로 불리며 살았으면 좋겠다.' 하는 마음이 올라왔습니다. 결혼하기 전 나의 모습을 그리워하며 말입니다. 그렇다고 아이 키우는 일이 행복하지 않았다거나 가치 없다고 느낀 건 전혀 아닙니다. 그것과는 별개로 내 생각에는 자꾸만 나의 이름을 찾고 싶었습니다. 이런 고민 속에서 죄책감도 들어 왔지만 상담하면서 알았습니다.

이런 마음과 생각은 비단 저 혼자만의 고민은 아니었습니다. 상담에서 만나는 엄마들도 나와 똑같은 고민을 했습니다. 영유아기 아이와 초등 저학년 아이를 키우는 엄마들이 특히 그러했습니다. 나와 비슷한 엄마들의 고민을 들으며 '아, 인생은 다 때를 거치는구나!' 하고 알게 되었습니다.

세월은 흐릅니다. 엄마가 되어도 흐르고 엄마가 아니어도 흐릅니다. 지금 내 나이 오십에는 '누구의 엄마', '누구의 아내'로 불리고 싶어도 기회가 많지 않습니다. 그렇게 쉴 새 없이 '엄마'라고 불러대던 아이들은 이제 각자의 길로 떠나 자기 삶을 삽니다. 이런 시간이 오기를 바랐지만, 막상 이 시간이 오니 '엄마'라는 이름을 불러주기를 기대합니다. 참 아이러니한 이 마음을 잘 모르겠습니다. 군대 간 아들의 전화를 기다립니다. 언제 전화기 너머로 '엄마'라고 불러주나 기다립니다. 대학 다니는 아들이 "엄마, 잘 지내세요?"라고 안부 전화 오기를 기다립니다.

오십이 된 지금, '엄마'와 '아내'로 불렸던 때를 지나 내 아버지가 지어 주신 이름을 찾았습니다. 나는 '김영이'입니다. 그런데 가만히 보니 우체부 아저씨와 경비실 아저씨는 나를 '김영이 씨'라고 부릅니다. 따뜻함이라고는 하나도 느껴지지 않는 이름입니다. 그때 내 이름, '엄마'와 '아내'는 언제 들어도 참 따뜻했는데 말이지요. 그토록 찾고 싶었던 내 이름을 찾고 나서야 알았습니다. 내 가슴을 가장 따뜻하게 하는 이름은 바로 '엄마'와 '아내'였습니다.

그러고 보니 아무에게나 '엄마'라고 부르지 않습니다. 진정 엄마일 때만 불러줍니다. 엄마라는 무게감으로 살았다고 자책할 때도 있었지만 그 귀한 이름만으로도 가족들에겐 보금자리 역할을 했던 겁니다. '아내'도 마찬가지입니다. 부부의 인연을 맺었을 때 비로소 이름 불리게 됩니다. 사랑뿐만 아니라 책임감이 더해지는 참 대단하고 좋은 이름입니다.

이제는 진정 알았습니다. '엄마'와 '아내'라는 이름으로 애쓰며 살았던 시간은 다시 올 수 없는 귀하고 참 따뜻한 시간이었습니다.

지금 나는 '김영이'와 '엄마', '아내'라는 이름으로 당당하게 살아갑니다.

8

인생 수습 기간을 견디며

드라마 〈눈물의 여왕〉의 두 주인공 현우와 해인이는 서로 사랑했고 서로를 지켜주겠다고 약속하며 결혼했으나 결혼생활을 힘들어합니다. 현우는 시골 마을에서 자랐으며 S대 법대를 나와 변호사가 되었고 해인이는 태어나자마자 할아버지가 그룹의 회장이어서 짧은 인턴을 마치고 백화점 사장이 됩니다. 이렇게 너무나 다른 환경으로 인해 결혼생활이 쉽지가 않았습니다. 두 사람이 결혼생활을 힘들어하는 가운데 해인이가 유산하면서 완전히 두 사람 사이는 멀어집니다. 결혼 후 얼마 되지 않아 이혼하고 아내 해인이는 알 수 없는 뇌종양으로 3개월 시한부 선고를 받습니다. 이런 와중에 해인이가 경영하던 회사가 다른 사람 손에 넘어가는 지경에 이르자 현우는 해인이와 그녀의 가족을 데리고 시골 고향 마을로 내려와 잠시 살게 됩니다.

어느 날 아침, 현우의 출근길에 해인이는 지난 밤 얼굴을 다친 현우에게 약을 발라 줍니다. 해인이의 따뜻한 손길에 현우는 출근 시간을 조금 미루고 해인이와 슈퍼 앞에 앉아 쭈쭈바를 사 먹으며 이런 말을 합니다.

"우리도 그랬으면 어땠을까? 약 바를 일 있으면 그때그때 바르고 소독할 거 바로바로 하고 새 밴드로 갈아주고 그랬으면 우리 이렇게 안 됐을까?"
"오늘 하루 어땠냐고, 요즘은 뭐가 힘드냐고, 같이 사는 동안 왜 그 한마디를 못 했을까?"

현우의 이 대사에 나는 소리 내어 엉엉 울었습니다. 갱년기라서 그렇기도 하겠지만 그보다 현우가 내 마음을 그대로 말해 주고 있어서였습니다. 결혼 후 나도 너무나 다른 환경에서 자란 남편과 삶을 맞춰 사느라 정신없었습니다. 그리고 생각지도 못한 채 그냥 휘몰아치는 삶 속에서 살았습니다. 그때 우리는 서로 약 바를 일이 참 많았는데도 말이지요. 소독할 일도 많았고요. 보이지 않는 가슴 속에서 상처가 곪아 터지는 일이 참 많았는데 그냥 살았습니다. 그걸 제때제때 치료하지 못하고 살았구나 싶어 눈물이 났습니다.

우리는 '오늘 하루 어땠어?'라고 물어줄 여유도 없이 가족인데도 각자의 삶을 살아내기 바빴습니다. 나는 아이들 양육과 시어머니 모시는 일에 열정을 다했고 남편은 돈 버는 일에 열정을 다했으니 말입니다. 치열하게 인생을 살아내는 동안 우리는 서로를 볼 시간이 없었습니다. 지금 생각해 보니 이 시간은 아마도 인생 수습 기간이었던 것 같습니다.

우리가 회사에 입사하면 처음부터 대리, 과장을 달지 않고 수습 기간이 있듯이 인생에도 수습 기간이 있는 듯합니다. 직장에서 수습 기간은 왠지 정신없이 바쁘고, 열심히 일하긴 하는데 일머리를 잘 모르고, 이리 치이고 저리 치이면서 성과는 잘 나지 않는 시기이지요. 인생 수습 기간도 마찬가지입니다. 열심히 살긴 하는데 어떻게 살아야 하는지 잘 모르고 닥치는 대로 살아내다 보면 이리 치이고 저리 치이면서 상처도 나도 곪아 터지기도 합니다.

만약 우리가 인생 수습 기간에도 사랑을 다하여 서로를 치료해 주었더라면 어땠을까요? 지금과는 또 다른 모습으로 성장해 있었을까요? 나의 인생 수습 기간은 참 오래도 걸렸습니다. 어떤 사람은 수습 기간 없이 바로 승진하는 사람도 있을 테고 또 주변 도움을 받아 빨리 수습 기간을 마치는 사람도 있었겠지만 말입니다. 사십 대 중반쯤 되었던 것 같습니다. 나는 이날이 인생 수습 기간을 마친 날이었다고 기억합니다.

잠을 자고 있는데 누군가 우는 소리가 들렸습니다. 꿈인가 하고 다시 잠을 청했는데 계속 울음소리는 크게 들렸습니다. 침대에서 일어나 캄캄한 방안을 살피자 침대 밑에서 우는 소리가 들렸습니다. 내려가 보니 남편이었습니다. 무슨 일이 생겼나 가슴이 철렁했습니다.

"자기, 무슨 일이야?" 다급하게 남편을 안고 물었습니다. 그때 남편이 말했습니다.

"영아, 미안해. 너무 미안해."

"뭐가? 뭐가 미안한데."

"그냥 다."

"그러니까 그냥 다 뭐가 미안하다는 건데. 자세하게 이야기해 봐."

남편은 숨을 한 번 몰아쉬고 이야기를 했습니다. 평소 워낙 속마음을 터놓지 않는 사람이라 남편이 이야기하려니 내 마음이 타들어 갔습니다.

"영아, 네가 쓴 편지를 읽고 또 읽었어. 밤새 읽는데 너무 미안해서 눈물이 나."

"무슨 편지?"

그랬습니다. 남편은 그 편지를 간직하고 있었습니다. 지금도 간직하고 있습니다. 우리가 부부로 살면서 헤어질 뻔한 큰 사건이 있었습니다. 막내가 태어나 한 달이 되었을 때였습니다. 그날도 남편은 자기 마음의 동굴로 들어간 날이었습니다. 집에 다급한 일이 생겨 남편에게 전화를 걸었는데 낯선 여자가 전화를 받았습니다. 그 여자는 자신이 남편의 보호자인 척했습니다. 이야기를 다 하자면 너무 길지만 나는 직감했습니다. 별별 생각이 다 들었고 많은 고민 속에서 생각을 정리하고는 마지막 희망을 담아 남편에게 편지를 썼습니다. 연애 때 내가 얼마나 당신을 사랑했는지, 지금도 얼마나 당신을 사랑하고 있는지, 그 마음을 전해야 할 것 같았습니다. 또 얼마나 많은 세월을 기도로 살아왔는지. 그 마음이 전해지지 않으면 조용히 아이들을 데리고 떠나야겠다고 생각했습니다. 이런 구구절절한 이야기를 눈물 나도록 몇 장 썼습니다. 편지는 봉투에 넣어 선물로 준비한 와이셔츠와 함께 남편 책상에 올려 두었습니다.

우리는 그 편지 덕분에 화해하고 다시 살았습니다. 지금도 잘 살고 있습니다. 그 당시 남편은 빈털터리가 된 가정경제를 다시 일으키고 우리 가족이 살 집을 짓는 과정에서 법적으로 힘든 일이 많았습니다. 혼자서 해결할 수 없어 법적인 도움을 받다가 전화 속 목소리의 여인과 마음이 가까워졌다고 고백했었습니다. 나는 상황은 이해했지만 좌절되는 마음은 오래갔습니다.

사십 대 후반쯤 된 나이에 남편은 그때 내가 쓴 편지를 다시 꺼내 읽고는 눈물이 난 겁니다. 그날은 남편의 말문이 처음으로 터진 날이었습니다. 그동안 참아 왔던 남편의 이야기를 밤새 들었습니다. 부부였지만 다 몰랐던 그동안의 인생 이야기를 말이지요. 그리고 나의 인생 이야기도 했습니다. 어쩌면 결혼 후 처음으로 우리는 온 마음을 다해 깊은 대화를 나누었던 것 같습니다. 이날 우리는 그동안 부부로 살면서 생겼던 마음의 상처가 아물 수 있도록 밤을 새워 치료했습니다. 약도 발라주고 소독도 다시 해 주고 상처 난 부위를 다시 쓰다듬어 주었습니다.

그날 이후로 우리는 다시 연애하듯이 살았습니다. 처음 연애 때와 똑같지는 않지만 연애했습니다. 나는 남편 손 잡고 걷기를 너무 좋아합니다. 그의 손을 잡고 다시 걸었습니다. 어쩌면 내가 바랐던 건 이거 하나였던 것 같습니다. 그냥 이 사람의 따뜻한 손 한 번 잡는 것. 더 나아간다면 이 사람 손을 잡고 계절마다 불어오는 바람을 맞는 것. 이게 나의 바람이었습니다.

인생 수습 기간을 거치며 나는 많은 걸 깨달았습니다. 특히 의미 있게 다가온 사실은 그때 못했다고 해서 인생이 끝나는 게 아니라는 겁니다. 다시 용기 내고 다시 시작하면 되는 겁니다. 우리 부부가 사십 대 중후반이 되어서야 처음으로 깊은 대화를 나눈 것처럼, 드라마 속 현우와 해인이처럼 말입니다.

중년의 많은 부부가 깨진 유리 조각처럼 위태로운 상태로 상담을 옵니다. 부부는 그동안 살면서 얼마나 힘들었는지를 이야기합니다. 그 이야기를 듣다 보면 내 삶도 그러했는데 하는 생각이 참 많이 듭니다.

이처럼 우리 인생은 수습 기간을 거치는 겁니다. 각자의 경험 안에서 말이지요. 인생 수습 기간 자신이 경험한 것을 소중한 배움으로 가지고 가면 다시 용기가 납니다. 그러면 그 용기 안에서 삶의 온갖 역경을 슬기롭게 해결할 수 있는 지혜를 얻을 것입니다. 지혜를 가지고 다시 시작하면 됩니다. 인생에서 늦은 시간이라는 건 없으니까요.

오십이 된 지금, 인생 수습 기간을 마치고 나는 최상위급 직위를 가졌습니다. 그 직위 이름은 엄마와 아내. 중년이 되면 이 직업은 사표 내는 줄 알았는데…. 나는 여전히 엄마와 아내로 살고 있습니다. 그러나 그때와는 완전 다른 나의 모습으로 살고 있습니다. 상처가 나면 빠르게 위로하고 치료하면서 살고 있습니다.

엄마와 아내라는 평생직업이 있어 참 고맙습니다. 지금 취업도 어려운 시점에 다시 새로운 직업을 찾지 않아도 되고 많은 경력이 쌓여서 인정받으니 더할 나위 없습니다.

나는 오늘도 큰아들이 주말 동안 자고 간 베갯잇을 빱니다. 그리고 남편과 먹을 식재료를 준비해 놓고 하루를 마감합니다.

2장

돌아보니 참 고마운
나의 인생길

해외여행이 내게 준 의미

내가 암 수술을 받고 난 후 나의 삶에는 많은 변화가 있었습니다. 가장 큰 변화는 내 마음의 변화였습니다. 새 삶을 살게 된 기쁨과 지금을 놓치고 싶지 않은 간절함이랄까요. 그 이후로 나는 오늘을 삽니다. '다음에 하지, 뭐.'라는 말은 하지 않습니다. 바로 지금 합니다. 이런 변화로 몸이 좀 나아진 그해부터 해외여행을 시작했습니다. 그때 첫째 아들 나이가 10세, 막내가 6세였습니다.

첫 해외 여행지는 싱가포르였습니다. 싱가포르는 일단 안전하고 가까워서 어린아이들을 데리고 여행하기에 안성맞춤이라고 생각했습니다. 때마침 내가 새로운 콘텐츠를 개발하게 되면서 생각지도 못했던 돈이 생겨 더 용기를 냈습니다. 그 돈으로 먼저 『싱가포르 여행』이라는 책을 샀습니다. 그 당시 패키지여행 상품도 있었지만, 가족끼리 자유롭게 여행하고 싶어

책에서 알려주는 대로 비행기 표를 예약하고 호텔을 예약했습니다. 그리고 책을 꼼꼼하게 읽으며 머릿속으로 여행지의 동선을 그렸습니다. 그 시절에는 지금처럼 인터넷 정보가 많지 않고 우리 가족 모두 해외여행이 처음이라 더 꼼꼼하게 준비했습니다.

설레는 마음으로 여행 준비를 마치자 여행 날짜는 금방 다가왔습니다. 우리 가족은 휘둥그레진 눈으로 인천공항에 도착했고 인천공항 구석구석을 구경하고는 비행기에 탑승했습니다. 비행기를 처음 타 본 아이들은 모든 걸 신기해하며 자리에 앉자마자 조잘댔습니다. "엄마, 이것 봐요. 게임기가 있어요. 이게 안전벨트네요. 이건 산소마스크….", 비행기가 이륙하자 막내는 소리를 지르며 신나는 마음을 온몸으로 표현했습니다. 도시가 우리 눈에서 사라질 때까지 나도 신기한 마음을 감출 수 없었습니다.

비행기를 탄 지 한 6시간 정도 지났을까요? 비행기는 싱가포르 창이공항에 착륙했습니다. 일단 늦은 밤이어서 택시를 타고 예약한 호텔로 갔습니다. 그때까지는 가족 모두 너무 신나고 들뜬 마음이었습니다. 그런데 짐을 들고 호텔에 도착해 체크인하려는 데 문제가 발생했습니다. 바로 언어가 우리의 들뜬 마음을 긴장으로 만들었습니다. 호텔직원이 분명히 우리에게 무슨 말을 하는데 우리는 하나도 알아들을 수가 없었습니다. 그 쉬운 'Passport'조차도 귀에 들리지 않았습니다. 남편과 나는 온 힘을 다해 직원의 말을 이해하려고 애썼고 우여곡절 끝에 우리는 호텔 방으로 들어갈 수 있었습니다.

하룻밤을 자고 나니 어젯밤에 영어로 긴장했던 마음은 어디로 사라지고 여기도 사람 사는 곳이라 언어는 그냥 해결되었습니다. 우리는 호텔에서 아침을 먹고 책에서 본 대로 싱가포르 곳곳을 구경했습니다. 아이들은 사파리 구경을 가장 신기해했습니다. 날씨가 좋아 늦은 밤까지 아이들과 곳곳을 구경하며 놀았습니다. 새로움에 대한 탐색과 삶의 여유가 느껴져 참 좋았습니다. 가장 좋았던 건 낯선 곳에서 느끼는 가족의 소중함과 하나 됨이었습니다.

7일 동안 관광지에서 신나게 놀았고 8일째는 버스를 타고 시민들이 사는 마을로 갔습니다. 거기는 학교도 있고 산책로도 있고 도서관도 있는, 그런 마을이었습니다. 자전거를 빌려 타고 마을을 구경했습니다. 그때 갑자기 비가 내렸습니다. 근처에 있는 정자로 달려가 비를 피했습니다. 그때 비를 피해 정자로 달려온 다른 나라 사람들도 있었습니다. 그중 필리핀에서 온 친구들이 우리 막내에게 과자를 나누어 주었습니다. 과자를 나누어 준 손길에 고마워 우리는 잘하지 못하는 영어로 대화를 시작했습니다.

그 친구들은 필리핀 대학생이었고 이름은 제키와 비비안. 지금 실습차 싱가포르에 와 있다고 했습니다. 오늘은 쉬는 날이라고 했습니다. 제키와 비비안은 우리 가족이 부럽다는 이야기를 하며 같이 사진을 찍고 싶어 했습니다. 남편의 카메라로 다 함께 사진을 찍고는 주소를 받았습니다. 한국에 돌아가면 사진을 크게 인화해 보내겠다고 남편이 약속했습니다. 이렇게 이야기하며 시간을 보내는 동안 우리는 친구가 되었습니다.

여행 10일째, 우리 가족이 한국으로 오는 날이었습니다. 제키와 비비안이 공항에 배웅을 왔습니다. 배웅을 온다는 걸 생각지도 못한 우리는 깜짝 놀랐습니다. 이렇게 와 준 친구들이 너무 고마워 공항에서 함께 밥을 먹었습니다. 제키와 비비안은 우리에게 예쁜 고무신을 선물로 주었습니다. 이렇게 우리 가족은 10일간의 첫 해외 여행지에서 새로운 인연을 만나고 잊지 못할 추억을 담아 집으로 돌아왔습니다.

한국에 도착하자마자 필리핀 친구들에게 편지를 썼습니다. 그리고 약속한 대로 사진을 크게 인화해 필리핀으로 보내 주었습니다. 이렇게 우리는 해외 친구가 되어 편지를 주고받다가 다음 해 겨울방학 때 제키와 비비안을 만나러 필리핀으로 갔습니다.

두 번째 해외여행이 시작된 겁니다. 필리핀 여행은 원주민들이 사는 민다나오섬에 갔다가 수도 마닐라로 돌아오는 15일의 일정으로 계획했습니다. 1년 만에 다시 만날 해외 친구를 위해 우리나라 전통 악기들과 과자류를 한가득 선물로 준비했습니다. 제키가 메일로 추천해 준 호텔을 예약하고 민다나오섬으로 출발했습니다.

1년 만에 제키와 비비안을 다시 만나니 너무 반가웠습니다. 그동안 제키는 대학 졸업 후 취업은 하지 않고 임신 6개월이었습니다. 돈이 없어 결혼식은 하지 않은 채 그냥 남자 친구와 살고 있다고 했습니다. 비비안은 알바를 하고 있었고 저녁이 되면 우리를 만나러 왔습니다. 호텔에 머무는 동안 아침 식사는 제키와 비비안과 함께했습니다.

민다나오섬에 도착한 다음 날부터 현지 여행은 시작되었습니다. 제키가 우리 가족의 가이드 역할을 해 주었습니다. 바나나 농장, 파인애플 농장, 산호섬, 동물원, 코코아 농장, 카카오 농장 등 우리는 현지에 있는 많은 농장을 직접 구경했습니다. 정말이지 나는 그때만 해도 파인애플은 나무에서 자라는 줄 알았다가 직접 생산지를 보고 깜짝 놀랐습니다. 더 놀란 건 끝도 없이 펼쳐진 파인애플 농장의 광경이었습니다.

감탄하며 파인애플 농장을 구경하고 있는데 갑자기 우리 가족 모두에게 총부리가 겨누어졌습니다. 순식간에 남편은 "손들고 고개 숙여."라고 다급히 말했습니다. 무슨 영문인지 몰라도 아이들과 나는 일제히 아빠가 시키는 대로 했습니다. 그리고 무릎을 꿇었습니다. 알고 보니 거기는 델몬트 농장이었습니다. 아무나 함부로 들어갈 수 있는 곳이 아니었습니다. 다행히 제키가 현지 언어로 잘 설명해 간신히 목숨을 구했지만 지금 생각해도 아찔한 순간이었습니다.

위험한 순간도 있었지만, 우리 가족은 필리핀 현지 여행을 멈추지 않았습니다. 바나나 농장을 갔을 때는 농장 주인의 허락을 받고 취재를 했습니다. 그 시절 큰 아이가 청와대 어린이 기자로 활동하고 있어 바나나 농장은 취재 내용으로 아주 좋았습니다. 우리는 한국에서 먹던 노란 바나나를 생각하고 갔다가 완전 녹색인 바나나를 보고 깜짝 놀랐습니다. 바나나 꽃은 보라색이었는데 참 신기했습니다. 그리고 바나나를 수출하기 위해 준비하는 광경을 취재했습니다. 바나나 농장은 신기함과 새로움 자체였습니다. 그러나 농장은 무척 습하고 모기가 정말 많았기 때문에 아이들의 건강을 생각해 오랫동안 머물지는 않았습니다.

이번에는 코코넛 농장에 갔습니다. 코코넛 나무가 무척 높이 자라 위를 한참 올려다보아야 코코넛을 볼 수 있었습니다. 현지에 사는 어린아이가 그 높은 나무에 올라가더니 코코넛을 따 왔습니다. 그러고는 활짝 웃으며 우리에게 코코넛을 먹으라고 했습니다. 현지에서 코코넛을 먹는 방법과 맛은 우리나라에서 먹었을 때와는 완전 달랐습니다.

코코넛 농장에서 한창 놀고 있는데 갑자기 비가 내렸습니다. 우리는 현지 어린아이가 따다 준 바나나 잎을 우산으로 쓰고는 비를 피했습니다. 지금도 그 장면을 떠올리면 영화의 한 장면처럼 아름답게 펼쳐집니다.

이뿐만 아니라 현지 먹거리는 정말 신선하고 맛있었습니다. 특히 생닭 요리와 갓 잡은 새우요리 맛은 지금도 잊을 수가 없습니다. 음식 맛에 예민한 남편은 닭요리가 너무 맛있다며 직접 요리해 보고 싶어 했습니다. 그러자 제키는 아는 언니 집을 소개했습니다. 제키를 따라 시장에 들러 식재료를 준비하고 소개받은 언니 집에서 닭요리를 했습니다.

신나게 요리를 배우고 차려진 음식을 먹으려던 순간 문득 내 가방이 없어진 것을 알게 되었습니다. 그 가방에는 우리 가족 모두의 여권과 돈, 카드가 들어 있었는데 몽땅 잃어버린 겁니다. 이때부터 여행의 모든 일정은 취소하고 부랴부랴 그 자리를 떠 호텔로 왔습니다. 일단 아이들은 재우고 남편과 나는 다음날 마닐라로 출발해 한국대사관을 찾기로 작전을 짰습니다.

민다나오에서 마닐라로 오는 과정은 여권이 없어 아주 힘들었습니다. 다행히 영어로 된 가족 증명서는 잃어버리지 않았고 마침 같은 비행기를 타게 된 현지 한국인의 도움을 받아 간신히 비행기를 탈 수 있었습니다. 마닐라에 도착했지만 1월 1일 새해를 맞이하느라 한국대사관은 문을 열지 않았습니다. 불안은 점점 높아갔습니다. 불안했던 시간이 어떻게 지났는지 모르겠지만 시간이 흘러 마닐라 한국대사관에서 임시 여권을 만들었습니다. 지금 생각해 봐도 어린아이들을 데리고 참 아찔한 순간이었습니다.

그렇게 불안하고 아찔한 순간에서도 우리는 가족이 있어 버티고 가족이 서로 힘이 되어 준 덕분에 임시 여권으로 마닐라 여행까지 마치고 한국으로 돌아왔습니다. 그러고도 우리는 또 다음 여행을 준비했습니다. 다음 여행지는 베트남, 캄보디아, 영국, 독일, 이탈리아, 스위스, 일본 등등. 코로나19가 있기 전까지 우리는 매년 방학이면 해외여행을 떠났습니다. 마치 해외여행을 하기 위해 돈을 버는 사람처럼 여행을 즐겼습니다. 코로나19로 모든 해외여행은 멈추게 되었지만, 여행에서 느꼈던 가족의 추억은 지속되었습니다.

그때 가족들과 이런 모험을 하지 않았다면, '다음에 여행 가면 되지, 뭐.' 하며 미루었다면 이런 소중한 경험은 내 인생에 없었을 겁니다. 해외여행을 하며 가족의 소중함을 더 느끼게 되었고 사랑과 믿음으로 살아가게 되었습니다. 또 해외여행은 나에게 소중한 경험의 의미뿐만 아니라 큰 용기를 주었습니다. 이 경험과 용기는 지금까지 나를 지탱해 주는 힘이 되었고 평생토록 힘이 될 겁니다.

2

어린이의 눈으로 본 세상

첫째 아들이 초등 고학년이 되자 사춘기가 시작되었습니다. 아들은 자신만의 집을 지었고 자신만의 세계에서 살기 시작했습니다. 워낙 친구를 좋아하고 활동적인 아이였는데 사춘기가 되면서 혼자 힘들어하는 모습이 내 마음을 아프게 했습니다. 그때 나의 마음을 다잡아 준 시가 있습니다. 칼릴 지브란의 『예언자』에 나오는 「아이에 대하여」에서는 이렇게 이야기합니다.

그대들 자신이 아이와 같게 되려고 노력해야 하리라.

나는 이 시에서 말하는 대로 아이와 같게 되려고 나름의 노력을 했습니다. 물론 쉽지 않았지만요. 이 시는 내가 아이를 키우는데 많은 위로와 길라잡이가 되어 주었습니다.

어느 날 대학 강의 시간에 사춘기 자녀를 키우며 어려운 점과 아이들의 꿈에 대해 이야기했습니다. 그러다 문득 첫째 아들의 유년기 꿈이 대통령이라고 했던 말이 떠올랐습니다. 엄마가 되고 나서부터 아이의 꿈이 내 꿈이 된 듯한 느낌을 받을 때가 많았습니다. 아이와 같게 되려고 노력하다 보면 더욱 그러했습니다.

사춘기였던 아들의 꿈을 예를 들어 학생들에게 이야기했는데 쉬는 시간에 한 학생(만학도)이 다가와 우리 아이의 꿈을 응원하고 싶다고 했습니다. 그러면서 아이의 성향과 꿈이 잘 맞을 거라며 청와대 어린이 기자를 추천했습니다. 자신의 아이가 이 활동을 했었는데 도움이 많이 되었고 사춘기 시절을 건강하게 잘 지냈다고 하며 꼭 활동해 보기를 권유했습니다. 이런 활동이 있는지 전혀 몰랐던 나는 이 학생의 권유가 신선했습니다.

집으로 돌아와 학교에서 있었던 이야기를 아이와 나누었습니다. 아이는 선뜻 청와대 어린이 기자를 해 보겠다고 했습니다. 그리고 청와대 어린이 기자에 스스로 지원을 했습니다. 지원과 동시에 아이의 기대하는 마음을 보았습니다. 참 고맙게도 아이의 기대는 현실이 되었습니다. 아이는 청와대 어린이 기자가 되어 전국을 다니며 기자 활동을 시작했습니다. 아직 보호자가 필요한 나이인지라 그 덕분에 나도 세상 구경을 할 수 있어 좋았습니다.

가장 가까운 경북지방을 시작으로 전국 방방곡곡을 다녔습니다. 지역마다 다른 문화를 볼 수 있었고 지역행사들이 열리고 있어 참 다채로웠습니다. 계절마다 이어지는 지역의 축제를 취재하고 지역 문화유산을 취재했습니다. 우리가 사는 곳을 떠나 다른 지역을 알아가는 그 재미가 참 신선했습니다. 다니는 곳마다 지역의 음식을 맛보는 즐거움은 살아가는 행복을 더해 주었습니다.

각 지역에서 만난 사람들 속에서도 아름다움을 느낄 수 있었습니다. 어른이 아닌 어린이가 기자가 되어 어른들에게 인터뷰를 요청하고 사진을 찍을 때 어른들은 흔쾌히 인터뷰에 응해 주었습니다. 그리고 칭찬도 아끼지 않았습니다. 이런 어른들의 태도에서 아들은 "어른들이 나를 무시하지 않고 이렇게 친절하게 대해 주니까 기분이 좋아."라고 했습니다. 보호자인 나도 우리나라는 참 아름답고 정겨운 나라라는 걸 느낄 수 있었습니다.

아들은 어린이의 눈으로 바라본 세상을 기사로 썼습니다. 아들이 쓴 내용을 읽고 있으면 어른의 글과는 달리 참 따뜻한 마음을 느낄 수 있었습니다. 아들은 이 활동을 정말 재미있어하고 세상 구경하는 걸 좋아했습니다.

어느 날, 아들이 올린 기사가 EBS의 〈생방송 톡!톡! 보니하니〉라는 프로에 발탁이 되어 기사 내용을 소개하는 시간을 가졌습니다. 이 과정에서 아들은 자신이 쓴 기사 내용을 생생하게 전하는 역할을 하며 진정 어린이 기자가 되었습니다. 그 이후로 아들은 더 열심히 취재에 나섰습니다. 그러다 연말에 청와대 어린이 기자 전국 우수 기자로 선정되어 다음 해 어린이날 행사 때 대통령 옆자리에 앉는 영광을 얻게 되었습니다.

아들 덕분에 이날 우리 가족은 처음으로 청와대 행사에 초청받았습니다. 청와대에 초청받아 간 것도 고마웠는데 아들은 그날 인터뷰에서 엄마인 나를 감동하게 했습니다. 사회자가 이렇게 질문했습니다.

"윤태영 기자님은 어떻게 이런 좋은 기사를 많이 쓸 수 있었나요?"
"그냥 즐겁게 하다 보니 기사를 쓸 수 있었고 열심히 하다 보니 많은 기사를 쓸 수 있었던 것 같습니다."
"어린이 기자의 눈으로 본 세상은 어떠했습니까?"
"세상은 재미있는 게 참 많았습니다. 그리고 지역마다 아름다운 게 다 달랐고 우리나라는 정말 아름다웠습니다. 그래서 좋았습니다."

아들의 이런 감동의 말을 듣고 있는 동안 '어린이가 어른보다 훌륭하구나.' 가슴이 찡했습니다. 어린이의 눈으로 바라본 세상은 달랐습니다. 너무나 맑고 재미있고 아름다웠습니다.

그동안 나는 아들에게 "기사는 이렇게 써야 해. 이런 걸 더 깊이 봐." 하면서 내가 더 많이 보고 아는 것처럼 할 때가 있었습니다. 그런데 아들의 눈과 마음은 나와는 아주 달랐습니다. 아들이 옳았습니다. 아들은 어떤 결과도 어떤 욕심과 기대도 아닌 자신만의 맑은 마음과 눈으로 세상을 보고 있었습니다. 이런 아들을 보며 그동안 나의 모습이 얼마나 부끄럽던지요. 참 반성했던 시간이었습니다.

나는 아들을 통해 배웠습니다. 맑은 눈과 마음으로 세상을 바라보는 것. 그러면 훨씬 더 세상은 아름답고 보이는 것이 많다는 것을 말입니다. 아들을 통해 배우고 나니 오히려 마음이 편안해졌습니다. 그동안 나에게는 말하지 못한 내면의 욕심이 있었기 때문입니다. 그 이후로는 정말 편안한 마음으로 아들과 함께 세상 구경을 더 재미있게 하게 되었습니다.

한 번은 그 당시 유엔 사무총장이었던 반기문 사무총장님이 고향 마을인 충북 음성을 찾는 날이었습니다. 그날도 어린이 기자로 취재를 나섰던 아들과 동행했습니다. 반기문 사무총장님은 아침 일찍 고향 마을을 방문하는 일정으로 되어 있어 우리 가족은 그 전날에 음성에서 하룻밤을 묵었습니다. 하룻밤 지내는 동안 그 동네를 여유롭게 구경하면서 맛있는 음식도 먹고 가족들과 이야기도 많이 나누었습니다. 아들의 취재를 따라나섰던 일상이 여행이 된 겁니다.

그 이후에도 아들은 6학년을 마칠 때까지 3년을 꽉 채우고 어린이 기자 활동을 마무리했습니다. 3년 동안 2번이나 청와대 어린이 기자 우수 기자로 초청되어 갔으니 아들이 얼마나 열심히 활동했는지를 알 수 있습니다.

지금 이 아들은 성인이 되어 자기의 삶을 사느라 바쁩니다. 공부도 하고 연애도 하고 알바를 하며 부지런히 아름다운 세상을 가꾸어가고 있습니다. 나는 가끔 내 마음이 우울해질 때면 아이가 썼던 기사와 활동했던 사진들을 꺼내 봅니다. 아들이 아니었으면 내가 이토록 세상 곳곳을 구경하면서 살 수 있었을까 싶습니다.

아들과 함께했던 그 시간은 나에게 치유의 시간이었습니다. 근심 걱정 없이 있는 그대로 느끼고 즐기면 되는 그런 시간. 아들이 가르쳐 준 대로 어린이의 맑은 눈으로 세상을 바라보는 아름다운 시간. 세상의 아름다움을 온몸으로 느끼며 받아들이는 시간이었습니다.

나에게 잊지 못할 시간을 선사해 준 내 아들. "아들아, 고맙다."

3

지나고 보니 살아내기 위한 운동이었네

어버이날을 맞아 10세가 된 막내가 꼭꼭 정성껏 눌러쓴 손글씨로 감사의 편지를 보냈습니다. 그 편지 내용에는 너무나 철학적인 이야기가 있어 지금도 남편과 나는 그 편지를 읽으며 웃곤 합니다.

부모님께

부모님 안녕하세요. 저 대영이에요. 저를 10년 동안 건강하고 재미있게 키워 주셔서 감사합니다. 고쳐야 할 철과 버릇을 고쳐 주고 여행도 많이 가고 놀러도 많이 가고. "숙제해 놓고 놀고 게임해라."라고 가르치고 다치거나 몸이 아프면 병원에 가 치료해 주셨지요.

9살까진 몰랐어요. 하지만 10세가 되니 그걸 느꼈어요. 나를 이렇게 사랑하고 아끼는데 나는 짜증만 내고 숙제부터 하지 않고 게임하고 숙제했어요. 10세가 되니 숙제부터 하고 놀고 게임하고 해요. 10세가 되기까진 정말 몰랐어요. 10세가 되고 나니 그걸 느끼고 알았어요. 가족이 날 이렇게 사랑하고 아껴주는구나. 그래서 놀러 가고 여행가고 하는 걸 알았어요. 지금부터 안 좋은 버릇을 버릴게요. 가족 모두 사랑해요.

엄마, 아빠 아들 대영이 올림.

이 편지는 11년 동안 냉장고 문에 그대로 붙어 있습니다. 살면서 냉장고는 고장이 나 새 냉장고로 다시 바꿨는데 연필로 쓴 이 손편지는 여전히 냉장고 문에 그대로 있습니다. 아이도 자라 지금 군대에 갔는데 이 편지는 그대로입니다. 편지는 자라지 않았지만 이 편지로 내가 자랐습니다. 내 마음이 치유되고 자랐습니다. 편지는 세월을 말해 주듯 빛이 바래고 약간 구겨진 상태입니다. 매일 아침밥을 하면서 나는 이 편지를 읽고 또 읽습니다. 다시 이 편지 속으로 들어가 그 시절을 회상해 봅니다.

나는 아들 둘을 낳았습니다. 같은 성별이어서 두 아들은 닮았으리라 생각했습니다. 그러나 두 아들의 기질은 너무나 달랐습니다. 큰 아이는 잠시도 가만히 있지 않고 호기심이 상당히 많은 아이였습니다. 반면에 막내는 천천히 상황을 탐색하며 깊이 보고 적응이 되면 신나게 움직이는 아이였습니다. 너무나 다른 기질을 가진 두 아들을 데리고 바깥 놀이터라도 나가려면 전쟁이 따로 없었습니다.

큰 아이는 이미 현관문을 열고 나갔고 막내는 아직 준비하느라 시간 차이가 정말 컸습니다. 그러니 어디를 가도 막내는 자주 울었습니다. 준비가 되지 않은 아이를 위해 천천히 탐색할 시간을 주고 싶어도 큰 아이를 따라 내 몸도 나서야 하니 말입니다.

막내도 이런 삶 속에서 9세까지 살아내느라 힘겨웠던 모양입니다. 마음대로 되지 않는 삶 속에서 짜증도 났고, 특히 "숙제하고 놀아라. 숙제부터 하고 게임을 하자."라고 하는 엄마의 말을 들었을 때 짜증이 났을 겁니다. 집에서 좀 쉬고 싶은데 여행 가자고 하고 그러면 따라나서야 하는 상황 속에서 막내로서는 힘이 들었을 겁니다.

그런데 10세가 되고 보니 큰 깨달음이 있었다는 겁니다. 이런 모든 삶의 상황들이 나를 위한 것이었고 나에게 습관을 잡아 주려고 그랬다는 것을 깨달았다는 이야기입니다. 또 가족이 모두 나를 아끼고 사랑해서 여행 가자고 했다는 겁니다. 그때는 철이 안 들어서 몰랐는데 10세가 되고 보니 그걸 알겠더라고 아들은 말합니다. 고작 10살 된 아이가 말입니다. 그러니 웃음이 나올 수밖에요. 그저 신통방통합니다.

막내는 10살을 잘 살아내고 사춘기를 맞이했습니다. 사춘기는 정말 쉽지 않아서 별별 일들이 많았지만 그 어려운 사춘기도 잘 이겨냈습니다. 그리고 대학 1학년을 보내고 지금은 해병이 되었습니다. 군대 간 해병 아들이 전화로 이런 이야기를 합니다.

"어머니, 저는 잘 지내고 있습니다. 맡은 일 잘하고 저를 잘 가꾸며 살고 있으니 걱정하지 않으셔도 됩니다."

"잘 지낸다 하니 안심되고 고맙구나. 그런데 너무 참지 말고 어려운 일이 있으면 이야기해도 된다."

"어머니, 어렵지 않습니다. 청소하거나 심부름을 할 때도 어차피 배가 불러 운동을 해야 하는데 운동 삼아 한다고 생각을 하니 전혀 어렵지 않습니다. 오히려 저에게 주어진 일들이 고맙게 느껴집니다. 그래서 몸도 마음도 아주 건강한 상태입니다."

"어쩜 그렇게 긍정적으로 생각할 수 있을까? 네가 엄마보다 낫다. 우리 아들 철학자가 다 되었네."

"어머니, 이렇게 긍정적으로 생각하기까지 10년이 걸렸습니다. 그동안 어머니 저를 믿어 주셔서 감사합니다."

전화기에서 들려오는 막내의 말에 감동하여 울컥했습니다. 막내아들은 지금까지 살아오는 동안 수많은 어려움을 이겨내고 그 경험들이 지금을 잘 살아가기 위한 준비운동으로 가져갔구나 싶어 감동했습니다. 그리고 며칠 뒤 걸려 온 전화에서 대대장 상을 받았다는 소식을 전했습니다. 상을 받아서 기쁘기도 했으나 가장 기쁜 건 아들의 훌륭한 마음 때문이었습니다.

사실 나는 엄마가 되고부터 하루도 반성하지 않은 날이 없을 만큼 육아와 삶이 쉽지 않았습니다. 아이들이 있어 행복했고 가족이 있어 행복했지만 행복한 가운데서도 어려움은 이루 말할 수 없었습니다. 내가 낳은 아이 두 명과 가슴으로 낳은 아이 두 명, 이렇게 네 아이를 키우며 매일 하루가 어떻게 지나갔는지도 모를 만큼 그냥 세월이 흘렀다고 생각했습니다. 나의 부족함으로 아이들이 자신의 삶을 부정적으로 바라볼까 봐 두렵기도 했습니다.

그런데 아이가 자라 이렇게 훌륭한 마음을 내고 있으니 기쁘지 않을 수 없습니다. 옛말에 '열 손가락 깨물어 안 아픈 손가락 없다.'라고 했지요. 엄마인 내가 볼 때 큰아들과 딸들은 이제 성인이 되어 자기 삶을 잘 살아가고 있어 안심되지만 나에게 막내는 여전히 막내입니다. 그런 막내가 건강하게 삶을 살아가는 걸 보니 안심되고 '내가 살아온 삶들이 헛되지 않았구나.' 싶어 내 마음이 치유되었습니다.

나의 2030 시절을 생각하면 그때는 사느라 아니, 살아내느라 너무 바빠서 내 삶을 들여다볼 여가도 없었습니다. 정신없이 휘몰아치는 상황 속에서 조금 더 안전하게 살아내려고 노력할 뿐이었습니다. 그 속에 매몰되어 있을 땐 몰랐습니다. 지나온 삶들이 얼마나 나에게 중요한 시간이었는지를 말입니다. 지나고 보니 이 모두가 살아내기 위한 운동이었습니다.

운동은 몸과 마음에 활력을 줍니다. 그리고 꾸준히 거르지 않고 하면 몸에 근육이 생깁니다. 근육이 생기면 힘이 생기고 힘이 생기면 삶이 더욱 활기찹니다. 이건 누구나 아는 사실입니다. 그래서 많은 운동 전문가들은 운동이 우리 삶에 얼마나 중요한지를 강조합니다.

이렇듯 우리 삶도 꾸준히 거르지 않고 살아내다 보면 마음에 근육이 생깁니다. 마음에 근육이 생기면 용기가 생기고 그 용기로 삶을 더욱 활기차게 살아가게 됩니다. 오십이 된 지금에 와서 보니 이와 같은 사실에 확신이 듭니다. 이 확신은 우리 막내가 나에게 준 선물입니다. '아들아, 고맙고 사랑한다. 그리고 자랑스럽다, 내 아들.'

앞으로 새로운 가정을 이루고 가꾸며 살아가게 될, 내 아들과 내 딸에게 이 말을 해 주고 싶습니다.

"삶은 그냥 얻어지는 것이 아니라 살아내기 위한 꾸준한 운동의 결과이다. 하루도 운동을 게을리하지 않고 부지런히 인내를 가지고 살아내다 보면 나도 모르는 사이에 근육은 생겨 있을 거다. 그러니 매 순간 긍정적으로 행복하게 살아라. 가족들을 사랑하며. 너의 삶을 응원한다. 엄마가."

서른의 공부 마흔의 치유

내 고향 증산면에는 국립 치유의 숲이 있습니다. 김천 치유의 숲입니다. 치유의 숲은 인체의 면역력을 높이고 건강 증진을 목적으로 조성한 산림입니다. 숲으로 들어가면 여러 식물과 나무들이 숲을 이루어 아름답기 그지없습니다. 신선한 공기는 말할 것도 없거니와 계절마다 피어나는 꽃과 식물들은 아름다움의 극치입니다. 이 모든 것들이 어우러져 우리의 감각을 다 깨우니 몸과 마음이 건강해질 수밖에 없습니다. 치유가 되는 겁니다.

사십 중반의 어느 날, 박사 논문을 쓰고 지친 몸과 마음을 데리고 고향을 찾았습니다. 고향을 떠나 정신없이 살다가 내가 지치고 힘이 들 때 생각나는 곳이 바로 이곳입니다. 어릴 적 내가 살던 모습과는 완전 다르게 개발이 되었지만 고향이라는 정겨움은 늘 그대로입니다.

숲에 편안하게 누워 숨을 쉬었습니다. 그동안 쉬었던 가쁜 숨과는 다르게 천천히 아주 천천히. 그러자 내 심장이 편안해지고 안정감을 찾았습니다. 가슴에 손을 대고 심장박동을 느끼고 있노라니 그동안 정신없이 살아온 나의 삶들이 주마등처럼 눈앞을 스쳐 지나갔습니다.

나는 태어나서 중학교 시절까지 고향에서 보냈습니다. 내 고향에는 마트나, 병원, 학원 같은 건 전혀 없습니다. 온 천지가 산과 들과 물로 둘러싸인 자연 그대로입니다. 버스가 다니긴 했는데 하루에 4번만 운행했습니다. 그래도 그 버스는 자주 텅텅 비어 있었습니다. 나는 초등학교 1학년 여름방학 때 태어나 처음으로 버스를 탔습니다. 이가 아파서 치과 치료를 받아야 했기에 버스를 타고 김천 시내로 나왔습니다. 그때 내 일기장에는 이렇게 적혀 있었습니다.

'버스를 탔다. 구름이 나랑 같이 갔다. 참 좋았다. 또 버스를 타고 싶다.' 어린아이가 버스를 처음 탄 것도 신기했는데 구름이 버스 옆에서 바로 보이니 얼마나 신기했을까요. 그만큼 내 고향 증산은 지대가 높은 곳입니다.

아버지가 옛날이야기를 들려줄 때 항상 빼놓지 않는 일화가 있습니다. "아버지가 군대 갔다가 가목재를 넘어오는데 호랑이가 나타났지. 호랑이와 싸워 이겨야 살아 돌아오는 거야. 아버지는 호랑이와 싸워 이겨서 돌아왔지." 버스를 타고 김천 시내로 가는 고개 이름이 가목재인데 그만큼 높고 험난한 곳이었습니다. 지금은 개발이 되어 그나마 길이 좋아졌지만 아버지가 살았던 시절에는 얼마나 험난한 곳이었을지 짐작이 갑니다.

이런 시골, 아니 오지에서 살던 내가 도시로 나오게 된 건 고등학생이 되어서였습니다. 고등학교에 다니기 위해 처음으로 대구라는 도시로 나왔습니다. 공부하기 위해 유학을 간 셈입니다. 처음 도시로 나오던 날은 그야말로 별천지였습니다.

고등학교 친구들은 도시 생활에 대해 아무것도 모르는 나를 보며 신기해했습니다. 이런 나를 친구들은 너도나도 자기 집에 데려가고 싶어 했습니다. 그때 나는 무척 순진했고 해맑은 아이여서 친구들이 나를 좋아했습니다. 처음 친구 집에 놀러 갔던 날이 생각납니다.

친구 집에 들어서자 중학교 영어책에서만 보았던 그 소파가 있었습니다. 영어책에서 말하는 리빙룸(living room)이었습니다. 중학교 시절 영어 선생님의 입을 보며 따라 했던 리빙룸. 내가 살던 시골집은 방문을 열면 마루가 있고 마루를 지나 신발을 신고 마당으로 나오는 구조였기 때문에 정말이지 깜짝 놀랐습니다. 리빙룸만 있는 게 아니었습니다. 베쓰룸(bathroom)이 있는 겁니다. 우리 시골집은 화장실을 한 번 가려면 마당을 지나 한참을 가야 뒷간이 나옵니다. 그것도 볼일을 보려면 엉덩이를 잘 들고 조준해야 합니다. 신발도 자주 빠지기 때문에 조심해야 합니다. 이런 시골 화장실만 보다가 처음 본 베쓰룸은 신세계였습니다.

더 놀란 건 따로 있습니다. 친구 엄마가 간식을 먹으라며 바나나를 가지고 왔습니다. 와, 이건 책에서 영어 선생님을 따라 '버내너(banana)'라고 읽던 그 바나나였습니다. 태어나 처음으로 보았습니다. 너무 신기해서 한참을 보고 있노라니 친구 엄마가 "영이는 바나나를 싫어하는구나." 하십니다.

깜짝 놀라서 "아니요, 정말 좋아해요." 하며 냅다 손에 움켜쥐었던 기억이 생생합니다.

지금 생각하면 너무 웃기는 일이지만 나의 처음 도시 생활은 에피소드 그 자체였습니다. 정말이지 눈을 뜨면 모든 게 공부였습니다. 공부는 배우고 익히는 거라고 고등학교 선생님이 이야기했습니다. 나는 학교에서 새로운 것을 배우고 익히며 열심히 공부했습니다. 학교에서뿐만 아니라 삶의 곳곳에서 새로운 것을 배우고 익히며 매일매일 공부했습니다.

고등학교를 마치고 난 후에는 대학에서 공부했습니다. 석사과정도 했습니다. 직장에서도 공부했습니다. 열심히 배우고 익혀서 이제는 세상을 좀 안다고 생각할 무렵, 나는 자신 있게 결혼했습니다. 열심히 공부했으니 결혼생활을 잘할 수 있을 거라고 확신했습니다. 더군다나 나는 남편을 너무 너무 사랑했으니까요.

그런데 결혼과 동시에 새로운 공부가 시작되었습니다. 그동안 배운 것과는 완전 다른 새로운 공부 말입니다. 모든 걸 새롭게 배우고 익혀야 했습니다. 나의 이십 대 후반부터 삼십 대는 그렇게 새로운 공부로 너무 바빴습니다. 이 공부는 교과서도 없었습니다. 누군가는 자신의 경험으로 왈가왈부했지만 나에게는 전혀 도움이 되지 않았습니다.

나는 어렵게 임신을 했고 어렵게 아이를 낳았습니다. 육아는 만만치 않았습니다. 시어머니 모시는 일은 어떠한 참고문헌에도 없었습니다. 빈털터리도 되어 봤습니다. 컨테이너에서 일곱 식구가 함께 살기도 했습니다. 암에 걸려 두려움에 떨기도 했습니다. 아버지의 갑작스러운 죽음으로 슬픔과 두려움에 떨기도 했습니다. 정말이지 새롭게 시작된 공부는 참 어려웠습니다. 인생 공부가 이렇게 어려운 줄 몰랐습니다. 수학 공식처럼 딱 들어맞는 건 하나도 없었습니다. 영어단어처럼 외우면 되는 것도 하나도 없었습니다. 모든 건 혼자 선택하고 결정하고 책임지는 스스로 공부였습니다.

공부한다고 해서 다 알 수도 없었습니다. 하면 할수록 더 어려웠습니다. 매일매일 노력하고 때로는 울어봐도 해답을 찾을 수 없었습니다. 그래서 나는 노래했습니다. 실패와 고뇌의 시간이 다가올 때마다 어떻게 할 수 없어 노래했습니다. 〈바람의 노래〉를.

나의 작은 지혜로는 알 수가 없네.

내가 아는 건 살아가는

방법뿐이야.

보다 많은 실패와 고뇌의 시간이

비껴갈 수 없다는 걸 깨달았네.

이제 그 해답이 사랑이라면

나는 이 세상 모든 것들을

사랑하겠네.

그랬습니다. 서른에 인생 공부하면서 깨달았습니다. 실패와 고뇌의 시간은 비켜 갈 수 없다는 걸 말입니다. 가수 조용필은 〈바람의 노래〉에서 그 해답은 사랑이라고 전했습니다. 그래서 '이 세상 모든 것들을 사랑하겠네.' 라고 했습니다. 나의 해답도 '사랑'이었습니다. 그래서 노래했습니다. 힘들고 지칠 땐 눈물을 흘리며 노래했습니다. 그러면 내 마음이 시원해지면서 다시 사랑을 끌어 올릴 수 있었습니다.

그런데 사랑으로 살아낸다고 다 공부가 되는 건 아니었습니다. 우리가 공부한다고 책상에만 앉아 있으면 허리도 아프고 목도 아픕니다. 적정 시간 앉았다 일어나 쉬어주기를 반복해야 몸이 건강해져 공부를 오래 할 수 있듯이 삶에도 치유의 시간이 필요했습니다.

우리는 몸이 지칠 때 보양식을 찾습니다. 보양식 한 그릇 먹고 나면 다시 힘이 생깁니다. 이렇듯 삶에 지치고 힘들 때 나를 그냥 내버려 두는 것이 아니라 그냥 쓰러지게 두는 것이 아니라 나만의 보양식을 찾아 먹어야 합니다. 나를 치유해 줄 수 있는 마음의 보양식, 나만의 보양식 말입니다.

마음의 보양식으로 내가 찾은 건 숲이었습니다. 숲은 살아내느라 힘들고 지친 나에게 안정을 찾게 해 주었고 다시 사랑의 힘을 주었으니 나에게 딱 맞는 보양식이었습니다. 만약 어떤 이들이 실패와 고뇌의 시간으로 힘들어하고 있다면 내 고향 김천 치유의 숲을 권합니다.

다시 힘을 얻어 돌아보니 마흔이 되어 있었습니다. 나는 41세에 박사 공부를 시작했습니다. 집안 사정과 나의 건강 상태를 다 고려해 내린 결정이었습니다. 누군가는 늦은 나이라고 말했지만, 나에게는 다시 공부할 수 있는 신나는 시간이었습니다.

다시 시작한 공부는 서른의 공부와는 달랐습니다. 훨씬 쉬웠습니다. 내 나이가 갑자기 마흔이 되지 않았듯이 공부도 갑자기 쉬워진 것이 아니었습니다. 박사과정에서 상담을 공부하며 나는 많은 걸 배우고 깨달았습니다. 서른에 포기하지 않고 삶의 공부를 했던 것이 쌓이고 쌓여 결국 마흔에 치유 과정을 맞이하게 되었던 겁니다.

사람마다 삶을 살아가는 동안 고통이 왜 없겠습니까. 그러나 삶은 정답이 없어 공부하는 수밖에 없는 것 같습니다. 포기하지 않고 공부하다 보면 어느 날 고요해지는 날이 올 겁니다. 사람마다 그 순간은 다 다르겠지만 말입니다.

오십이 된 지금은 내가 숲이 되는 공부를 합니다. 우리 아들딸들이 지친 몸과 마음을 이끌고 쉬고 싶을 때 언제든지 찾아와 쉴 수 있는 그런 치유의 숲. 나는 그런 숲이 되렵니다.

5

자전거를 통해 배우는 세상

"바람이 불어오는 곳. 그곳으로 가네. 햇살이 눈부신 곳 그곳으로 가네."
가수 김광석이 부른 〈바람이 불어오는 곳〉의 가사 일부분입니다. 이 노래
를 부르며 가사 내용을 따라가다 보면 바람이 불어오는 곳에는 꿈이 있고
그곳에서는 새로운 꿈을 꿀 수 있는 희망의 세상이 펼쳐지는 느낌이 듭니
다. 아무런 근심 걱정 없이 내 몸을 맡기며 그저 행복을 누리면 되는 그런
느낌이랄까요. 그래서 더 많이 부르게 되고 부르다 보면 어느새 나는 그곳
으로 가 있는 느낌이 들어좋습니다.

우리가 살면서 마음껏 바람을 느끼고 햇살을 받으면서 근심 걱정 없이
산다면 얼마나 좋을까요? 나는 이런 삶을 꿈꾸었습니다. 내가 꿈꾸었던 삶
에는 사랑이 넘치고 행복이 가득한 그곳이 있습니다. 어쩌면 이런 삶을 모
두가 꿈꾸고 있는지도 모릅니다. 나는 살면서 알았습니다. 이 바람은 항상

같지 아니하고 이 햇살 또한 항상 같은 햇살이 아니라는 것을 말입니다. 때로는 상쾌한 바람이 불어오다가도 때로는 바람 한 점 없거나 거센 태풍 같은 바람이 불어오는 게 삶이었습니다. 때로는 따뜻하고 평온한 햇살이 비치다가도 때로는 먹구름에 가려 햇살 한 줄기 들지 않는 게 삶이었습니다.

나의 삶에도 바람 한 점 없고 햇살 한 줄기 들지 않던 시간이 있었습니다. 바람 한 점 없으니 얼마나 숨 막히고 햇살 한 줄기 비치지 않으니 얼마나 우울한 시간이었을까요. 그야말로 희망이라고는 보이지 않는 그런 시간이었습니다. 바로 '암' 선고를 받았을 때였습니다. 드라마에서 보면 암 선고를 받은 사람이 "내가 왜 암이야, 나는 열심히 살았는데 내가 왜." 하며 소리치는 모습을 보게 되지요. 나도 그랬습니다. 나는 열심히 살았고, 살고 있었고, 살아가야 하고, 그리고 이제는 살만했는데 암이라니 말도 안 될 일이었습니다.

수술하기 전 3개월의 시간은 정말이지 바람 한 점 없었습니다. 햇살 한 줄기 들지 않았습니다. 세상과 완전히 단절된 느낌이었습니다. 꿈도 없고 희망도 없고 모든 게 막혀 버렸습니다. '내가 너무 욕심을 부렸나, 어떻게 살아야 하지.' 내 마음에서는 후회와 좌절, 슬픔이 가득했습니다.

그러나 바람은 불고 있었습니다. 바람 한 점 없다고 생각했는데 바람은 매일매일 불고 있었습니다. 햇살 한 줄기 없다고 생각했는데 햇살은 계속해서 비치고 있었습니다. 나는 수술을 받았고 살아났습니다. 너무나 감사하게 새 생명으로 다시 태어났습니다. 어떤 말도 필요 없었습니다. 그저 감사했습니다. 매일매일 감사하다는 말을 하며 감사하게 살았습니다. 감사함은 세상과 소통하는 통로를 열어 주었습니다.

자전거를 샀습니다. 두 대의 자전거를요. 하나는 남편이 타고 하나는 내가 타거나 큰아들이 타거나 번갈아 가며 타기로 했습니다. 자전거를 산 그날부터 우리 가족은 세상과 소통을 시작했습니다. 그동안 남편이 하던 사업장도 미련 없이 문을 닫았습니다. 나도 학교 강의를 그만두었습니다. 오롯이 세상 속으로 나가서 세상과 소통하고 우리 가족에게만 집중하는 그런 삶을 살기 시작했습니다. 아무런 욕심 부리지 않고 근심 걱정 하나 없이. 보이는 대로 보고 느끼는 대로 느끼는 그런 삶을 살았습니다.

자전거를 타고 달리는 속도대로 바람은 불어왔습니다. 어떤 바람을 원하지도 않았습니다. 그저 불어오는 바람은 그대로가 기쁨이었습니다. 바람은 언제나 멈추지 않았습니다. 늘 거기에서 불고 있었습니다. '아하, 그렇구나! 바람이 불어오는 곳이 따로 있었던 것이 아니라 내 마음이 바람을 느끼지 못하고 있었구나. 그동안 살아내느라 정신없어서 아니면 욕심내느라 바빠서 이걸 몰랐구나.'

햇살도 온몸으로 받았습니다. 그동안 햇살은 늘 이 세상을 비추고 있었습니다. 내가 그 햇살을 받지 못하고 느끼지 못하고 있었을 뿐이었습니다. 참으로 신기하지 않습니까? 마음 하나 바꿨을 뿐인데 내 몸이 완전히 세상과 소통하는 걸 보면 말입니다.

자전거는 어디든지 갈 수 있었습니다. 마음만 먹으면 말이지요. 마음이 가는 곳에 자전거는 늘 함께했습니다. 어느 날 남편은 서울로 가는 기차에 자전거를 싣고 서울에 도착했다가 다시 자전거를 타고 구미로 출발하는 소통을 시도했습니다. 이때 나는 아이들이 어려서 자동차를 타고 그 길을 동행했습니다. 서울 대전 찍고 구미로 왔습니다. 국도로 오는 길은 작은 도시와 마을들이 가득했습니다. 우리가 모르고 있었던 예쁜 마을들과 거기서 살아가는 아름다운 사람들, 자연과 인간이 어우러져 살아가는 모습 자체는 예술이었습니다. 이건 자전거가 아니면 볼 수 없었던 세상이었습니다.

자전거를 타면 탈수록 바람은 시원했습니다. 그리고 상쾌했습니다. 햇살은 눈 부셨습니다. 세상 그 어떤 것도 아름답지 않은 게 없었습니다. 가는 곳마다 음식도 맛있었습니다. 모든 게 감사할 따름이었습니다.

이렇게 우리 가족은 자전거로 세상과 소통하다가 산악자전거 동호회에 가입했습니다. 동호회에는 가족 단위의 회원이 많아 새롭게 기뻤습니다. 큰아들이 초등 2학년이 되었을 때입니다. 아들은 자전거를 쉽게 잘 탔고 자전거 타기를 즐겼습니다. 혹여 위험한 상황을 고려해 전문가의 코치도 받았습니다. 코치는 이야기했습니다. "아이가 운동신경이 아주 좋습니다. 끈기도 있고 흥미도 있고요. 그래서 말인데 이번 정선 산악자전거 챌린지에 아빠와 함께 출전해 보는 건 어떤지요?" 아이는 아빠와 함께라면 출전해 보고 싶다고 동의했습니다.

우리 가족은 동호인들과 함께 강원도 정선으로 떠났습니다. 하룻밤을 정선에서 자고 다음 날 아침 챌린지 장소로 이동했습니다. 지금 생각으로 시월이었던 것 같은데 산기슭이어서인지 내가 긴장한 탓인지 날씨가 몹시 추웠습니다. 아이는 아빠와 몸을 풀고 천천히 출발했습니다.

나는 출발지점에서 막내를 데리고 놀았습니다. 그런데 갑자기 119구급차가 왔습니다. '혹시 우리 아들이…' 하는 불안한 마음으로 황급히 달려가 보니 모르는 사람이었습니다. 그 사람은 자전거를 타다가 넘어져 구급차에 실려 내려왔던 겁니다. 그때부터 나는 초조해지기 시작했습니다. '괜히 욕심을 부렸나.' 하는 마음에 갑자기 즐겁지 않았습니다. 그러자 내 마음에는 바람 한 점 불어오지 않았습니다. 불안과 초조함이 겹쳐 꽉 막혀 버렸습니다.

4시간이 넘어가자 참가자들은 거의 다 완주했습니다. 먼저 도착한 참가자들은 맛있는 음식을 먹으며 축제를 즐기고 있었습니다. 갑자기 막내가 소리쳤습니다. "형아, 아빠." 막내의 소리는 너무나 우렁찼습니다. 아들은 그 험한 산을 자전거로 4시간 넘게 타고 완주했습니다.

아들을 보는 순간 불안하고 애타던 가슴이 뻥 뚫렸습니다. 너무 반가워 땀에 흠뻑 젖은 아들을 안고 막 울어버렸습니다. 아들을 안자 갑자기 내 마음에도 시원한 바람이 불어오기 시작했습니다. 초등 2학년 조그마한 아들이 자전거를 타고 결승점에 도착하자 먼저 도착한 많은 사람이 일제히 환호와 함께 손뼉을 쳤습니다. 아들은 무릎에 약간의 부상이 있었지만 무사히 그 높은 산을 자전거로 완주했습니다. 너무 대견하고 자랑스러웠습니다. 아빠도 자전거에서 내려 아들을 안아주며 눈가가 촉촉해졌습니다.

　아들과 남편이 완주하고 나서야 축제 현장을 느낄 수 있었습니다. 갑자기 맛있는 음식이 눈에 확 들어왔습니다. 아들 무릎을 치료한 후 우리 가족은 노래도 부르고 춤도 추면서 맛있는 음식을 마음껏 먹었습니다. 정말 축제 한마당이었습니다.

　축제를 즐기고 있는 동안 무대에서는 시상식을 준비하고 있었습니다. 시상식이 시작되자 아들 이름을 불렀습니다. 바로 오늘 '최연소 완주자 상'이었습니다. 춤추며 놀고 있던 우리 가족은 깜짝 놀랐습니다. 참가자들은 일제히 일어나 손뼉을 치며 아들에게 칭찬을 아끼지 않았습니다. 아빠가 아들을 안아 시상대에 올려 주었습니다. 〈라이언 킹〉에서 아빠 사자가 아들 사자를 왕의 자리에 올릴 때처럼요.

　아들은 소감에서 "자전거 타는 게 재미있었어요. 아빠랑 함께해서 끝까지 할 수 있었어요."라고 소감을 말해 큰 박수를 받았습니다. 9살 아이의 솔직한 마음이었습니다. 아이 말대로 우리는 즐기기 위해 여기에 왔고 그저 세상과 소통했는데 생각지도 못했던 상을 받아 더 기뻤습니다.

　자전거를 타고 세상과 소통한 건 나만이 아니었습니다. 아들은 자신의 방식으로 세상과 소통하고 있었습니다. 또 남편은 남편대로 막내아들은 막내아들대로 모두가 세상과 소통하는 시간이었습니다. 우리 가족은 이렇게 자전거를 타고 4년 정도 세상과 소통하는 시간을 가졌습니다.

내 인생에서 바람 한 점 불어오지 않고 햇살 한 줄기 없던 시간에 자전거는 새로운 희망의 시간을 맞이하게 해 주었습니다. 정말이지 크나큰 치유의 시간이었습니다.

그때 함께했던 사람들에게 감사의 마음을 전합니다. 그리고 가장 감사한 건 남편과 아이들. 가장으로서 돈 버는 일이 중요했을 터인데 그 중요한 일을 다 뒤로 미루고 온전히 마음을 내주었던 나의 남편. 매일 바깥에 나가 자전거를 타며 세상을 다니는 일이 쉽지 않았을 터인데 엄마 아빠 옆에서 행복하다고 말해 준 내 아이들.

"자기야, 태영아, 대영아. 정말 고마워. 엄마는 우리 가족이 있어 정말 행복해."

오십, 나는 다시 자전거를 탑니다. 바람은 잘 불어옵니다. 햇살도 잘 비칩니다.

6

보약 같은 삶의 시간

큰아들이 고3 시절, "엄마, 리마인드 웨딩 가족사진 할인권에 내가 당첨 되었대. 이거 너무 행운이지. 엄마 아빠 시간 되실 때 가족사진 찍으러 가요." 아들은 너무 기뻐하며 말했습니다. 리마인드 웨딩이라는 말이 낯설었지만 너무 기뻐하는 아들을 보며 거절할 수 없었습니다. 남편도 흔쾌히 가족사진을 찍자고 했습니다.

사진 촬영을 위해 꽃단장하는 시간이 꽤 걸렸습니다. 웨딩드레스를 고르고 턱시도를 입은 남편 옆에 섰습니다. 남편의 얼굴을 쳐다보니 여전히 잘생겼습니다. 머리에는 소복하게 세월이 내려앉았지만 세월도 이길 수 없는 그 멋짐은 여전했습니다. 왜 그렇게 설레던지 가슴이 쿵쾅거렸습니다. 결혼식 하던 그날처럼 말입니다.

사진은 여러 장 찍었습니다. 처음에는 부부 사진을 찍었습니다. 그리고 남편과 같이 턱시도를 입고 내 옆에 떡하니 서 있는 두 아들과 함께 찍었습니다. 아들이 옆에 서 있으니 든든했습니다. 둘이 시작한 삶이었는데 어느새 이렇게 아이들이 자랐구나 싶어 뭉클했습니다. 고3인데 공부는 뒷전이고 이런 걸 찍자고 하냐며 잔소리를 할 뻔했는데 참길 잘했습니다. 사진 찍는 내내 가족들의 웃음이 가득하니 참 행복했습니다.

사진을 찍은 후 아이들과 남편은 각자 자기의 일정대로 움직이고 나는 집에 돌아와 거실에 앉았습니다. 거실 곳곳에 걸려 있는 추억의 사진들이 눈에 들어왔습니다. 추억을 떠올리며 사진을 보고 있다가 그것도 모자라 앨범 속에 간직하고 있던 추억까지도 다 소환했습니다. 결혼식 하던 장면부터 아이를 낳아 키우던 시간 순서대로 추억은 펼쳐졌습니다. 기쁨과 함께 어려웠던 순간까지도 고스란히 사진 속에 녹아 있었습니다.

그러다 사진 한 장에 갑자기 머물렀습니다. 컨테이너 앞에서 찍은 사진이었습니다. 사진 속에는 시어머니와 두 딸 그리고 첫째 아들 이렇게 네 명이 서 있었습니다. 햇살이 비추던 어느 겨울날의 사진이었습니다. 그때는 우리 집 살림이 가장 어려웠던 시기였습니다. 빈털터리가 되고 컨테이너 한 동에 일곱 식구가 몸을 누이며 살던 시절이었습니다.

그런데 사진 속에는 모두가 행복하게 웃고 있었습니다. 그리고 찾아낸 그 시기의 사진들. 아이들이 두부를 먹고 있는 모습 속에는 누나들이 동생에게 두부를 먹이는 모습도 있었습니다. 눈 쌓인 들판에서 아들 키 높이만큼 눈사람을 만들어 놓고 함께 찍은 사진, 마당에서 아이들이 놀고 있는 사진 등 많지 않은 사진 속에서 그때 그 시절과 만났습니다.

'아, 옛날이여!'

어려운 살림에도 아이들의 표정은 참으로 맑았습니다. 맑은 아이들이 있어 나는 그때도 힘내어 잘 살아냈던 겁니다. 해맑은 아이들이 좋아서 그 당시 나는 어려운 살림에도 둘째 아들을 많이 기다렸습니다. 어려운 살림과는 상관없이 아이를 낳고 싶은 바람은 무척 컸습니다. 어릴 적 대가족 속에서 자란 시간이 나에게는 너무 풍성한 기억으로 있어 나는 결혼을 하면 아이를 많이 낳아 기르고 싶었습니다. 그래서 가슴으로 낳은 두 딸과 자궁으로 낳은 첫째 아들과 살면서도 둘째를 기다렸던 겁니다.

그러나 첫 아이를 낳은 후 유산을 거듭하면서 다시 아이를 가진다는 게 쉽지 않았습니다. 나름대로 운동도 열심히 하고 단백질 음식을 자주 먹으며 노력했지만 생명은 그리 쉽게 오는 게 아니었습니다. 노력하다가 포기할 즈음 언니들의 권유로 보약의 도움을 받기로 했습니다. 한의사의 진단에 따라 내 체질에 맞는 보약을 먹었습니다. 그랬더니 정말 임신을 했습니다. 보약 덕분인지 너무나 기다리던 지금의 막내가 태어났습니다. 그 기쁨은 말할 것도 없습니다.

'보약은 몸을 보하는 약으로 몸의 균형을 잡아 정상으로 회복시킨다는 뜻이 담겨 있습니다. 어려운 시기를 살아내는 동안 내 나름대로 운동하고 단백질을 먹는다고 먹었지만 몸의 균형이 맞지 않았던 것 같습니다. 비단 몸만 그랬을까요. 마음도 균형을 잡지 못하고 힘들어하고 있어 아이를 만나기가 더 어려웠으리라 생각합니다. 이런 어려움 속에서 태어난 막내는 내 몸의 균형뿐만 아니라 삶의 균형을 잡아 주는 역할을 했습니다. 막내아들은 어려운 삶에서도 내가 지치지 않도록 보약 같은 웃음을 많이 선사했습니다.

웃음은 최고의 보약이라고 합니다. 여러 연구 결과에도 '웃음이 최고의 보약'이라고 많이들 말합니다. 웃음 치료사들은 억지로라도 웃으면 뇌는 웃고 있다고 생각해 행복 호르몬이라 불리는 세로토닌을 분비한다고 설명합니다. 하물며 예전엔 〈코미디쇼 웃으면 복이 와요〉라는 TV 프로그램도 있었지요. 그만큼 웃음은 건강하게 살아가는 데 최고의 보약임이 틀림없습니다. 이런 최고의 보약을 막내가 태어나면서 나는 자주자주 먹었습니다. 유머가 많았던 막내아들의 이야기가 떠오릅니다.

우리 가족이 처음으로 서울 구경을 간 날이었습니다. 이때 막내는 5세였습니다. 서울 구경이 처음이니 온 가족이 얼마나 설렜을까요. 많이 구경하고 싶은 욕심에 구미에서 새벽 기차를 탔습니다. 4시간 걸려 서울에 도착하니 아이들이 피곤해할 만했습니다. 기차에서 내려 지하철을 타러 가는데 겨울이라 날씨가 무척 추웠습니다. 지하철을 타자 마침 그 시간대에는 그다지 사람들이 많지 않았습니다. 피곤해하던 막내가 의자를 보고 얼른 뛰어가 자리에 앉더니 "어, 뜨시다."라고 말했습니다. 어린아이가 해맑은 얼굴로 사투리 쓰는 모습을 보고 지하철에 탔던 사람들이 일제히 웃으며 쳐다봤습니다. 갑작스러운 많은 시선에 아이는 고개를 숙였습니다. 그리고 무언가 생각을 했던 것 같습니다.

서울 구경을 다 하고 돌아오는 길에 다시 지하철을 탔습니다. 지하철은 무척 혼잡했습니다. 복잡한 실내에서 막내는 자리 하나를 발견하고는 "엄마, 여기 자리 있어. 빨리 와 앉아."라고 말했습니다. 빼곡한 사람들 속에서 우리 막내의 목소리는 호랑이 소리보다 더 크게 쩌렁쩌렁했습니다. 부끄러워서 자리에 빨리 앉았습니다. 막내는 내 무릎에 앉고는 안도하는 마음으로 해맑게 웃었습니다. 해맑은 아이를 보며 어떤 아저씨가 웃으며 말했습니다. "너 사투리 쓰는구나." 그러자 우리 막내가 하는 말, "저는 사투리 안 써요. 사투리 안 써요."라고 정색을 하며 고개를 절레절레 흔드는데 순식간에 장내가 웃음바다가 되었습니다. 이미 막내의 억양은 누가 들어도 경상도 사투리였으니 웃음이 나올 수밖에요. 그것도 다섯 살 아이의 경상도 사투리, 얼마나 귀여웠을까요.

한 번은 새해를 맞아 남편 지인 집에 갔습니다. 주인집 아저씨가 막내가 너무 귀엽다며 여러 가지 질문을 했습니다. 대화가 오가던 중 아저씨가 막내에게 물었습니다.

"너 띠가 무슨 띠니?" 그러자 막내가 말했습니다. "저는 태권도 안 다녀요."

참 기발한 표현 아닌가요? 어른이 생각하는 띠는 소띠, 원숭이띠, 이런

12띠를 물었는데 다섯 살 어린 아이에게 '띠'는 태권도의 빨간 띠, 보라 띠 같은 거였습니다. 지금도 생각하면 정말 웃음이 절로 나옵니다.

막내의 보약 같은 유머는 계속됩니다. 어느 날 막내가 아파서 한의원을 갔습니다. 한의원 선생님은 평소에도 막내를 무척 귀여워했습니다. 선생님이 막내의 초췌한 얼굴을 보고 걱정하면서, "대영아, 네 얼굴이 반쪽이구나."라고 말했습니다. 그러자 우리 대영이.

"선생님 이쪽으로 보면 반쪽인데 이렇게 보면 한쪽이에요." 하며 얼굴을 돌렸습니다. 한의사 선생님, 간호사 선생님, 접수처에 앉은 선생님까지 모두 웃었습니다. 그렇네요. 옆으로 보면 반쪽이고 똑바로 바라보면 한쪽이네요.

막내는 참 유머가 있는 아이였습니다. 어린 나이에 어쩜 이렇게 가는 곳마다 웃음을 선사해 주는지, 만나는 사람들에게 귀여움을 많이 받았습니다. 유치원을 보내면 늘 바지에 오줌을 싸 오던 아이, 신발까지 오줌이 다 내려와 축축한 신발을 신고 집으로 오던 아이, 왜 오줌을 쌌냐고 물어보면 "오줌 누러 가면 바깥 놀이가 다 끝나잖아." 이렇게 놀이에 진심이었던 아이. 그래서 유치원 선생님도 엄마인 나도 웃음보가 터지게 하던 아이. 그 아이가 우리 막내입니다.

막내뿐만 아니라 우리 집 큰아들의 유머도 만만치 않았습니다. 그보다 더 강력한 유머를 가진 사람은 바로 남편이었습니다. 큰아들과 남편의 유머는 또 다음 편에서 기대하며…. 이런 유머 있는 남자들과 살다 보니 어려운 삶이었지만 늘 웃음이 있었습니다. 그 웃음이 보약이 되었고 그 보약 덕분에 힘들었던 내 마음이 치유되었습니다.

오십이 된 지금, 리마인드 웨딩 사진 속 우리를 바라봅니다. 식탁에 앉으면 사진 속 가족들이 바로 보입니다. 우리는 이 시간을 살아왔구나. 지나고 보니 가족과 함께했던 모든 시간이 보약 같은 시간이었습니다. 이제는 어려움도 기쁨도 보약의 의미처럼 균형을 잘 맞추며 살아갑니다.

3장

아름다운 삶의 길이
보이는 나이, 오십

이제 나를 만나러 갑니다

나는 진정 나를 만난 적이 있던가? 결혼 후 누구의 엄마와 아내, 며느리로 살아온 시간 속에서 진정한 나로 살아온 시간이 있었던가? 그러면 진정한 나로 산다는 건 또 어떤 모습인가? 이 질문을 따라가다 보면 영화 〈지금 만나러 갑니다〉의 장면들이 펼쳐집니다.

여주인공 수아는 사랑했던 가족을 남겨두고 세상을 떠납니다. 일 년 후 비가 오는 어느 날 다시 돌아오겠다는 약속을 남기고서 떠납니다. 이 약속은 기적처럼 이루어집니다. 수아는 1년 뒤 비 오는 날 남편과 아들을 다시 만납니다. 그런데 기억을 모두 잃은 채 돌아옵니다. 그때부터 이야기는 과거로 거슬러 올라갑니다. 과거 수아는 남자 주인공인 우진을 고등학교 때 처음 만났습니다. 첫 만남부터 첫 키스, 둘의 사랑 그리고 결혼, 아이를 낳아 기르며 살아온 시간에 대한 추억 속으로 천천히 들어갑니다.

우진이 말해 주는 수아는 고등학교 때부터 전교 1등을 하는 아무도 범접할 수 없는 그런 아이였습니다. 그런 아이를 우진은 혼자서 짝사랑했습니다. 그러다 용기 내어 수아를 만나러 갔지만 자신의 말하기 어려운 아픔으로 인해 용기를 내지 못합니다. 결국, 수아의 용기로 사랑은 이루어지고 결혼을 하게 되었습니다. 우진은 결혼 후 두 사람의 사랑과 서로를 알아가는 장면들을 계속 이야기합니다. 수아는 무엇을 좋아하고 어떻게 살고자 했는지, 그리고 서로가 어떻게 얼마나 사랑했는지를 이야기합니다. 그 이야기를 들으며 수아는 자신을 이해하기 시작합니다. 기억을 모두 잃은 수아는 오롯이 우진의 이야기를 통해 자신을 만나게 됩니다.

이처럼 나를 사랑하는 사람이 나에 관해 이야기해 줄 때 우리는 나를 이해하기도 합니다. 지나온 경험들을 떠올리며 좀 더 자세하게 이야기해 주기를 바라고 그 이야기를 경청하면서 나에게 더 깊이 들어가게 됩니다.

나는 결혼 후 나를 잘 이해하지 못했습니다. 어쩌면 그전에도 나를 잘 몰랐는지도 모릅니다. 아이 키우며 아이에게 집중하고 며느리의 역할과 아내의 역할, 사회 속에서 그때그때 주어지는 역할을 수행해내면서 진정 나를 이해할 시간도 나를 만날 시간도 없었던 것 같습니다.

그런데 이건 나만 그런 것이 아니었습니다. 상담하며 만나는 사람들과 주변 사람들의 이야기를 들어보면 자녀 양육기에는 대부분 주어진 역할에

충실하다 보니 나를 깊이 들여다볼 시간이 없다고 말합니다. 그러다 자녀가 성장해서 독립할 때쯤이면 이제야 숨을 돌리고 나를 이해하려 노력하게 된다는 겁니다. 정말 그런 것 같습니다. 이제야 숨을 돌리고 나를 이해하려 노력하는 나이는 대체로 오십 대입니다. 오십은 그런 나이입니다. 나는 이제 나를 만나러 갑니다.

오십의 겨울, 내 생일날이었습니다. 남편과 두 아들 이렇게 네 가족이 모여 앉아 생일파티를 했습니다. 아이들이 어렸을 때는 생일파티를 즐기는 게 아니라 준비하는데 정신이 없었다면 이제는 여유가 있습니다. 편안하게 앉아 아이들이 준비해 준 파티를 즐깁니다. 와인 한 잔의 여유 속에서 아이들이 들려주는 '나'에 대해 만납니다.

"엄마, 우리 어릴 때 돈도 없었는데 어떻게 그렇게 해외여행도 다니고 주말이면 매일 놀러 갈 수 있었어? 그리고 엄마도 쉬고 싶었을 텐데. 그런데 그때가 참 기억에 많이 남아. 그때 참 좋았어. 나도 애 낳으면 애들한테 그렇게 해 줘야지. 좀 피곤해도 애들 생각해서 여행도 다니고 애들한테 예쁘게 말해 주고."

"여자 친구들 만나보면 엄마처럼 헌신하는 사람은 없어. 아빠가 자주 화내고 집에 안 들어오고 해도 엄마는 늘 아빠를 이해하잖아. 우리도 기다려 주고. 엄마 같은 여자가 없어서 결혼하겠나."

아이들의 몇 마디에도 나는 나를 만나게 됩니다. 나는 가족을 가장 사랑하고 모성애가 강한 사람이구나 싶습니다. 그리고 아이들이 한마디 더 합니다.

"이제 우리는 알아서 잘 살아갈 테니까 엄마 하고 싶은 거 하고 살아요."

남편도 용돈을 건네며 말합니다. "누굴 위해 뭘 사지 말고 이 돈은 너를 위해 써." 이 말들을 들으며 생각합니다. 나는 그동안 모든 초점을 가족에게 맞춰 살았구나. 가족을 위해서라면 기꺼이 헌신하려고 노력하는 사람이었구나. 나는 그런 사람이었네. 그러나 이 과정들이 나에게는 기쁨이었고 행복한 시간이었습니다. 이제는 아이들과 남편의 말대로 나에게 집중하며 살아야겠습니다. 남편이 준 돈으로 나를 위해 무엇을 살까요?

어느 여름날 대학원 수업을 하다가 생각지도 못했던 친구를 만났습니다. 30년이 훌쩍 지난 지금 고등학교 친구를 만난 겁니다. 그때 우리는 무척 친한 친구였는데 대학 진학 후 지금까지 만나지 못하고 살았습니다. 정말이지 너무 놀랐습니다. 그리고 얼마나 기쁘고 반갑던지 얼싸안았습니다. 오십에 만난 고등학교 친구는 나에 대해 이렇게 기억합니다.

"영이야, 너는 학교 복도에서 만나도 반갑게 나를 맞아 주었어. 누구를 만나도 그랬지. 그때 생각나? 우리 점심 먹고 학교 뒷동산에 올라가 걸었던 거. 우리는 걸으며 이야기를 많이 했지. 너는 의리 있는 친구였어."

고등학교 때 나는 친구를 좋아하는 아이였구나. 의리도 있고. 걸으며 이야기하기를 좋아하는 아이였구나. 그동안 몰랐는데 오십인 지금 나를 보면 고등학교 때와 똑 닮았습니다. 지금 나는 친구를 좋아하고 의리를 지키려고 하고 걷기를 좋아하며 이야기하기를 좋아하는 사람이니까요.

나는 오 남매의 막내로 태어났습니다. 그 덕분에 우리 언니들은 내가 태어났을 때부터 기억합니다. 특히 제일 많은 시간을 함께 보냈던 작은언니는 나를 똑똑히 기억합니다. 작은언니가 말해 준 나의 탄생은 이러했습니다.

나는 추운 겨울에 태어났습니다. 병원도 없고 약국도 없는 첩첩산중에서 태어났습니다. 그때 할머니가 산파였습니다. 사 남매를 건강하게 낳았던 엄마는 나를 낳으면서 아주 위험했답니다. 아기가 태어날 때 머리가 먼저 나오는 게 정상분만인데 나는 발이 먼저 나왔답니다. 병원도 없고 의사도 없는 상황에서 말입니다. 할머니는 얼굴이 파래지셨답니다. 이 이야기는 할머니한테서도 자주 들었습니다. 발이 나오고 있는 상황에서 다급해진 할머니는 삼신상에 물을 떠 놓고 "삼신할머요, 삼신할머요, 우리 아 엄마 살려 주이소. 아 엄마 죽으면 사 남매는 어짠다요. 제발 우리 아가 똑바로 나오도록 도와주이소." 하며 빌었답니다. 그러자 거짓말처럼 내가 차렷을 하고 고개를 폭 숙인 채 얌전하게 잘도 나오더랍니다. 덕분에 엄마도 살고 나도 살았습니다. 이런 이유에서도 나는 태어나자마자 사랑을 듬뿍 받았다고 합니다. 막내에다 죽을 고비를 넘기고 건강하게 태어났으니 사랑받을 수밖에요.

"우리 영이는 어릴 때부터 착하고 똑똑했어. 일도 잘하고 약속도 잘 지키고 공부도 잘하고. 그래서 집에서건 학교에서건 늘 칭찬을 많이 받았지. 지금도 봐봐. 우리 형제 중에서도 제일 착하고 똑똑하잖아."

언니 이야기를 들으면 늘 기분이 좋습니다. 나는 착하고 똑똑하고 사랑을 많이 받은 사람이었다는 걸 알게 됩니다. 나 자신도 사랑을 많이 받은 건 정말 인정합니다. 그래서 부모님과 나의 형제들에게 항상 고마운 마음 가득합니다.

이뿐만이 아닙니다. 직업의 세계에서 만난 동료들과 나를 가르친 교수님, 함께 공부하는 학생들, 옆집 언니, 우리 아이들 반 친구 엄마. 수없이 만나고 헤어진 사람들 속에서 나를 보게 되고 생각하게 됩니다.

이처럼 나를 사랑하는 사람들의 추억을 통해 나를 만나게 되었습니다. 과거에도 나를 사랑하는 사람들은 나에 대해 많은 이야기를 했을 텐데 그때는 들리지 않던 그 이야기가 오십에는 잘 들립니다. 그리고 들었던 좋은 이야기들을 가슴에 머금습니다.

나는 이제 '나'라는 사람은 어떤 사람이고 어떤 삶을 추구하며 살아가는지 끊임없이 이해해 보려고 합니다. 나를 이해하게 되면 나를 수용하게 되고 나를 수용하게 되면 진정한 나를 만나게 될 테니까요. 진정한 나를 만나는 일은 변화의 시작이고 변화는 새로운 희망입니다. 오십은 그런 나이입니다.

영화의 여주인공 수아는 가족을 만나고 난 후 다시 죽음의 세계로 돌아갑니다. 우리 인간의 삶이 영원하지 않다는 건 누구나 아는 사실입니다. 그래서 우리는 나답게 잘 살다가 죽기를 바랍니다. 우리가 죽는다는 걸 기억한다면 진정 나를 만나 나답게 살아갈 이유가 충분합니다.

이제 나는 나를 만나러 갑니다. 그동안 살면서 좋았던 것도 아프고 힘들었던 것도 '나'였고, 지금 새롭게 정원을 가꾸는 것도 '나'입니다. 그리고 앞으로 즐겁게 정원을 가꾸며 살아갈 나도 '나'입니다. 이 모두를 수용하며 나를 만나러 가는 길은 참으로 설렙니다.

오십에 깨달은 삶의 비밀

인생을 살면서 한 사람을 만나는 일은 무엇보다 중요합니다. 그 한 사람을 통해 온기를 얻고 살아가는 이유를 알기도 하기 때문입니다. 그런데 살면서 한 사람을 만난다는 건 쉬운 일이 아닙니다. 그 한 사람은 지금 보고 있는 그 모습이 다가 아니기 때문입니다. 그가 살아온 세월 동안 얼마나 많은 일이 있었겠습니까. 시인 정현종은 「방문객」이라는 시에서 한 사람이 온다는 것에 대해 이렇게 이야기합니다.

'사람이 온다는 건 실로 어마어마한 일이다. 그는 그의 과거와 현재와 그리고 그의 미래와 함께 오기 때문이다. 한 사람의 일생이 오기 때문이다.'

한 사람이 나에게 오기까지 그는 내가 생각도 할 수 없는 수많은 시간을 살아냈을 겁니다. 때로는 사랑과 기쁨 속에서 살았을 것이고 때로는 슬픔과 분노, 고통 속에서 살았을 겁니다. 때로는 희망이 샘솟다가도 때로는 좌절하고 마는 시간이 얼마나 많았겠습니까. 그 사람의 깊은 내면에 보이지 않는 잠재력은 또 어떻고요. 그뿐만이 아닙니다. 앞으로 그 사람이 살아갈 삶은 그 누구도 모릅니다. 그러니 보이는 게 다가 아닙니다. 그래서 한 사람을 만난다는 건 간단한 문제가 아닙니다. 한 사람은 그의 과거와 현재와 미래가 함께 오기 때문입니다.

그런데 한 사람의 과거와 현재, 미래를 만난다는 건 무슨 말일까요? 이 말을 내 나름대로 해석해 보면, 그를 만난다는 건 최대한 그를 이해한다는 겁니다. 그를 이해하려면 충분히 마음을 내어 그와 마주해야 합니다. 그와 마주한다는 건 귀를 쫑긋 세워 그의 이야기를 깊이 듣는다는 겁니다. 그가 살아온 삶의 이야기를 깊이 들어야 진심으로 그의 삶으로 들어갈 수 있습니다. 그러면 그의 과거와 현재와 미래를 마주하게 됩니다.

그렇다면 이야기를 깊이 듣는다는 의미는 무엇일까요? 깊이 듣는다고 할 때 떠오르는 단어가 있습니다. '경청'입니다. '경청'의 사전적 의미는 '남의 말을 귀 기울여 주의 깊게 듣는다.'는 뜻입니다. 경청의 한자를 살펴보면 이렇습니다. '경(傾)'은 사람 (人)을 향해 머리가 기울어지는 것을 나타내는 한자로, 상대방 앞으로 다가가 귀와 관심을 기울인다는 뜻이요. '청(聽)'은 귀 이(耳), 임금 왕(王), 열 십(十), 눈 목(目), 하나 일(一), 마음 심(心)으로 이루어진 형태로, 귀를 열고 눈을 열 번 마주치면서 상대를 왕이라고 여기며 온 마음을 다하여 듣는 것입니다. 온 마음을 다해 들으면 상대방이 가슴에서 퍼 올린 말을 귀가 아닌 가슴으로 느끼게 된다는 겁니다.

상대의 말을 잘 듣고 그가 느끼는 감정을 그대로 같이 느낀다면 우리는 그를 공감해 줄 수 있습니다. 공감은 상대방이 느끼는 것처럼 최대한 똑같이 느끼기 때문에 그가 경험한 바를 이해하게 됩니다. 우리가 진심으로 경청하고 공감하면 그 한 사람을 만날 수 있습니다.

그러면 경청하고 공감을 하기 위해서 가장 먼저 해야 할 일은 무엇일까요? 제가 생각하기에는 사람을 '존중'하는 마음의 자세입니다. '존중'의 국어 사전적 의미는 '높이어 귀하게 대하다.'라는 뜻입니다. 이기주 선생님은 『말의 품격』에서 제44대 미국 대통령이었던 버락 오바마의 유명한 일화를 들어 존중에 대해 말했습니다. 오바마가 이민 개혁법 통과를 촉구하는 연설을 할 때 이민 추방을 중단할 것을 요구하는 한 청년의 말을 무시하지 않고 그의 말을 하게 하고 들었다는 일화입니다. 이 일화는 상대의 의견에 동의하지 않더라도 상대의 발언권을 존중하는 태도에 대해 우리가 배우게 됩니다. 수많은 사람 중에 한 청년이 이야기하더라도 대통령이 그를 귀하게 여기고 듣는 자세, 이것이 진정 존중이 아닐까요. 다시 말해, 나와 생각이 다르다고 해서 그를 무시하는 것이 아니라 있는 그대로 받아주고 귀하게 대하는 자세가 존중입니다.

우리가 한 사람을 만날 때 존중하는 마음이 바탕이 되면 상대의 말이 잘 들리고 말이 잘 들리면 공감하게 됩니다. 그러면 이제 협상도 가능해집니다. 협상할 때는 따뜻한 밥을 먹으며 온기 속에서 하기를 권합니다. 밥을 먹는다는 것은 단순히 배를 채우는 것을 넘어 서로의 마음을 채우는 시간이 되기 때문입니다.

삶에는 이런 비밀이 숨어 있었습니다. 잘 살아간다는 건 이런 비밀을 배우고 행하는 것입니다. 내가 이 삶의 비밀을 삼십 대에도 알았더라면 남편과의 관계를 쉽게 풀고 살았을 텐데…….

삼십 대의 나는 남편의 언어와 행동을 이해하지 못했습니다. 그래서 싸웠습니다. 자주 싸웠습니다. 피만 터지지 않았을 뿐 피 터지게 싸웠다는 표현이 맞을 겁니다. 한 번은 이혼서류를 준비했던 날이 있었습니다. 정말 이를 악물고 이혼을 해야겠다고 생각했었던 것 같습니다.

그 당시 나는 암 수술을 받고 몸이 막 부어오르고 있었습니다. 남들이 나를 보고 살이 왜 이렇게 많이 쪘냐고 물었습니다. 그 정도로 나의 몸은 정상이 아니었습니다. 내 몸 추스르기도 전에 막내아들이 세 살이어서 엄마의 손길은 정말 많이 필요했고 집안일은 또 어찌나 많은지요. 그 와중에 남편은 분가하여 따로 살고 있던 시어머니를 모셔 와 병원 정기검진도 받게 하고 밥을 해 드리며 살펴 주라고 했습니다. 이 말에 섭섭하고 화가 났던 나는 결혼 후 처음으로 온 힘을 다해 소리쳤습니다. "당신에게 나는 보이지 않아?"

그렇게 우리는 싸웠습니다. 서로의 입장만 이야기하며 말입니다. 상대의 말은 전혀 듣지 않고 그 사람의 진짜 마음은 모른 채 자기주장만 하기 바빴습니다. 급기야 말이 안 통한다며 내가 집을 나왔습니다. 그런 나의 행동에 남편은 다시는 살지 말자고 했습니다. 집을 나와 보니 갈 곳이 없었습니다. 난생처음 찜질방이라는 곳에 갔습니다. 그리고 이틀 만에 이혼서류를 준비했습니다. 남편은 막내 손을 잡고 가정법원 앞으로 나왔습니다. 막내는 내 품으로 달려와 안겼고 세수도 하지 않은 아이와 남편을 보며 눈물이 났습니다.

이때 남편이 한마디 말을 했습니다. "영아, 밥 먹자." 이 말이 다였습니다. 그런데 나는 그 말을 잊을 수가 없습니다. 결혼 후 말이 없었던 남편이 가슴으로 끌어올린 최대의 말이었다는 걸 나는 들었습니다. 우리는 밥을 먹으며 한동안 아이하고만 눈을 마주치고 이야기를 했습니다. 그러다 서로를 보았습니다. 서로의 눈가에 눈물이 맺혔습니다. 음성이 아닌 비언어로 우리는 서로의 마음을 듣고 보았습니다.

밥을 먹은 후 그대로 아이를 안고 집으로 돌아왔습니다. 그리고 그날 밤 이야기를 했습니다. 그런데 참 신기하게도 남편의 말이 잘 들렸습니다. 남편도 내 말이 잘 들리는지 내 마음에 공감해 주었습니다. 그리고 우리는 자전거 여행을 떠났습니다.

나도 이혼서류 한 번쯤 준비해 본 여자입니다. 그런데 그 과정을 통해 많은 걸 배웠습니다. 존중한다는 것, 듣는다는 것, 공감한다는 것, 협상한다는 것. 어렴풋이 알았던 그 기억들이 지금은 추억이 되어 나에게 단단하게 말해 줍니다.

오십의 나이에는 삶 속에 숨겨져 있던 이런 비밀이 비밀이 아니라 자연스럽게 삶에 녹아 흐릅니다. 한 사람을 만난다는 건 존중하는 마음으로 경청하고 공감하고 협상하면서 그 사람 속으로 들어가야 합니다. 그러면 그와 노래할 수 있습니다. 나이가 든다는 건 한 사람과 마주 앉아 그의 이야기를 듣고 공감하며 노래 부를 수 있다는 겁니다.

내가 태어날 무렵 발표된 〈한 사람〉이라는 노래가 있습니다. 가수 '양희은' 님이 불러 더 가슴 속에 남아 있는 노래인데 이런 가사가 실려 있습니다.

한 사람 여기 또 그 곁에 둘이 서로 바라보며 웃네.
먼 훗날 위해 내미는 손 둘이 서로 마주 잡고 웃네.
한 사람 곁에 또 한 사람 둘이 좋아해.
긴 세월 지나 마주 앉아 지난 일들 얘기하며 웃네.

한 사람을 이해하고 좋아하며 긴 세월 지나 마주 앉아 지난 일들 얘기하며 웃을 수 있다면 얼마나 행복한 일인가요. 내 곁에 이런 사람 한 사람 있으면 세상 살 만하다고 느낄 겁니다. 살면서 억만금이 중요한 게 아니라 좋아하는 사람과 마음 나눌 수 있는 그 한 사람이 삶에서 가장 중요하다는 걸 깨닫습니다.

오십인 지금, 나를 만나고 내가 나에게 그 한 사람이 먼저 되어줍니다. 그리고 품격 있는 말과 행동으로 그 한 사람을 만나기 위해 노력합니다. 살아 있는 동안 계속해서 만나게 될 한 사람을 생각하니 희망이 솟습니다.

진정한 나로 살기 위한 독립선언

친하게 지내던 어린이집 원장님이 우울증세로 힘들어했습니다. 원장님은 자녀가 아들 한 명이었는데 그 아들을 결혼시키고 나서 우울함이 찾아왔던 겁니다. 원장님의 하소연을 들어봅니다.

"아들을 결혼시키는 데 돈도 어마어마하게 들었어요. 집도 사주고 결혼 비용도 다 대고. 그런데 이 녀석이 근처에 살면서 김장 김치를 가지고 가서 먹으라고 하니까 요래 말을 합니다."

"엄마, 보연이(며느리)가 김장 김치 안 먹는대. 오늘 퇴근해서 너무 힘드니까 그냥 거기 두래."

"아니, 차 타면 5분도 안 걸리는 거리예요. 그런데 이게 말이라고 합니까? 내가 얼마나 화가 나던지. 네가 와서 빨리 가져가라고 소리쳤지요. 이 녀석

오긴 왔더라고요. 그런데 현관에서 신발도 벗지 않고 김장 김치 달라고 하더군요. 보연이가 피곤하니까 빨리 가 봐야 한다나요. 내가 이래 살 수 있을까요?"

원장님은 결혼 후 행동이 변한 아들의 모습에 화가 났던 겁니다. 결혼 전에는 엄마밖에 모르고 늘 엄마를 위로해 주고 안아주며 걱정해 주던 아이였다고 합니다. 그랬던 아들이 결혼하자마자 엄마 말은 듣지 않고 자기 아내만 챙기는 모습에 더 화가 났던 겁니다.

원장님이 며느리 시절에는 김장 김치를 담그면 온 식구가 함께 모여 일을 하고 고기를 삶아 먹던 그런 문화였습니다. 또 부모가 말을 하면 자식은 부모의 말에 무조건 수긍을 했던 시절이었습니다. 그러고도 며느리는 시집을 왔고 시집살이가 있었던 시대였습니다.

이런 시대를 살았던 원장님으로서는 아들의 행동이 이해가 되지 않으니 얼마나 화가 났을까요! 더군다나 자식이 아들 한 명밖에 없으니 그 아들만 바라보고 살았던 원장님의 마음은 오죽했을까요. 혼자서 끙끙 앓다가 그만 우울해졌던 겁니다. 동시대를 살았던 나는 원장님의 마음이 너무 이해가 되었습니다.

이런 사연은 비단 원장님만의 이야기는 아닙니다. 라디오에서 들려오는 비슷한 사연과 주변에서 흔히 만나게 되는 이야기입니다. 그렇다면 나도 예외는 아니라는 이야기입니다. 앞으로 준비하지 않으면 같은 상황을 겪을 수 있다는 겁니다.

　이 사연을 가만히 생각하다가 나는 나에게 이런 질문을 하게 되었습니다. 원장님이 지금 '자녀로부터 독립이 되었다면 이렇게 우울해졌을까?' 우리는 자녀가 일정 나이가 되면 독립시켜야 한다고 말합니다. 그 말은 부모도 자녀로부터 독립이 되어야 한다는 이야기입니다. 그럼 우리가 나이 들어 독립한다는 건 어떤 걸까요? 나이가 들어 독립한다는 건 크게 심리적 독립, 경제적 독립, 역할에 대한 독립이라고 나는 말합니다.

　심리적 독립이란 가족들로부터 심리적으로 독립을 하는 겁니다. 남편은 물론이거니와 자녀들로부터 심리적으로 독립해야 합니다. 아이를 키울 때는 아이가 부모에게 의존하지요. 부모가 없으면 안 되는 그런 아이였으니까요. 아이를 키운다는 건 아이가 스스로 이 세상을 살아가도록 독립시키는 과정입니다. 아이가 실수도 하고 실패도 겪고 성공도 하며 몸도 마음도 당당한 성인으로 홀로 설 수 있도록 부모는 양육하는 겁니다. 양육의 최종 목표는 아이의 건강한 독립입니다.

　아이가 심리적으로 건강한 독립을 할 때 부모도 자녀로부터 심리적 독립이 되어야 합니다. 아이가 자신의 인생을 살아갈 수 있도록 마음으로 믿어주면서 심리적인 거리를 두어야 합니다. 내 마음에서 아이를 독립시켜야 합니다. 이것이 부모와 자녀의 건강한 독립입니다.

　부부도 마찬가지입니다. 결혼 후 남편이든 아내든 한쪽이 다른 한쪽에게 심리적으로 의존하는 경우가 많습니다. 나도 그랬고 상담하며 만나는 부부들도 많이 그렇습니다. 자신들은 아니라고 하지만 객관적으로 보면 한쪽이 다른 한쪽에게 심리적으로 의존해 있는 모습이 관찰됩니다. 그러면 건강한 부부관계가 어렵습니다. 서로 불만이 생기고 힘들어집니다.

심리적으로 건강한 부부는 한쪽에게 의존하지 않습니다. 독립적으로 건강한 심리상태에서 서로 사랑하고 친하게 지냅니다. 그러면서 서로를 존중하고 지지해 줍니다. 상대방의 꿈을 응원하고 그러면서도 부부의 도리를 다합니다.

참 쉽지 않은 이야기지만 이렇게 독립이 되면 진정한 나로 살 수 있습니다. 당당한 나를 만나게 됩니다. 가만히 생각해 보면 오십이라는 나이는 이게 가능한 나이입니다. 아이들도 어느 정도 성장하고 남편도 자신만의 삶의 루틴이 생겼기 때문입니다.

이 원리를 이해한다면 자녀들에게 치우치고 남편에게 치우치는 마음을 자신에게로 돌려야 합니다. 가만히 자기에게 집중하면서 자신이 무엇을 좋아하고 무엇을 원하는지, 또 어떻게 살고 싶은지에 집중해야 합니다. 오십은 심리적 독립을 할 때입니다.

경제적 독립이란 경제적으로 풍족한 상태를 말하는 것이 아니라 돈의 쓰임과 가치를 알고 돈에 대한 나의 마음이 편안해진 상태를 말합니다. 사람들은 돈이 많으면 많을수록 좋다는 말을 합니다. 이 말에 완전히 동의합니다. 그러나 오십에는 돈의 쓰임과 가치를 이해할 수 있어야 합니다. 그러면 '돈 돈' 하지 않습니다. 돈의 노예가 되지 않는다는 말입니다. 돈의 쓰임을 알고 쓰임에 맞게 쓸 수 있으며, 돈의 가치를 알고 돈의 주인이 되어 쓸 수 있을 때 우리는 경제적으로 독립할 수 있습니다. 돈의 액수와 상관없이 말입니다.

그러면 마음이 평온해지고 풍족해집니다. 누구와 비교해서 상대적으로 빈곤하다고 느끼지 않습니다. 이런 상태를 경제적 독립이라고 말합니다. 오십은 이게 가능한 나이입니다. 아이들도 어느 정도 성장하여 어떤 형태로든 경제적 활동을 할 수 있게 되었으며 부부도 육아에서 벗어나 어떤 활동이든 경제적 활동이 가능하기 때문입니다. 내 몸이 너무 아파 누워 있는 경우가 아니라면 말입니다. 오십에는 돈에 욕심내지 말고 지금 내가 하는 일을 의미 있게 하며 살아갈 때입니다.

역할에 대한 독립이란 자녀가 성장함에 따라 양육 역할에서의 독립을 말합니다. 그동안 아이 키우며 청소하고 빨래하고 밥하고 했던 역할들이 어느새 습관이 되었습니다. 물론 그때는 꼭 필요했고 훌륭한 일을 한 겁니다. 그러나 세월 따라 역할도 변해야 합니다.

아이가 성장하여 대학생이 되었는데도 불구하고 아이 자취방에 가서 밥하고 빨래하며 청소를 해 주는 부모가 있습니다. 심지어 대학 성적까지 관리하느라 여전히 바쁜 부모들이 참 많습니다. 오십에는 이 역할에서 벗어나야 합니다. 아이들에게 맡겨 놓으면 훨씬 잘할 수 있습니다. 아이들에게 스스로 할 기회와 믿음을 주어야 합니다. 자꾸 부모가 성인이 된 아이 주위를 헬리콥터처럼 맴돌고 있으면 아이는 아무것도 할 수 없게 됩니다.

자녀가 결혼한 후에도 마찬가지입니다. 지금은 자녀가 결혼하면 둘만의 가정을 꾸리고 살아갑니다. 두 사람이 무엇을 먹고 살든 무엇을 입고 다니든 이건 그들의 몫입니다. 부모는 그저 결혼한 자녀들의 삶을 응원해 주고 두 사람이 가정을 잘 이루며 살 수 있도록 지지해 주면 됩니다.

부모가 자녀를 결혼시키고도 역할에 대한 독립이 안 되어 상담을 오는 경우를 자주 만나게 됩니다. 이 경우 부모는 자녀를 위하는 마음이라며 자녀가 출근한 시간에 결혼한 자녀의 집으로 가 청소를 하고 빨래를 하며 반찬을 해 놓고 당신의 집으로 돌아옵니다. 이런 부모의 모습을 보며 자녀는 고마워하는 게 아니라 오히려 부모가 힘들까 봐 미안해하면서도 내 살림을 정리해 주는 부모에게 짜증이 난다고 합니다. 나는 상담에서 이런 경우를 여럿 보았습니다. 이때 자녀들은 우리에게 신경 쓰지 말고 부모가 자신의 취미를 가지고 즐겁게 살기를 바랍니다.

오십은 이런 역할에서 독립해야 하는 나이입니다. 아이가 성장한 경우라면 양육의 역할은 이제 끝났습니다. 물론 결혼한 자녀가 손주를 봐 달라고 요청하는 경우는 다른 경우입니다만 이 경우가 아니고서는 역할에서 독립해야 합니다. 그러면 나를 돌아보고 내가 좋아하는 다른 역할이 무엇인지를 찾을 수 있게 됩니다. 내가 좋아하는 다른 역할을 즐겁게 하며 살 때 오히려 기쁨과 행복을 느낄 수 있습니다.

　이처럼 오십은 독립의 시기입니다. 심리적으로 경제적으로 그리고 역할에 대한 독립을 잘하면 진정한 나로 살기에 딱 좋은 나이입니다. 만약 지금 독립이 안 되었고 상황이 어렵다 하더라도 걱정은 하지 않아도 됩니다. 이 글을 읽고 있다면 우리에게는 희망이 있습니다. 지금부터 하면 되니까요. 그게 오십이니까요. 사실 나도 역할에서는 완전한 독립은 안 된 상태입니다. 그래서 외칩니다. '나는 진정한 나로 살기 위한 독립을 선언합니다.'

아무 데나 피어도 나는 꽃이다

어느 여름날, '어린이 동요 대잔치'의 사회를 맡게 되었습니다. 평소 동요를 좋아하고 아이들을 좋아하는 나에게 이 행사는 시작부터 설레고 기뻤습니다. 행사는 11시에 시작이었지만 이른 아침부터 행사장에 나가 아이들이 위험한 것은 없는지, 아이들이 어떤 방향으로 무대에 오르고 내리는 것이 더 안전한지를 살펴보았습니다. 그리고 참가자를 소개할 때마다 어떻게 소개하면 더 아이들의 눈높이에 맞을지를 생각하며 상상하고 있었습니다.

아이들은 행사 시작 시각보다 훨씬 일찍 행사장에 도착했습니다. 아이들은 도착하자마자 주위를 둘러보며 뛰어놀았고 나에게 다가와 이야기를 건네는 친구도 있었습니다. 신이 난 아이들의 모습이 보기 좋았습니다.

동요 대잔치가 시작되자 아이들은 자신의 목소리로 자기가 준비한 노래를 불렀습니다. 노래는 참 듣기 좋았고 노래하는 아이들이 모두 예뻤습니다. 특히 참가자 중 8세 아이가 부른 〈모두 다 꽃이야〉라는 노래가 내 가슴에 크게 와 닿았습니다.

산에 피어도 꽃이고 들에 피어도 꽃이고
길가에 피어도 꽃이고 모두 다 꽃이야.
아무 데나 피어도 생긴 대로 피어도
이름 없이 피어도 모두 다 꽃이야.
봄에 피어도 꽃이고 여름에 피어도 꽃이고
몰래 피어도 꽃이고 모두 다 꽃이야.

너무나 맑고 청아한 목소리로 모두 다 꽃이라고 노래하는데 마치 '오늘 참가한 여러분 모두가 꽃입니다.'라고 말하고 있는 듯했습니다. 그리고 '나는 꽃이야.'라고 당당하게 말하는 것 같았습니다. 이 친구는 몸을 살랑살랑 흔들고 미소를 지으며 진심을 담아 노래를 불렀고 그 진심이 내 마음에까지 전달되었습니다. 노래를 마친 친구를 만나기 위해 인터뷰를 진행했습니다.

"자기소개 해 볼까요?"
"저는 김지수입니다. 여덟 살입니다."
"지수는 여덟 살이구나. 누구랑 왔나요?"
"엄마요."

"지수, <모두 다 꽃이야>라는 노래를 언제부터 알았어요?"

"여덟 살 때 다문화 교실에서요."

"그랬구나. 이 노래를 부르면 어떤 마음이 드나요?"

"내가 꽃이에요. 예뻐요."

그랬습니다. 지수는 이 노래를 부르며 자신이 예쁜 꽃이 되었습니다. 지수는 한쪽 눈이 잘 보이지 않는 장애가 있는 아이였습니다. 엄마는 베트남 이주 여성이었습니다. 지수는 아직 한국어로 말하는 것을 어려워했습니다. 그렇지만 노래를 부를 때는 장애도 언어도 장벽이 되지 않았습니다. 온 마음을 다해 노래를 부르며 즐거워했습니다. 지수는 노래 부르는 순간 진정 꽃이었습니다.

나는 행사를 마치고 집으로 돌아와서도 지수가 불렀던 노래 가사와 지수가 했던 말이 계속 맴돌았습니다. 말은 자석과 같아서 말 속에 어떤 기운을 담는가에 따라 온갖 것이 그 말에 달라붙는다고 했습니다. 지수는 긍정의 마음과 긍정의 언어로 주변 사람들을 자석처럼 끌어들이고 있었습니다. 그래서 그날 참석했던 사람들이 지수의 인터뷰를 듣고 환호와 박수를 보냈던 겁니다. 말이 현실과 공명한다는 것을 여실히 느끼는 순간이었습니다.

8살 아이는 나에게 질문하게 했습니다. '나는 아무 데나 피어도 꽃이었던가? 나는 나를 꽃으로 생각하며 살았던가?'

결혼 후 나는 산에도 들에도 피지 못했습니다. 전혀 꽃이 아니었습니다. 적어도 삼십 대에는 그랬습니다. 열심히 삶을 살아내긴 했는데 살아내는 동안 나를 들여다볼 여가도 없었고 삶의 주인으로 살지도 못했습니다. 지금 생각해 보면 모든 영역에서 남편에게 사랑받으려 무지 애를 쓰며 살았던 것 같습니다. 밥을 할 때도 남편 심부름을 할 때도 내가 아닌 남편 입장에서만 생각했었습니다. 내가 바로 선 상태에서 남편의 입장을 생각하는 것이 아니라 어떻게 하면 남편 사랑을 받을까 노력했던 겁니다. 그런데 노력하면 할수록 남편은 나의 마음처럼 되지 않았습니다. 이런 남편이 나에겐 버거웠습니다. 나는 남편이 예민한 사람이라고 생각했습니다.

그런데 참 신기하게도 남편의 예민한 성격은 남편의 직업에서는 찬사를 받았습니다. 아주 훌륭한 사람이었습니다. 집에서의 예민함이 그의 직업 세계에서는 섬세함으로 작용하는 것이었습니다. 남편의 직업은 음향감독입니다. 음향감독일 때 남편은 소리의 섬세함을 최고로 뽑아내기 위해 예민함을 한껏 즐깁니다. 무대에 선 사람들을 최고의 주인공으로 만들어 줍니다. 그 장르가 어떤 장르이든 말입니다. 그러니 모두가 남편에게 감사하다며 찬사를 보냅니다.

참 아이러니하지 않습니까. 집에서는 멸치육수 냄새만으로도 우려낸 온도와 시간을 알아내며 끓인 국에 손을 대지 않는 사람입니다. 밥도 금방 뜸을 들여 고슬고슬하고 밥 냄새가 맛있게 풍겨 나오는 그 시점에 먹어야 하는 사람입니다. 나물 무침도 금방 무쳐서 가장 신선하고 나물 특유의 향이 살아 있어야 먹습니다. 말만 들어도 까다롭다는 걸 금방 알 만한 사람입니다. 그의 직업이 아닌 가정에서는 말이에요.

우리가 사람의 장단점을 이야기할 때 상황에 따라 장점이 단점이 될 수도 있고 단점이 장점이 될 수도 있다고 많이들 이야기합니다. 나도 그렇게 주장합니다. 그래서 사람을 볼 때 쉽게 판단하거나 평가하지 않고 있는 그대로 그 사람을 봐야 한다고 말합니다. 또 그렇게 하려고 노력하며 살고 있습니다. 그렇다면 나와 가장 가까운 이 사람. 내가 남편을 있는 그대로 보아야 하지 않습니까. 동전의 양면을 쉽게 뒤집듯이 상황에 맞게 그를 이해해야 하지 않습니까. 그러나 나는 남편을 이해하기까지 쉽지가 않았습니다. 나는 남편의 눈치를 보고 힘들어했습니다.

심지어는 남편에게 이런 말도 했습니다. "나는 당신에게 뭐야? 자꾸 당신이 나를 존중하지 않고 기분대로 좌지우지하는 것 같아서 노예처럼 느껴져. 나는 노예로 살고 싶지 않다고."

그런데 동전의 양면과 같은 삶의 원리를 이해하고 나니 이 모든 건 내 문제였다는 걸 알았습니다. 나는 나로 바로 서지 못했습니다. 남편의 한마디에도 불안했고 우왕좌왕했습니다. 내가 남편의 눈치를 봤고 남편의 사랑을 받으려 애를 썼던 겁니다. 있는 그대로 주어진 현실 속에서 최선을 다하며 사랑하는 마음으로 살면 되는 것이었는데, 그러면 상대도 그대로 느끼며 사랑하게 되는 것이었는데 그걸 몰랐습니다. 또 결혼해서 처음부터 어떻게 상대를 다 알겠습니까. 내가 눈치 보지 말고 나의 긍정적인 생각과 말로 궁금한 것에 대해 자신 있게 물어봤으면 되었을 것을….

그렇다고 지나온 과거를 다 부정하는 건 아닙니다. 그렇게 애쓴 시간이 있었기에 이 삶의 원리를 알게 되었으니까요. 그래서 살아온 시간에 감사합니다.

우리는 '삶의 주인으로 살아야 한다. 내 삶의 주인공은 나.'라는 말을 정말 많이 합니다. 말은 참 쉽지만 정작 삶의 주인으로 산다는 건 만만한 일이 아닙니다. 그러나 8세 지수를 보고 깨달았습니다. 긍정적으로 생각하고 긍정적으로 말하면 그 말은 현실과 공명한다는 것을 말입니다. 지수는 장애가 있고 한국어가 아직 서툴러도 기죽지 않고 자신 있었습니다. 이미 생각과 말이 지수를 그렇게 만들었습니다. 8세 아이 지수가 우리에게 알려 주었습니다. 아무 데나 피어도 생긴 대로 피어도 모두 다 꽃이라고.

꽃이 된다는 건 삶의 주인공으로 살아간다는 겁니다. 삶의 주인공인 사람은 긍정적인 사고와 말과 행동을 하며 자신의 삶을 긍정적으로 살아갑니다. 이때 자존감이 올라가고 삶의 만족도가 높아집니다. 이런 사람은 얼굴이 환하고 웃으며 삶을 아름답게 노래합니다. 바로 지수처럼 말입니다.

오십이 된 지금. 나는 아무 데나 피어도 꽃이라는 것을 이해합니다. 노랫

말처럼 산에 피어도 들에 피어도 길가에 피어도 꽃이고, 아무 데나 피어도 생긴 대로 피어도 이름 없이 피어도 모두 다 꽃이라는 의미를 진정 이해합니다. 내가 이 의미를 이해하는 데 가장 큰 역할을 한 사람은 단연 남편입니다. 매일 고민이었고 풀리지 않는 어려운 숙제를 남편이 하게 했습니다. 뒤집어 생각해 보니 남편이 내 인생에서 제일 고마운 사람입니다.

아름다움이 보이는 나이, 오십

우리 언니들이 어느 순간부터 엄마를 모시고 꽃 구경을 가자고 했습니다. 꽃 구경을 나서면 사계절의 온갖 예쁜 꽃을 만납니다. 봄에는 매화부터 산수유, 벚꽃, 튤립, 진달래를 구경하고 유채꽃을 보고 난 후 장미를 구경하면 여름이 옵니다. 여름에는 수국을 구경하고 백일홍, 해바라기 그리고 코스모스를 보고 나면 가을의 길목에 들어갑니다. 가을엔 단연 국화입니다. 국화는 종류가 다양하고 오래 피어 있어서 가을 내내 보게 됩니다. 그리고 날씨가 좀 쌀쌀해지면 단풍을 구경합니다. 겨울이 오면 눈 속에서도 피어나는 동백꽃을 구경합니다. 이렇게 우리 세 자매는 사계절 내내 엄마를 모시고 꽃 구경을 다닙니다.

우리 엄마는 치매 환자입니다. 엄마가 가장 좋아하는 건 꽃입니다. 꽃을 보면 순수함 그 자체가 됩니다. 표정에서부터 목소리, 몸짓까지도 어린아이처럼 변하며 온몸으로 좋아합니다. 그러면 우리 세 자매도 엄마와 같이 됩니다. 엄마처럼 순수한 어린아이가 됩니다.

사십 대까지 나에게 꽃은 그냥 예뻤습니다. 온몸으로 예쁘다는 느낌은 잘 몰랐습니다. 언니들이 꽃 구경을 가자고 하고 엄마가 좋아하니까 구경했을 뿐이었습니다.

그런데 오십이 되면서 어느 순간 갑자기 꽃이 너무 예쁘게 보였습니다. 어떤 꽃도 예쁘지 않은 꽃이 없습니다. 엄마와 언니들이 온몸으로 꽃을 반기듯 나도 그렇게 변했습니다. 이름 있는 꽃만 예쁜 게 아니라 이름 모를 풀꽃의 매력에 흠뻑 빠졌습니다. 그러고 보니 나태주 시인의 「풀꽃」이라는 시가 떠오릅니다.

자세히 보아야 예쁘다.

오래 보아야 사랑스럽다.

너도 그렇다.

풀꽃은 그야말로 풀로 취급받는 경우가 많아서 자세히 보아야 예쁩니다. 그렇지 않으면 그냥 지나쳐 버리는 경우가 많습니다.

어느 날 학과 사무실에 노란 풀꽃이 꽂혀 있는 걸 보았습니다. 어디서 많이 본 듯한 꽃이었는데 참으로 우아한 꽃병에 꽂혀 아름다움을 자아내고 있어 다시 보게 되었습니다. 조교님께 물었더니 '씀바귀꽃'이랍니다. 나는 어릴 적 시골에서 살아 씀바귀나물을 많이 먹고 자랐습니다. 그런데 이렇게 아름다운 꽃이 씀바귀꽃이라는 걸 처음 알았습니다. 이 꽃에 의미를 부여하고 나서야 자세히 보게 되었습니다.

집으로 돌아와 반려견 '우주'와 농장 입구 길을 산책했습니다. 인적이 드문 여유로운 길에서 지천으로 핀 씀바귀꽃이 보였습니다. 우리는 걸음을 멈추고 바닥에 앉아 씀바귀꽃을 자세히 보았습니다. 참으로 예뻤습니다. 그동안 이 길을 '우주'와 자주 산책했건만 씀바귀꽃이 눈에 들어온 건 처음이었습니다.

이렇듯 인생을 살면서도 내가 의미를 부여하지 않고 지나쳐 버린 것이 얼마나 많을까요. 의미 없이 만난 사람들과 의미 없이 스쳐 간 장소들, 그리고 꽃과 식물들. 바쁘게 돌아가는 세상을 살다 보면 우리가 그냥 스치는 것들이 수없이 많습니다. 어쩌면 우리가 스치고 지난 그 모든 것이 의미 있고 아름다운 것인데도 말입니다. 자세히 보고 아름다움을 느끼면 그것이 나와 의미 있는 관계를 맺으며 나의 삶을 풍요롭게 만들 수도 있을 텐데 말입니다. 그러면 삶이 훨씬 풍요롭고 행복할 텐데 말이지요.

적어도 3040 시절에 나는 늘 바쁘다는 이유로 주위를 자세히 보지 못하고 아름다움을 모른 채 살아온 듯합니다. 매년 그 자리에서 아름답게 피었다 지는 씀바귀꽃을 보지 못했던 것처럼 말이지요. 그래도 다행인 것은 오십에는 꽃이 진심으로 예뻐 보인다는 사실입니다. 꽃이 예뻐 보이는 것은 세상의 아름다움을 볼 줄 아는 안목과 여유가 생겼다는 겁니다. 살아 보니 자연의 이치를 깨달았다는 거지요. 오십은 그런 나이입니다. 그래서 나이를 먹는다는 건 참 감사한 일입니다.

풀꽃을 자세히 보면 참 작고 야리야리합니다. 풀인가 싶어 발로 밟으면 금세 고개가 꺾이고 맙니다. 심지어는 짓눌립니다. 그러면 풀꽃이 다시 일어나기가 쉽지 않습니다. 풀꽃을 자세히 보고 있노라니 이 야리야리한 예쁜 꽃을 나도 모르게 밟고 있었던 적이 생각났습니다. 그러면서 동시에 우리 아이들이 풀꽃 같은 시절이 떠올랐습니다. 그 여리고 예뻤던 아이들을 나도 모르게 밟지는 않았나 하는 반성이 되었습니다.

엄마로서 아이들을 잘 키우려고 애를 썼지만 왜 후회되는 순간이 없겠습니까. 어쩌면 너무 많아서 아이들에게 사죄해야 합니다. 큰아들이 군대 입대를 앞두고 나와 단 둘이 데이트할 때였습니다. 아들이 웃으며 이렇게 이야기합니다.

"엄마, 나는 어릴 때 폭력 집안에서 자랐어. 엄마 아빠가 자주 싸웠잖아. 나도 상처받은 사람이야."

이 말에 나는 깜짝 놀랐습니다. 웃으며 하니까 농담인가 싶다가도 내 가슴이 철렁 내려앉았습니다.

"태영아, 네가 어릴 때 엄마 아빠가 자주 싸웠구나. 그래서 우리 아들이 상처를 받았구나. 미안해. 너에게 상처를 줘서 정말 미안해. 지금이라도 사과할게."

나는 다급히 사과했습니다.

"아니, 엄마 농담이잖아. 내가 생각해 보니까 결혼해서 처음에 그 정도 싸우는 건 당연한 것 같더라. 친구들 이야기 들어보니까 대단하게 싸우던데. 엄마 아빠는 잘 살아왔어. 나도 좋은 기억이 더 많아. 웃자고 한 이야기인데 왜 그래."

"아니, 이야기 잘했어. 하마터면 모르고 살 뻔했잖아. 농담이라고는 하지만 나는 사실 너에게 많이 미안해. 그때 나는 엄마가 된다는 게 어떤 건지 몰랐어. 그리고 아빠를 사랑했지만, 사랑이라는 것도 잘 몰랐어. 아빠하고 안 맞는 게 너무 많다고 생각했어. 그래서 더 많이 싸웠어. 그래도 나는 네가 안전하다고 생각했는데 싸우는 사이에 너를 못 봤구나. 처음 엄마가 되어 아무것도 모르고 너에게 상처를 준 거 정말 미안해. 어린 엄마를 용서해 줄 수 있을까?"

"엄마, 농담이라니까. 나도 이해해. 나도 엄마 나이였으면 그것보다 더 몰랐을걸. 사실은 상처 아니야. 그래도 한 번씩 그때 엄마 아빠가 싸웠구나 하는 게 떠올라서 이야기 한 거야. 마음에 담아 두지 마. 그러면 내가 더 미안하니까. 엄마, 이렇게 잘 키워줘서 고마워."

"고마워 아들. 이해해 줘서 고맙고 훌륭하게 자라줘서 고마워."

데이트를 마치고 집으로 돌아와 혼자 곰곰이 생각해 보니 풀꽃 같았던 아들이 나의 잘못에도 꺾이지 않고 당당하게 자랐구나 싶어 눈물이 흘렀습니다. 지난 세월이 주마등처럼 지나갔습니다. 지금은 스치는 풀꽃이 아닌 자기만의 꽃으로 피어난 아들이 자랑스럽습니다. 이제는 나를 봅니다. 나를 이렇게 당당한 꽃으로 피어나게 해준 건 아이들이었습니다.

나는 결혼했을 당시에는 풀꽃이었습니다. 집안 곳곳에 언제나 지천으로 피어 있었습니다. 아름답고 야리야리한 모습으로 말입니다. 그런데 아무도 자세히 봐주지 않았습니다. 시어머니 입장에서는 항상 며느리일 뿐이었고 남편의 입장에서는 항상 잡아 놓은 물고기였습니다. 적어도 나는 그렇게 느꼈습니다. 자주 밟히고 꺾였습니다. 그러니 아들 말처럼 남편과 많이 싸웠던 것 같습니다.

그러다 아이가 태어나고 나의 존재가 의미 있게 느껴졌습니다. 아이들은 나를 자세히 봐주었습니다. 오래 봐주었습니다. 엄마를 최고로 사랑해 주었습니다. 어리고 여리다고 생각했던 아이들은 나를 꽃으로 피어나게 했습니다. 나만의 당당한 꽃으로 말입니다.

'자세히 보아야 예쁘다. 오래 보아야 사랑스럽다.'라고 했지요. 바쁘게 돌아가는 세상 속에서도 자세히 봐주고 오래 봐주는 사람이 있다면 우리는 예쁜 꽃이 될 겁니다. 무심코 밟고 지나가는 상황에서도 꺾이지 않는 당당한 꽃으로 살아갈 겁니다. 이런 세상이야말로 살만한 아름다운 세상이 아닐까요.

　오십의 나이에는 세상에 피어난 풀꽃을 자세히 봅니다. 그리고 오래 봅니다. 스치는 인연으로 살기보다는 서로의 온기를 느끼는 그런 삶을 살아갑니다. 오십에는 삶이 더 사랑스럽고 아름답습니다.

나만의 정원에서 왈츠를

아이들이 초등학교 시절, 유럽으로 가족 여행을 떠났을 때의 일입니다. 독일을 거쳐 오스트리아 빈에 도착했습니다. 우리가 도착한 시간은 오후 6시쯤이었고 그날은 12월의 마지막 날이었습니다. 새해를 맞이하기 위해 오스트리아 수도 빈은 무척 들떠 있었습니다. 오페라하우스의 야경이 보이는 광장에는 우리 가족 외에도 세계 여러 나라 사람의 움직임과 노랫소리, 맛난 음식까지 축제 한마당이 펼쳐졌습니다.

근처 숙소에 짐을 풀고 쉬고 있자니 들려오는 왈츠의 향연이 나를 이끌었습니다. 소리를 따라간 곳은 호텔에 있는 강당 같은 곳이었습니다. 여기에는 세계 여러 나라에서 모인 사람들이 와인을 마시며 〈아름답고 푸른 도나우〉에 맞춰 너무나 우아하게 왈츠를 추고 있었습니다.

분위기에 이끌려 나도 함께 춤 대열에 들어갔습니다. 모두가 약속이나 한 듯 짝을 맞추어 왈츠를 추다가 다시 짝을 바꾸는 형식으로 공간을 누볐습니다. 그런데 참 신기하게도 강당에 참석한 인원수에 비해 공간이 크지 않았는데 춤을 추면서 아무도 부딪히지 않았습니다. 언어도 통하지 않는 세계의 여러 나라 사람들과 짝이 되어 춤을 추는데도 서로 공간을 잘 지키고 있었습니다. 아마도 참석한 사람들은 왈츠를 추는 동안 보이는 공간뿐만 아니라 자신의 마음과 시간, 몸의 공간까지도 배려하며 확보하고 있었을지 모릅니다. 정말 '세계는 하나'라는 표현이 딱 맞을 정도였습니다. 그러다 12시 정각이 되자 우리는 샴페인을 터트리며 새해 소망을 빌고 빌어 주었습니다.

나는 왈츠를 무척 좋아합니다. 왈츠는 오스트리아에서 시작된 서양 고전음악의 춤곡으로 '돌고 돈다.'는 뜻이 있습니다. 4분의 3박자에 맞춰 두 남녀가 둥그렇게 돌면서 춤을 추는데 서로 부딪히지 않으며 도는 그 모습이 참 우아하여 좋습니다. 나는 영화 〈사운드 오브 뮤직〉에서 주인공 마리아와 트랩 대령이 왈츠를 추는 모습을 보고 반해 왈츠를 좋아하게 되었습니다. 내가 생각하는 왈츠는 부드러우면서 우아하고 마음의 안정과 편안함을 줍니다. 부드럽게 움직이면서 나는 듯하며 그 움직임 속에는 사랑과 기쁨이 함께합니다. 춤추는 사람들의 몸과 마음의 공간들이 충분히 확보되는 느낌입니다.

나는 살면서 이런 왈츠를 추고 싶었습니다. 내 공간 즉, 마음의 공간, 시간의 공간, 몸의 공간, 지혜의 공간, 심지어 집안의 공간까지도 확보하고 마음껏 추고 싶었습니다. 그러나 나의 바람과는 달리 결혼해서 삶을 살아가다 보니 내 공간확보는 싶지 않았습니다. 비로소 오십이 되고 나서야 내 공간이 확보된 겁니다. 오십은 내 공간이 확보된다는 것과 넓어진 공간에서 춤을 출 수 있다는 사실이 큰 특권인 것 같습니다.

공간이 확보되었으면 이제 왈츠를 함께 추게 될 파트너가 필요하겠지요. 왈츠는 파트너와 함께 추는 춤이니까요. 다양한 대상을 파트너를 할 수 있지만 나는 그 파트너를 '나'로 삼았습니다. '나'라는 파트너는 마음만 먹으면 쉽게 파트너가 될 수 있다는 장점이 있습니다. 시간이 되냐고 양해를 구하지 않아도 되고 춤을 추고 싶냐고 구애를 하지 않아도 되니 말입니다. 오십에는 내 시간과 상황에 맞게 확보된 공간에서 나와 춤을 춥니다. 바로 인생의 춤을 춥니다.

오십에 가장 먼저 확보된 공간은 마음의 공간입니다. 아이를 낳고 키우던 시절에는 마음의 공간이 전혀 없었습니다. 아이들의 나이에 맞춰 나도 같이 그 나이가 되었기 때문입니다. 매일 숙제가 있었고 숙제를 하고 돌아서면 또 숙제가 기다렸습니다. 삶이 쳇바퀴처럼 돌아갔습니다. 아이뿐만 아니라 남편도 시댁의 일도 모든 것이 왜 그리 바빴는지 모르겠습니다. 마음에 공간이라고는 전혀 없이 살아왔습니다.

어느덧 내 나이 오십이 되면서 아이들도 성인이 되어 자기의 삶을 살게 되었고 남편도 자기만의 루틴이 생겼습니다. 그러자 내 마음에도 공간이 생겼습니다. 마음의 공간이 생기자 나를 이해하는 폭이 넓어지고 나를 수용하게 되었습니다. 나를 수용하게 되니 마주하는 상황들을 여유롭고 객관적으로 바라보게 되었습니다. 한마디로 마음의 파도가 잔잔해졌습니다. 오십의 나는 확보된 이 마음의 공간에서 우아하고 여유롭게 왈츠를 출 수 있게 되었습니다.

두 번째 확보된 공간은 시간의 공간입니다. 오십 전에는 엄마의 역할, 아내의 역할 그리고 며느리 역할 등 주어진 역할에 맞추어 사느라 내 시간이라고는 전혀 없었습니다. 결혼 전 친구들이 만나자고 했을 때도 늘 바빠서 못 만났고 나를 위한 공부를 실컷 하고 싶어도 그러지 못했습니다. 나의 시간은 가족의 시간으로 흐르고 있었습니다. 그 시절에는 나의 시간이 오지 않을 것만 같았습니다. 그러나 시간은 어느새 훅 지나가고 오십의 나이가 되었습니다. 오십에는 나의 시간이 찾아왔습니다.

이제 시간의 공간이 생겼으니 춤을 춥니다. 잊었던 친구를 만나기 시작했습니다. 예전처럼 깔깔대지는 않지만 조용한 미소로 친구와 차 한잔 나누며 인생 이야기를 합니다. 산책도 자주 합니다. 좋아하는 취미도 하게 되었습니다. 공부 모임도 하며 편안하게 공부하게 되었습니다. 오십에는 온전히 나를 위한 시간의 공간에서 내가 주인이 되어 춤을 출 수 있게 되었습니다.

세 번째 확보된 공간은 몸의 공간입니다. 아이를 키울 때는 내 몸을 돌볼 여유가 없었습니다. 운동도 어렵거니와 피곤해도 누워 있을 수 없었습니다. 정기검진도 쉽지 않았고 심하게 몸이 아파야 병원을 갈 정도였습니다. 그러나 지금 오십에는 내 몸을 돌볼 여유가 생겼습니다. 사실 오십에는 갱년기가 찾아와 무척 힘이 들지만 이건 어쩌겠습니까. 그저 여물어 감에 따른 자연적인 현상인 것을요. 지금은 몸이 피곤하면 내 몸을 누일 수 있습니다. 갑자기 한기가 느껴지면 잠을 잡니다. 소화가 덜 되면 조금 덜 먹고 맛난 음식이 당기면 조금 더 먹고. 다리가 저리고 허리가 아프면 걷기로 내 몸을 돌봅니다. 오롯이 내 몸에 집중합니다. 오십에는 내 몸을 살피며 춤을 추게 되었습니다.

네 번째 확보된 공간은 지혜의 공간입니다. 오십에는 점점 깨달음이 깊어집니다. 가족을 포함하여 내가 만나는 주변 사람들을 이해하고 공감하는 깊이가 깊어집니다. 그러자 아이들과도 친구처럼 대화하게 되었습니다. 세상 살아가는 이치도 이제는 좀 알 것 같습니다. 세상에 정답이 없다는 것도 이제는 압니다. 그러니 어려운 일이 생겨도 또 중요한 결정을 내릴 때도 당황스러워하기보다는 찬찬히 생각하여 결정할 수 있는 여유가 생겼습니다. 오십에 확보된 지혜의 공간에서 나는 우아하게 왈츠를 춥니다.

그러고도 실제로 눈에 보이는 집안의 공간이 생겼습니다. 아이들이 다 떠나고 방이 남습니다. 아이 키울 때는 온 집안이 다 아이들의 물건으로 공간이 늘 모자랐습니다. 아이들의 움직임이 많아 그때는 집이 넓으면 좋겠다는 생각을 했습니다. 그러나 지금은 아이들의 움직임조차 없으니 공간이 텅 비어버렸습니다. 참 공간이 넓습니다. 처음 아이들이 다 떠난 공간을 마주할 때는 허전하고 섭섭한 느낌이 들었지만 이제는 아주 좋습니다. 오십에는 이 넓은 공간을 내 공간으로 채웁니다. 나는 이 공간에서 나의 삶의 정원을 아름답게 가꾸어갑니다.

어떤 사람들은 오십이 되면 이런 공간들이 자연적으로 생기냐고 질문할 수도 있습니다. 그 질문에 나는 이렇게 대답합니다. 모든 사람이 상황이나 살아온 경험들이 달라 똑같지는 않겠지만 적어도 아이들이 성장하여 집을 떠나게 되면 시간과 공간이 생깁니다. 몸과 마음도 더욱 자유로워집니다. 이 정도는 대부분 공감이 될 겁니다. 만약 오십의 나이에 결혼하지 않고 사는 사람이라도 비슷하게 공감하리라 봅니다.

그러나 지혜의 공간은 좀 다릅니다. 자신의 삶을 어떻게 바라보고 세상을 살아가느냐에 따라 달라질 수 있습니다. 지혜의 공간을 확보하기 위해서는 공부해야 합니다. 오십에는 그 전과는 다르게 삶을 깊이 볼 수 있는 여유가 있습니다. 그 여유로 삶을 깊이 들여다보는 공부를 해야 합니다. 삶을 깊이 들여다보는 공부를 하면 나의 삶을 사랑하게 되고 나의 삶을 사랑하게 되면 세상이 아름다워집니다. 매일 아름다운 삶을 살다 보면 어느새 지혜의 공간이 생기게 되어 있습니다. 노력하는데도 지혜의 공간이 생기지 않는 것처럼 느껴진다 해도 포기하지 않고 열심히 노력하면 공간이 생길 겁니다. 오십은 충분히 시간이 있습니다. 지금 오십은 충분히 가능한 나이입니다. 희망을 가지고 확보된 오십의 공간에서 우아하고 편안하게 춤을 추며 아름다운 삶의 정원을 가꾸어갑시다.

4장

있는 힘껏
기지개를 켜봅니다

온전히 나를 위한 밥상

"식사 시간~~!" 우리 집 아침은 늘 이렇게 시작됩니다. 엄마가 되고부터 아침은 음식의 향기와 꾀꼬리 같은 내 목소리로 채웁니다. 아침 밥상에는 음악도 차리고 음식도 차리고 사랑도 차립니다. 아침의 기운은 따뜻합니다.

나는 비둘기 집 같은 행복한 가정에서 하루를 시작하는 아침은 늘 행복하기를 소원했습니다. 나의 맑은 목소리와 맛난 음식의 향연으로 온 식구가 웃는 얼굴로 아침을 맞이하기를 바랐습니다. 아이들은 일어나 엄마를 안아주기를 바랐고 남편도 "여보 이렇게 아침을 차리느라 고생했어."라고 말해 주기를 바랐습니다.

나는 가족들이 일어나기 두 시간 전에 먼저 일어납니다. 일어나 씻고 물한 잔을 마시고 나면 음식 차리기에 열을 올립니다. 땀을 뻘뻘 흘리며 음식을 해내야 차려지는 건 고작 오첩반상입니다. 썰고, 삶고, 무치고, 끓이고,

볶는 동안 프라이팬과 냄비는 왜 그렇게 많이 나오는지요. 식성이 편안하지 않은 남편과 시어머니와 살다 보니 결혼 초부터 이런 모습은 일상이 되었습니다.

내 나름 노력했는데도 남편과 아이들이 손대지 않는 반찬도 있습니다. 애가 타는 마음에 '이것도 한 번 먹어 보렴.' 하고 말하고 싶지만 그럴 때면 '시끄럽다. 아침부터.'라고 하는 남편의 말이 항상 뒤따른다는 걸 알기에 그냥 웃습니다.

밥을 먹고 남편은 일터로, 아이들은 학교로 가고 나면 나는 허겁지겁 먹는 둥 마는 둥 아침 식사를 해결하고 서둘러 설거지를 마칩니다. 아침 밥상을 차리고 마무리하기까지 최소 두 시간은 소요해야 아침이 마무리됩니다. 아침 밥상이 다가 아닙니다. 퇴근 후 장을 보고 저녁 밥상을 차린 후 정리까지 해야 하루의 밥상 차리기가 완전히 끝이 납니다. 그러니 가족을 위한 밥상 차리기는 하루 네다섯 시간은 족히 걸리는 셈입니다.

이런 과정을 살아오는 동안 때론 밥상 차리기가 참 버겁고 힘들다는 생각을 했었습니다. '아침 두 시간이 나에게 오롯이 주어진다면 나는 어떤 모습일까.' 상상도 했었고 '그런 날이 올까, 오면 언제쯤 올까.' 하는 막연함도 있었습니다. 그런데 세월이 흘러 어느 순간 그런 날이 왔습니다. 그게 오십의 나이였습니다.

오십에는 아이들이 다 집을 떠나고 남편도 혼자서 아침을 챙겨 먹는 날이 간혹 생겼습니다. 이럴 때면 오직 나를 위한 밥상을 차립니다. 아침이 참 간소합니다. 과일과 생채소, 음료 등. 냄비와 프라이팬이 나올 일이 없습니다. 아침 시간이 아주 여유롭습니다. 내 몸도 여유를 부립니다. 오십에는 소화도 쉽지 않아 이런 밥상이 참 상쾌하고 기분이 좋습니다. 나이가 들수록 간헐적 단식도 한다고 하지 않습니까.

그러던 어느 날 아침, 음악을 틀어 놓고 간소한 아침을 먹고 있노라니 불현듯 밥이 먹고 싶어졌습니다. 아이들 키우며 매일 차리던 그 밥상이 그리웠습니다. 그때 나는 잘 먹지도 못했던 것 같았는데 그게 아니었습니다. 가족을 위해 매일 차리던 밥상 덕분에 나도 맛있게 먹었던 모양입니다.

쌀을 씻어 밥솥에 안치고 다시 냄비를 꺼냈습니다. 프라이팬을 꺼내 볶고 끓이고, 예전처럼 땀이 날 정도는 아니었지만 정성껏 밥상을 차렸습니다. 차려진 밥상에 만족하며 밥을 먹었습니다. 그런데 참 신기했습니다. 밥맛이 없었습니다. 예전의 그 밥맛이 아니었습니다. 정성을 들여 밥상을 차렸는데도 확실히 예전의 밥맛이 아니었습니다. 몇 숟가락을 뜨고는 밥상을 정리했습니다. 갑자기 그리움이 몰려왔습니다. 내가 그리웠던 건 음식이었을까요? 아니면 밥을 함께 먹으며 가족들과 나누었던 사랑이었을까요?

그리움 속에서 나는 그동안 어떤 마음으로 밥상을 차렸는지를 되돌아보았습니다. 매일 아침 피곤한 몸을 이끌고 더 자고 싶었지만 벌떡 일어나 밥상을 차렸던 그 마음을 들여다보았습니다. '사랑'이 보였습니다. 단연 '사랑'이었습니다. 남편과 아이들이 내가 차린 음식을 맛있게 먹고 세상 속으로 나아가 든든한 속과 마음으로 살아가기를 기도하는 마음이었습니다. 매일 아침 사랑을 담아 기도하는 마음으로 밥상을 차렸다는 것을 알게 되었습니다.

그때 남편과 아이들이 밥은 남겼어도 사랑은 먹었으리라 믿어 의심치 않습니다. 그만 먹고 싶다고 투덜대고 싸증을 냈더라도 진짜 마음에서는 온기가 피어올랐을 겁니다. 그런 온기를 매일매일 먹고 자랐으니 지금 아이들이 어엿한 성인으로 자랐고 남편도 편안해졌다는 생각이 들었습니다.

어릴 적 나의 어머니는 새벽 4시에 일어나 밥을 지었습니다. 가마솥에 불을 지펴 밥의 뜸을 들이고 국을 끓였습니다. 남은 장작의 불씨로 생선을 굽고 나물을 삶고 볶음까지 다 하셨습니다. 어머니는 온 가족이 먹을 밥상을 차리느라 몇 시간을 부엌에서 준비했습니다. 어머니가 음식을 준비하면 언니와 나는 음식을 하나하나 받아서 방으로 옮기고 숟가락을 놓았습니다. 시어머니, 시아버지를 모시고 오 남매까지, 그 많은 대가족을 어머니 혼자 힘으로 매일 밥을 지어 먹였습니다.

어머니의 밥은 정말 맛있었습니다. 어머니의 밥을 먹으면 나는 늘 속이 든든했습니다. 그리고 당당했습니다. 어머니의 밥상에는 힘 한 소끔, 사랑 한 소끔이 들어 있었나 봅니다. 이걸 매일 먹었으니 나는 세상 속으로 나가 얼마나 당당했을까요.

밥상의 의미는 이런 거였습니다. 함께 밥을 먹는다는 건 대단한 거였습니다. 그래서 드라마나 영화에서는 함께 밥을 먹으며 웃음꽃이 피는 장면을 자주 보여 줍니다. '식구', '밥상머리 교육'이라는 말들도 밥을 함께 먹으며 나온 말들입니다. 그만큼 밥을 함께 먹는다는 건 행복한 일이었습니다. 그래서 나에게 그 그리움이 찾아왔던 거였습니다.

그립다는 것은 내면에 '사랑'이 자리하고 있다는 겁니다. 내 어머니가 그 크신 사랑을 나에게 주셨기에 나도 내 가족과 주변 사람들에게 사랑을 나눌 수 있게 되었습니다. 내 어머니는 밥상을 통해 '내리사랑'을 알려 주셨습니다. 하루도 거르지 않고 차려 주셨던 그 밥상을 통하여 말없이 손수 사랑을 주셨습니다. 그 사랑은 다시 나의 아이들과 남편에게로 전해졌으리라 생각합니다. 내가 그리운 건 음식이 아니었습니다. 바로 사랑이었습니다.

이처럼 나에게 찾아온 그리운 감정을 무시하지 않고 알아차리고 그대로 받아주었더니 이러한 깨달음이 찾아왔습니다. 심리학에서는 감정을 손님으로 이야기하는 경우가 많습니다. 잘란루딘 루미의 시 「여인숙」에는 감정을 이렇게 이야기합니다.

인간이라는 존재는 여인숙과 같다.

매일 아침 새로운 손님이 도착한다.

기쁨, 절망, 슬픔

그리고 약간의 순간적인 깨달은 등이

예기치 않은 방문객처럼 찾아온다.

어두운 생각, 부끄러움, 후회
그들을 문에서 웃으며 맞으라.
그리고 그들을 집 안으로 초대하라.
누가 들어오든 감사하게 여기라.

모든 손님은 저 멀리에서 보낸
안내자들이니까.

이처럼 나에게 찾아온 감정을 깊이 들여다보고 나의 감정을 존중해 줍니다. 그랬더니 진정 나를 사랑하게 되었습니다. 나를 사랑하면 혼자 밥을 먹어도 외롭지 않다는 걸 이제는 알겠습니다. 오십은 나를 사랑하는 마음으로 오직 나를 위한 밥상을 차릴 때입니다. 그동안 내리사랑을 실천했다면 이제는 나에게 사랑을 실천할 시간입니다. 나의 밥상이 화려하든 화려하지 않든 사랑을 한 소끔 넣어야 합니다. 그러면 혼자서도 맛있게 밥을 먹게 됩니다. 그 사랑의 밥상을 매일 먹으면 속이 든든하고 행복해집니다.

오늘 아침은 농장에서 가져온 달걀을 삶았습니다. 그리고 파프리카를 썰고 사과와 바나나로 밥상을 차렸습니다. 시간이 얼마 걸리지 않았습니다.

땀이 나지도 않았습니다. 음식의 맛은 담백했습니다.

출근 시간이 충분히 남았습니다. 남은 시간에 책을 읽습니다. 그리고 떠오르는 단상을 적어봅니다. 아, 이런 시간이 얼마 만인가요. 이제는 밥상을 그리워하지 않습니다. 그리우면 차리면 되고 힘들면 간소하게 먹으면 되니 말입니다.

2

아들아, 네가 애국자다

2024년 1월 22일은 한파가 몰아쳤습니다. 뉴스에서도 추위에 대비하라고 당부했던 날입니다. 아니나 다를까 새벽부터 살을 에는 듯한 추위가 느껴졌습니다. 추위와 함께 내 마음에는 사상 초유의 강추위가 찾아왔습니다. 이날은 막내아들이 군에 입대하는 날이었습니다. 나는 대학원 수업이 있어 입대하는 아들과 함께하지 못했습니다. 그래서 더 마음이 시렸는지도 모릅니다.

남편이 해병대 선배로서 훈련소까지 아들과 함께했습니다. 남편이 있어 든든했지만, 아들을 군대 보내는 엄마의 마음이 그리 쉬울까요. 더군다나 막내아들은 집에서도 막내이지만 친정과 시댁 식구 모두를 통틀어도 막내입니다. 그러니 내 마음은 더 시렸습니다.

아들이 훈련소에 입소한 지 20일 만에 설날이 찾아왔습니다. 설날이면 가족들이 한데 모여 떡국도 먹고 세뱃돈도 받으며 친가, 외가를 다니면서 사랑받았던 막내였습니다. 설날 아침부터 가슴이 먹먹했습니다. 시댁에서 떡국을 끓이면서도 군에 간 막내아들 생각뿐이었습니다.

　설을 맞아 찾아온 손님을 다 보내고 뒷정리 후 집으로 돌아오니 저녁 8시였습니다. 큰아들은 친구를 만나러 나가고 남편은 농장에 갔습니다. 혼자 가만히 식탁에 앉아 창으로 들어온 불빛을 보았습니다. 막내아들 생각이 물밀 듯이 밀려왔습니다. 그때 군에 간 막내가 전화를 했습니다.

　"엄마…." 수화기 너머로 아들이 엄마를 불렀습니다. 말의 끝은 떨렸고 울컥하다 삼키는 눈물이 들렸습니다.

　"대영아……." 그동안 참았던 눈물이 봇물 터지듯 조용히 흘러내렸습니다. 혹여 내 목소리가 떨릴까 숨을 삼켰습니다. 우리는 서로의 마음을 다 알아차린 듯 한동안 아무 말을 하지 않았습니다. 전화기가 뜨거웠습니다. 아들이 숨을 가다듬고 다시 불렀습니다.

　"엄마."

　내가 대답했습니다.

　"응."

　"나는 잘 지내고 있어요. 씩씩하고 건강하게. 오늘 설날인데 다 모였겠네."

　"그럼. 다 모였지. 할머니도 건강하시고 아빠, 큰아빠, 큰엄마, 누나들 그리고 형하고 다 모였지. 대영이 이야기 많이 했어. 큰아빠도 해병대 선배잖아. 아빠랑 큰아빠랑 해병대 이야기 엄청 많이 했어. 대영이 떡국은 먹었어?"

"응 먹었어. 그동안 잘 지냈는데 갑자기 오늘 설날이라고 고향을 향하여 큰절하라고 시키더라고. 절을 하는데 엄마가 너무 보고 싶고 얼마나 서럽던지. 그래서 울컥했어. 지금은 괜찮아 엄마."

"그랬겠네. 오늘이 설날이라 네 마음이 더 그랬겠네. 그래도 씩씩하게 지내고 있는 모습 보니 우리 아들 장하다. 잘하고 있고 잘해 낼 거라는 걸 엄마도 알아. 매일매일 우리 가족들이 응원하고 있단다. 건강하게 훈련 잘 받고 수료식 때 건강한 모습으로 만나자."

전화가 끊어졌습니다. 나는 참았던 눈물을 토해내듯 엉엉 울었습니다. 집에 아무도 없는 게 천만다행이었습니다. 아들 군대를 먼저 보낸 언니들이 했던 말이 떠올랐습니다. "첫째 때처럼 울지 마라. 아들 앞에서는 절대로 울면 안 된다. 안 그래도 아들이 힘든데 엄마가 울면 마음 약해진다." 하며 신신당부하는 바람에 나는 그동안 눈물을 꾹 참았었습니다. 실컷 울고 나서 달력을 보았습니다. '올해 유독 설날이 왜 이렇게 빠른 거야. 훈련소에 있는 아들이 힘들게 말이야.' 애꿎은 달력만 탓했습니다.

설을 쇠고 훈련소 수료식날이 되었습니다. 남편은 큰아들과 나를 태우고 아침 일찍 밥을 먹지도 않은 채 포항으로 출발했습니다. 아침밥이 무척 중요한 남편일지라도 아들의 수료식 앞에서 밥 따위는 중요하지 않았습니다. 남편의 행동을 보며 '이게 부모의 마음이구나.' 싶어 너무 공감되었습니다.

훈련소에 일찍 도착해 수료식이 열리는 운동장에 자리를 잡고 앉았습니다. 가만히 앉아 있는데 그냥 눈물이 쏟아졌습니다. 아들이 입장한 것도 아닌데 여기 앉아 있는 자체만으로도 감격스러웠습니다. 옆에 앉은 난생처음 보는 어떤 어머니가 손수건을 건넸습니다. 어머니의 마음은 모두가 똑같은 마음이었나 봅니다. 그러고 보니 참석한 부모들은 훈련을 받은 것도 아닌데 모두가 질서정연하게 앉아 있었고 서로를 배려하고 있었습니다.

군복을 입은 훈련병들이 대열을 맞추고 있는 모습이 보였습니다. 아직 입장도 하지 않는데 참석한 부모들은 일제히 일어나 박수를 보냈습니다. 그 박수 소리가 참으로 우렁찼습니다. 우렁찬 박수 소리만큼 아들을 보고 싶었고 응원하고 있었다는 걸 느낄 수 있었습니다. 대열을 맞춘 훈련병들이 입장하자 부모들은 박수와 함성까지 힘차게 보냈습니다. 그 소리와 아들들의 힘찬 발걸음은 참으로 자랑스러웠습니다.

수료식이 끝나고 갑자기 부모들이 아들들 앞으로 막 달려갔습니다. 나도 어딘가에 이끌린 듯 달려가 아들을 찾았습니다. 그런데 똑같은 옷을 입고 서 있는 아들들 틈에서 내 아들이 눈에 들어오지 않았습니다. 눈물이 앞을 가려 보이지 않았는지도 모르겠습니다. 큰아들이 소리쳤습니다.

"엄마, 대영이 여기 있잖아요."

나를 보자마자 늠름한 아들이 인사를 했습니다.

"필승…."

군복을 입고 늠름한 모습으로 부모를 향해 인사하는 아들을 우리 부부는 얼싸안았습니다. 그리고 우리 가족은 4시간을 함께 보내고 아들은 다시 훈련소로 복귀했습니다. 아들의 늠름한 모습과 최선을 다하고 있는 모습이 무척 자랑스러웠습니다. 그리고 이렇게 건강하게 잘 지내고 있어서 고마웠습니다. 아들과 함께한 짧은 그 4시간은 지금까지 살아오면서 가장 귀한 시간으로 가슴에 새겨졌습니다. 아들도 그랬을 겁니다.

아들을 군대 보낸 엄마들은 하나같이 말합니다. 대한민국의 아들이 다 내 아들처럼 귀하고 자랑스럽다고 말입니다. 나도 그렇습니다. 나는 첫아들을 군에 보내고 난 후부터 학부생 친구 중 복학생들이 달리 보였습니다. 그 친구들에게 더 존경을 표하고 감사를 표했습니다. 이 친구들 덕분에 우리가 이렇게 편안하게 살 수 있다는 것을 몸소 느꼈기 때문입니다. 지금 현역에서 국가를 위해 최선을 다하고 있는 병사들에게 경의를 표합니다.

두 아들을 군대 보내고 나서야 나는 진심으로 애국자가 되었습니다. 아들이 나를 이렇게 성장시켰습니다. 자기의 이익만을 고집하는 그런 사람이 아니라 나와 이웃, 국가를 위해 사랑을 실천하고 나누는 그런 사람으로 말입니다.

이건 비단 나뿐만이 아닙니다. 나보다 먼저 아들을 군에 보낸 친구들과 주변 지인들, 우리 언니들만 보아도 알 수 있습니다. 그리고 수료식에 참석했던 부모들을 보아도 그러했습니다. 이 사람들은 상대를 돕고 배려하며 서로 나누는 마음으로 살고 있었습니다.

그럼 아들이 없거나 아들을 군대 보내지 않은 사람은 애국자가 아닌 말인가요? 라고 반문할 수 있습니다. 그러나 그런 뜻은 아닙니다. 아들을 군에 보낼 정도의 나이가 되면 마음이 좀 넓어진다는 말입니다. 그때가 오십 대입니다. 오십 대가 되면 모든 사람의 마음이 넓어지고 애국자가 된단 말인가요? 또 이렇게 반문할 수도 있습니다.

그에 대한 나의 답은 공부입니다. 공부는 나의 삶을 깊이 들여다보며 알아차리고 배움을 실천하며 사는 겁니다. 공부하는 삶을 사는 사람은 자신이 보이고 자기를 이해하게 됩니다. 자신을 이해하기 시작하면 나아가 상대방을 이해할 수 있습니다. 상대방의 삶을 쉽게 말하거나 내 마음대로 판단하지 않고 상대방을 진심으로 이해하게 됩니다. 그러면 서로 배려하고 마음을 나누며 서로 돕는 그런 사회가 됩니다. 이런 사회는 살 만한 사회가 되고 사람들은 행복한 삶을 살아가게 됩니다. 이때 우리는 모두가 애국자가 됩니다.

자대 배치를 받고 일병이 된 아들이 면박을 신청해 근무지 김포에 갔습니다. 첫 면박인 만큼 가족 모두 무척 설렜습니다. 면박을 나온 아들이 쉬지 않고 말했습니다. "엄마, 이 양말은 선임이 줬고 이 옷도 선임이 줬고 이 가방도 선임이 줬어. 나 첫 면박이라고 선임들이 새벽부터 옷을 다려줬고 신발을 닦아 줬고 모자에 각을 냈고….” 다 듣고 보니 모두가 선임들 자랑입니다.

부대에 복귀하는 시간에도 아들은 선후배들을 위한 선물만 고릅니다. 자신을 위한 필요한 것들이 있을 터인데 정작 자신은 면박 나온 것만으로 충분하다고 합니다. 선물 고르는 내내 한 사람 한 사람을 생각하며 진심 어린 사랑을 담습니다. 그 얼굴에 미소가 가득했습니다.

아들을 통해 나는 또 배웠습니다. 사랑이 무엇인지, 나누고 배려하며 산다는 것이 어떤 것인지를 말입니다. 아들이 진정 애국자였습니다.

3

빈 둥지가 되어도 외롭지 않아

오십 그리고 중년이라는 말에 항상 따라오는 감정의 단어가 있습니다. 바로 '외로움'입니다. 중년을 위한 책이나 오십을 위한 에세이를 봐도 외로움은 항상 등장합니다. 이 시기에는 자녀 양육기의 그 바빴던 시간이 멈추고 자녀가 성장해 집을 떠나는 시기입니다. 자녀들이 떠난 빈 둥지를 보며 부모들은 외롭고 허전함을 느끼게 됩니다. 오십은 대부분 이 비슷한 경험을 하는 나이로 외로움이라는 감정은 참 공감됩니다.

경우에 따라 아이들과 함께했던 시간과 추억들까지 빈 둥지가 되는 느낌을 받는 사람도 있다고 하니 얼마나 외로울까 싶습니다. 더군다나 마음은 청춘인데 갱년기라는 또 다른 신체와 마음의 변화까지 감당해야 한다면 외로움은 배가 될 수도 있습니다.

인간이 어떻게 흐르는 세월을 막을 수 있겠습니까. 흐르는 시간을 잘 받아들이고 살아가는 것이 또 인생이지 않겠습니까. 이 이치를 받아들이고 나서 가만히 들여다보면, 오십이라는 나이와 외로움이라는 감정 앞에 양극단의 두 부류를 만나게 됩니다. 이건 정확한 데이터는 아니지만 내가 매주 만나는 오십 대 부인 150명을 기준으로 그들의 경험을 토대로 한 이야기입니다.

하나의 부류는 지금 이 나이까지 무엇을 하고 살아왔나 한탄만 하는 사람들입니다. 이 사람은 애를 쓰며 아이를 키웠더니 아이는 자기 살 궁리만 한다고 합니다. 엄마가 아프다는 소리를 하면 아이는 '병원 가봐.'라고 무심하게 말합니다. 그러나 돈이 필요하면 갑자기 엄마에게 애교를 떨며 어떻게든 돈을 가져갑니다. 그래서 지금 저축해 놓은 돈이 없습니다. 남들은 골프 치며 비싼 필라테스를 개인 교습으로 한다는데 그 근처도 못 갑니다. 남편은 '다 그러고 산다. 너만 그러냐.'라고 말합니다. 내 몸은 아프기도 하지만 그보다 몸매가 완전히 망가져 버렸습니다. 배에 튜브를 두 개 넣어 놓은 것과 같습니다.

그러니 그동안 뭐 하고 살았나 싶습니다. 외로움은 극에 달합니다. 점점 더 바깥에 나가기 싫고 사람을 만나기가 두렵습니다. 몸이 축 처집니다. 잠시 누워 있다 보면 잠을 잡니다. 밤에는 잠이 오지 않습니다. 핸드폰을 봅니다. 새벽이 되어야 간신히 잠이 듭니다. 일어나 보니 오후입니다. 삶이 너무 지루합니다. 외롭다 못해 치를 떱니다.

　이 부류의 사람들은 늘 남을 탓하면서 이 외로움은 다른 사람 때문이라고 말합니다. 그리고 자신은 멋지게 살고 싶은데 주위 여건이 나를 자꾸 이렇게 만든다고 합니다. 지금까지 무엇을 하고 살아왔나 싶어 더 외롭다고 합니다.

　반면 또 다른 부류의 사람들이 있습니다. 그동안 미뤄왔던 꿈을 지금 시작하는 사람들입니다. 이 사람들은 늘 꿈이 있었습니다. 그러나 아이를 키우면서 꿈을 잠시 뒤로 미루어 놓았습니다. 아이들이 성장하여 빈 둥지가 되고부터 이제는 자신의 꿈을 펼칩니다. 오히려 시간이 확보되어 외롭지 않습니다. 배우고 싶었던 취미를 합니다. 배우고 싶었던 공부를 하기 위해 학교에 다닙니다. 새롭게 책을 폅니다. 매일 걷거나 뜁니다. 운동에 돈이 들지 않습니다. 아이들은 '엄마 혹시 컴퓨터 모르면 이야기해.' 하며 컴퓨터와 핸드폰의 기능까지 화내지 않고 가르쳐줍니다. 엄마가 새롭게 시작하는 꿈을 응원합니다. 남편도 스스로 밥을 차려 먹습니다. 집안일을 거듭니다. 때로는 학교까지 태워줍니다. 이 사람들은 공부 후 사회로 나가 경제적 활동을 하게 될 생각에 희망찹니다. 나를 꾸밉니다. 적은 용돈으로 옷을 사고 화장품을 삽니다.

　이 부류의 사람들은 활기가 넘칩니다. 얼굴이 환하고 바깥에 나가면 그동안 잘 들어보지 못한 예쁘다는 말을 듣는다고 합니다. 그러니 하루하루가 희망차고 사회 속에서 내가 꽤 괜찮은 사람 같다고 합니다. 외로움은 찾아올 시간도 없지만 혹 찾아오더라도 여러 감정 중 하나의 감정이라고 알아주며 잘 맞이합니다.

나는 이 두 부류의 사람들을 통해 자신이 삶을 어떻게 선택하고 살아가는가에 따라 삶이 달라진다는 것을 알았습니다. 오십의 나이를 받아들이는 것도 외로움을 느끼는 것도 똑같지가 않았습니다. 이 두 부류의 사람 중 어떤 부류의 사람을 만나고 싶냐고 물으면 여러분의 선택은 무엇입니까? 단연 두 번째 부류의 사람을 만나 마음을 나누고 싶어질 겁니다.

아이를 키우며 미뤄왔던 꿈을 향해 나아가는 사람들은 그 삶이 참 긍정적입니다. 내가 만나는 사람들은 그 꿈이 공부하는 삶을 살고 싶었던 사람들이었습니다. 공부는 사람을 살아 있게 합니다. 공부한다고 해서 꼭 학교에 가야 한다는 말은 아닙니다. 어떤 사람은 좋아하는 취미를 통해 배우고 어떤 사람은 돈을 벌며 배웁니다. 어디서든 자신이 깨어 있고 자신을 잘 들여다보며 가꾸어가는 사람들입니다. 모두가 공부하는 삶을 살아가는 사람들입니다. 이들은 빈 둥지가 되어도 외롭지 않다고 말합니다.

나도 오십이 되고 보니 빈 둥지가 되면서 외로움이 찾아왔습니다. 그래서 용기 내어 새로운 꿈에 도전했습니다. 공부 모임을 시작했습니다. 여기는 학교도 아니고 돈을 벌거나 쓰는 곳도 아닙니다. 그저 차 한 잔의 여유로 책을 읽고 생각과 마음을 나눕니다. 무엇보다도 사람들이 너무 좋습니다. 이 속에서 나는 다시 나를 들여다보고 나를 가꾸어갑니다. 이 시간이 나의 삶을 충만하게 합니다. 외롭지 않습니다.

　내 친구는 오십의 나이에 미뤄왔던 박사에 도전했습니다. 자주 통화하고 만나면서 우리는 공부하는 삶에 신이 납니다. 또 한 명의 친구는 떡볶이 가게를 열었습니다. 오십에 새로운 음식에 도전하면서 매일 신나 합니다. 떡볶이도 만들고 튀김도 튀기고 순대도 썰고 어묵 육수도 개발합니다. 돈을 벌면서 무척 많은 공부를 한다고 자랑합니다.

　또 한 친구는 텃밭을 가꿉니다. 조금의 돈을 주고 텃밭을 임대해서 농사를 짓습니다. 농사짓는 일이 쉽지 않아 매일 고민합니다. 기후와 토양과 씨앗의 종류와 씨앗을 심는 시기와 그리고 벌레들과 풀과의 공존 등 매일 공부한다고 합니다.

　우리 작은언니는 다육식물을 키우느라 바쁩니다. 오십 초반에 시작한 다육이 사랑이 5년 동안 빛을 발했습니다. 다육식물의 종류도 어찌 그리 많은지요. 내가 볼 땐 다 비슷한 것 같은데 우리 언니는 하나하나에 사랑과 의미를 담습니다. 늘 사랑을 쏟으며 다육식물에 관한 공부를 한 덕분에 행복하다고 합니다.

　학교에서 만나는 오십 대의 학생들은 하루하루가 도전이라며 활기찹니다. 국가 장학금 제도가 있어 돈 들지 않고 학교 다닐 수 있음에 감사하다고 합니다. 요즘은 전문대학이 평생학습의 장이 되어 완전히 열려 있습니다. 학과도 상당히 다양합니다. 기존에 우리가 알고 있는 학과 외에 세월의 변화 속에서 신설되는 학과도 많습니다. 학생들의 요구를 만족시키기 위해 주간반, 야간반, 토요반 등 다양합니다. 그러니 학생들은 오십을 풍성하게 즐기며 공부합니다.

상담하다 보면 어떤 분들은 '나는 꿈이 없어요. 뭘 하고 싶은지 모르겠어요.'라고 합니다. 이런 분들이 상당히 많습니다. 그럴 수 있습니다. 어쩌면 이분들은 그동안 자신의 삶을 더 충실히 살아왔는지도 모릅니다. 그 삶 속에 매몰되어 최선을 다하다 보니 자신의 꿈을 생각할 필요와 여가가 없었을지도 모릅니다. 어찌 그 많은 세월을 살아온 사람들을 한마디로 말하고 판단할 수 있겠습니까.

이분들에게는 꿈이 없다는 것에 집중하기보다는 그동안 열심히 살아온 삶에 진심을 담아 박수를 보냅니다. 그러면 과거를 발판 삼아 지금을 보게 됩니다. 빈 둥지가 된 지금은 과거에 자신이 쏟았던 열정을 소환해 이제는 그 열정을 자신에게로 돌리도록 해 주면 됩니다. 그러면 새로운 힘을 냅니다. 그 힘으로 하고 싶은 걸 찾을 수 있게 됩니다. 그러니 미뤄왔던 꿈이 없다고 걱정할 필요는 전혀 없습니다.

빈 둥지가 되었다는 건 그동안 최선을 다해 살아왔다는 겁니다. 아이들이 성장하여 떠나고 나면 외로움이 찾아오는 건 당연한 겁니다. 이제는 외

로움이라는 감정에 굴하지 않고 친구처럼 맞이하며 살아갑니다. 다양한 감

정과 함께 살아갑니다. 오십은 그런 나이입니다.

쉼표 그리고 마침표

박규빈 작가가 쓴 그림책『왜 띄어 써야 돼?』에는 참 재미있는 문장이 나옵니다. 띄어쓰기를 잘못하는 아이가 엄마에게 꾸중을 듣자 아이는 엄마가 방에 들어갔으면 좋겠다는 바람으로 '엄마 가방에 들어가신다.'라고 공책에 적습니다. 그러자 정말 엄마는 가방에 쏙 빨려 들어갑니다. 그리고 '아빠 가방에 들어가신다.'라고 적자 아빠도 쏙 가방 속으로 빨려 들어갔습니다. 엄마 아빠가 아이에게 제대로 띄어 쓰라고 외치자 아이는 '엄마랑 아빠가 방에 들어가신다.'라고 띄어 씁니다. 그러자 흐르는 땀을 닦으며 가방에서 엄마 아빠가 탈출합니다.

또 '아빠가 죽을 드신다.'를 '아빠 가죽을 드신다.'로 쓰고 '서울시 어머니 합창단'을 '서울 시어머니 합창단'이라고 아이가 쓰는 바람에 가족들에게 생각지도 못한 일들이 벌어집니다. 이런 재미있는 이야기를 통해 띄어쓰기의 중요성을 보여 주는 그림책입니다. 글자 하나 잘못 띄어 썼을 뿐인데 완전히 다른 문장이 되는 걸 보니 참 재미있습니다.

우리는 글을 읽을 때 띄어쓰기에 따라 숨을 쉬며 읽게 됩니다. 띄어쓰기가 중요한 만큼 읽을 때 쉼표 또한 중요합니다. 숨을 쉬어야 할 자리에서 정확하게 숨을 쉬어주면 읽는 사람도 잘 읽을 수 있고 듣는 사람도 제대로 들립니다. 특히 '시'를 읽을 때 쉼의 묘미는 대단합니다. 어디에서 쉬어주며 읽는가에 따라 시의 맛이 달라지니까요.

음악에도 쉼표가 있습니다. 음악에서 쉼표는 소리를 내지는 않지만, 음악은 그대로 흐르고 있습니다. 쉼표는 소리의 피곤함을 덜어 주는 휴식의 역할을 합니다. 가수가 노래를 부를 때 계속 소리를 내면 오히려 시끄럽게 들립니다. 소리와 소리 사이에 쉼이 적절하게 느껴질 때 노래의 맛은 더 맛깔납니다.

우리네 인생도 그러합니다. 쉼 없이 달려가는 그런 삶은 누가 보아도 피곤해 보입니다. 그러나 쉼이 있는 삶은 오히려 아름답습니다. 쉼이 있다고 하여 멈춘다는 뜻이 아닙니다. 음악에서 쉼표는 소리를 내지 않지만, 음악은 그대로 흐르는 것과 같이 삶에서 쉼도 그러합니다. 흐르는 삶 속에서 피곤함을 덜어 주는 휴식과 같은 역할을 하는 쉼이야말로 삶을 살맛 나게 합니다.

지금 세상은 참 바쁘게 돌아갑니다. 바쁜 세상 속에서 사람들은 정신없이 살아갑니다. 정신없이 사는 사람들은 자기가 정해 놓은 정상을 향하여 달려갑니다. 앞에 정상이 있다고 믿으며 정상에 오르려 쉼 없이 달립니다. 내가 강의하며 만나는 학생들만 봐도 그들은 인생의 정상을 이야기합니다.

거기에 오르면 큰 집에 맛있는 음식과 비싼 자동차, 애써 일하지 않아도 넘쳐나는 돈으로 하고 싶은걸 다하며 살 수 있다고 말합니다. 그 정상은 정확히는 몰라도 대체로 의사나 공무원, 교수, 대기업과 공사 계통에 입사하는 것입니다. 아니면 벼락부자가 되기를 바랍니다.

학생들은 이런 정상이 있다고 믿으며 앞만 보고 달려갑니다. 그들은 교정에 꽃이 피었는지, 오늘 날씨가 어떤지는 관심이 없습니다. 옆에 멋있는 사람이 있는지도 모릅니다. 정상을 향하여 하루하루를 살아가느라 정신이 없습니다.

그러다 취업이 늦어지거나 원하는 직장에 들어가지 못하면 실패한 인생이라고 생각합니다. 열심히 노력했는데 세상이 나를 내친다고 말하며 좌절합니다. 이렇게 살아가는 삶은 너무 피곤해 보입니다. 쉼이라고는 하나도 느껴지지 않습니다. 그래서 아름답지 않습니다. 쉼 없이 소리를 계속 내서 피곤한 음악과 같습니다. 쉬어 읽기가 잘못 되어 완전 다른 문장이 되어 버린 것과 같습니다.

나는 오십 대가 되면서 산에 오르는 재미를 알게 되었습니다. 산어귀에

닿기만 해도 벌써 맑게 느껴지는 공기와 계절마다 피어 있는 꽃들과 이름 모를 풀들 하며 지저귀는 새소리는 얼마나 청아한지 모릅니다. 이뿐이 아닙니다. 바람 따라 날아오는 갖가지 숲의 향기는 또 얼마나 좋은지요. 이런 재미에 빠지다 보면 정상이 어디인지, 정상을 만나야 하는지도 모른 채 그대로 그 순간을 즐기게 됩니다. 그리고 즐기며 걷다 보면 어느새 산 정상에 다다릅니다.

그런데 참 신기하게도 산 정상에 왔다고 느끼는 순간, 그 자리에 서서 여기저기를 둘러보면 또 다른 산 정상이 보입니다. 어쩌면 사방팔방이 다 정상인지도 모른다는 생각이 들 정도로 여기저기에 정상이 많습니다.

그러면 나는 왜 여기가 정상이라고 생각했을까요? 아마 가장 쉽게는 여기가 정상이라고 하며 쉬는 사람들이 있어서였습니다. 사람들은 여기가 정상이라고 말은 하지 않았지만, 산에 올라오느라 흘린 땀을 닦습니다. 가만히 앉아 먼 곳을 응시하는 사람도 있습니다. 누워 있는 사람도 있습니다. 가방에 넣어온 물이나 과일을 먹는 이도 있습니다. 모두가 편안하게 쉽니다.

쉬고 있는 그 모습을 바라보면 참 편안하고 아름답습니다. 그들은 쉬었다가 자기의 속도대로 다시 산을 더 오르고 싶은 사람은 올라가고 내려가고 싶은 사람은 내려갑니다. 참으로 자유롭습니다.

이런 모습 속에서 나는 알게 된 사실이 있습니다. 인생에는 정상이 정해져 있지 않다는 사실입니다. 꼭 무엇이 되어야 정상에 오른 것이 아니라는 겁니다. 또 무엇이 되지 않아도 실패한 인생이 아니라는 사실입니다.

산 정상에 오르고 나면 또 다른 정상이 있듯이 우리네 삶에는 사방팔방이 다 정상인지도 모릅니다. 그러니 앞만 보고 달리지 말고 쉬어주어야 합니다. 쉬는 동안 세상의 아름다움을 한층 더 깊게 보게 될 것입니다. 좋은 사람들과 더 멋진 관계를 쌓아갈 것입니다. 쉬어야 할 때는 쉬어주면서 살아가는 인생이야말로 아름다운 음악이 되고 시가 됩니다.

그때가 바로 오십이라는 나이입니다. 오십은 쉼표입니다. 우리가 100세를 산다고 할 때 딱 반입니다. 잘 쉬어야 하는 시간입니다. 음악에서 쉼표를 제대로 연주하면 다음 소절 연주가 정말 맛깔나듯이 오십에 쉼을 잘하면 다음 인생이 맛깔납니다.

그럼 오십에 잘 쉰다는 것은 어떤 걸까요? 쉼은 멈춤이 아니라고 했습니다. 흐르는 시간 속에서 휴식 같은 쉼은 이런 게 아닐까 생각합니다. 나의 경우를 이야기해 보겠습니다. 일단 앞만 보고 달리지 않습니다. 남들이 말하는 정상은 생각지도 않습니다. 내가 쉬는 자리가 바로 정상이니까요.

그동안 아이 키우느라 만나지 못했던 친구들과 차 한잔 나눕니다. 반려견 '우주'와 사람이 잘 다니지 않는 산에 오릅니다. 읽기 쉬운 책을 읽습니다. 가만히 앉아서 꽃을 바라봅니다. 바람을 맞습니다. 꽃을 방해하는 풀을 뽑습니다. 산책을 즐깁니다. 유튜브에 나오는 춤을 따라 춥니다. 방문을 닫아놓고 노래를 크게 부릅니다. 청소기를 돌립니다. 공부 모임에 참여합니다.

적고 보니 쉼이 참 많습니다. 이렇게 쉬는 동안 나는 기분이 참 좋아집니다. 남들은 세상이 빠르게 돌아간다고 말하지만 쉼이 있는 나의 세상은 고요합니다. 그래서 충만합니다. 오십은 참 행복한 나이이고 쉼이 있어 더 행복을 즐길 수 있는 나이입니다.

음악에는 음표가 있고 쉼표가 있으며 그리고 마침표가 있습니다. 우리 인생에도 시작이 있고 쉼이 있고 마치는 날이 있습니다. 오십이면 이미 인생은 시작되었고 쉬는 시간입니다. 잘 쉬어주면 다음 시간으로 넘어갈 때 한 단계 더 성장한 인생이 펼쳐질 겁니다. 그리고 성장한 인생의 연주는 아름답게 울려 퍼질 것이며 아름다움을 남긴 채 마침표를 찍을 겁니다. 그때 관중들은 함성과 함께 기립박수로 화답해 줄 것입니다. 참 아름다운 인생 연주를 들어서 고맙다고 말입니다.

5

우정으로 피어나는 내 사랑

중년 여성을 대상으로 집단상담을 했을 때의 일입니다. 음악 자서전을 통해 살아온 삶을 돌아보고 지금의 나를 바라보는 활동을 했습니다. 음악 자서전에는 이십 대부터 삼십 대, 사십 대, 오십 대, 그리고 현재 생각나는 가수와 노래 제목을 적습니다. 노래 제목을 떠올리면 생각나는 가사 일부분을 적고 생각나는 사람과 사연 및 이유를 적는 활동입니다.

이 활동을 통해 나는 참여자들의 살아온 삶을 들을 수 있었습니다. 참여자들이 공통적으로 하는 이야기가 있었습니다. 바로 남편 이야기였습니다. 중년이 되고 보니 남편에 대한 사랑이 변한다는 이야기였습니다. 처음에는 남자로 사랑했는데 아이가 태어나고는 아이들의 아빠로 살다가 이제는 정으로 산다는 겁니다. 육십 대 중반의 어느 부인은 남편이 성가시면서도 안쓰럽다고 했고 주말 부부가 부럽다는 말도 해 한바탕 웃었습니다.

나는 음악 자서전에 이런 노래를 적었습니다. 이십 대는 혜은이의 〈당신은 모르실 거야〉. "당신은 모르실 거야, 얼마나 사랑했는지 세월이 흘러가면은 그때서 뉘우칠 거야." 이런 가사입니다. 8년 동안 남편에게 구애를 하고 이십 대 후반에 결혼을 했지만 남편은 나를 보지 않았고 자기만의 심리적 동굴 속에서 자주 살았습니다. 이런 이유로 나는 사랑을 갈구했고 이 노래를 자주 부르며 나를 위로했었습니다. 삼십 대에는 김수희의 〈애모〉를 불렀습니다. "그대 앞에만 서면 나는 왜 작아지는가, 그대 등 뒤에 서면 내 눈은 젖어 드는데, 사랑 때문에 침묵해야 할 나는 당신의 여자, 그리고 추억이 있는 한 당신은 나의 남자요." 이 가사처럼 삼십 대의 나는 남편 앞에만 서면 작아졌습니다. 혼나는 느낌을 자주 받았고 그러나 그를 사랑했기에 침묵했습니다. 내 마음을 대변할 이 노래를 자주 부르며 많이 울었고 노래로 위로받았습니다.

사십 대는 알리의 〈서약〉을 듣고 불렀습니다. "한 사람만 사랑하게 해 주소서, 흔들리지 않는 맘을 내게 주소서, 흐르는 강물처럼 영원하기를 내 마지막 사랑이 그대이길." 이 가사처럼 사십 대에는 내 마음이 흔들릴까 봐 이제 지쳐서 사랑을 그만 포기할까 봐 이 노래를 부르며 마음을 다잡았습니다.

그리고 지금 오십 대에는 패티김의 〈그대 내 친구여〉를 부릅니다. "어둠 속에서 혼자 울고 있을 때 내 손을 꼭 잡아 준 사람. 평생을 사랑해도 아직도 그리운 사람 그대 내 친구여." 그렇습니다. 지금 오십에는 친구 같은 남편, 내 사랑입니다.

음악 자서전을 쓰다 보니 내가 어떤 마음으로 어떻게 살아왔는지를 보게 되었습니다. 나는 잡힐 듯 잡히지 않는 이 남자를 만나 불같이 뜨겁게 사랑했고 결혼해 아이들의 아빠가 된 남편을 사랑했습니다. 지금은 친구 같은 마음으로 사랑하며 살고 있습니다. 이처럼 나는 사랑을 중요하게 생각하고 사랑하며 사는 사람이었습니다.

그런데 가만히 나의 사랑을 들여다보면 사랑이 한결같지는 않다는 것을 알게 되었습니다. 그렇다고 사랑하지 않는다는 말이 아닙니다. 사랑은 영원하지만, 사랑의 모양이 바뀌고 색깔이 바뀌었습니다. 처음엔 남자로 사랑했고 그리고 아이 아빠로 사랑하게 되었고 지금은 친구로 사랑하며 살고 있는 겁니다. 중년의 집단상담 참여자들이 했던 말과 같은 의미입니다.

오십 대는 친구 같은 사랑을 하고 있습니다. 친구는 가끔 보아도 괜찮습니다. 그냥 나를 믿어 주고 응원해 주니까요. 술 한잔 커피 한잔 마시자고 하면 서로 약속을 잡습니다. 시간을 미리 잡아도 되고 번개로 해도 가능합니다. 밥도 자주 같이 먹습니다. 서로의 고민을 깊이 이야기하고 들어 줄 수 있습니다. 척하면 척 알아듣습니다. 서로의 장단점을 잘 알고 있습니다. 가끔 여행을 함께 갑니다. 공기가 좋을 땐 걸으며 이야기를 나눕니다. 친구는 때론 같이 잠을 자기도 하지만 대부분 각자 자기 방에서 편안하게 잠을 잡니다.

이게 친구 같은 사랑입니다. 더 나열하라면 할 수 있지만 이 정도만 해도 이해가 충분한 듯합니다. 우리는 친구로 잘 지내다가 아이가 군대에 가거나 자녀 결혼식이 있거나 하는 집안에 큰일이 있을 때는 약속이나 한 듯이 하나가 됩니다. 중년의 부부들이 정으로 산다는 말에는 이런 마음이 다 함축된 게 아닐까 싶습니다.

그런데 이런 친구 같은 부부의 관계가 하루아침에 이루어진 건 아닙니다. 오십까지 살아오는 동안 수많은 일 속에서 쌓아온 노력입니다. 싸우고 대화하고 소통하면서 서로를 이해하며 살아온 노력 끝에 지금의 관계가 된 겁니다. 이건 분명 성장입니다.

나이가 들어간다는 것은 사랑을 넓고 깊게 이해한다는 것입니다. 사랑을 넓고 깊게 이해할 때 비로소 건강한 부부가 되며 이런 부부는 성장하는 부부입니다.

영화 〈안나 카레니나〉를 보면 두 부류의 사랑을 통해 부부의 성장을 볼 수 있습니다. 첫 번째 사랑은 안나와 브론스키라는 인물을 통해 보여 줍니다. 안나는 결혼한 부인이었지만 한눈에 반해 버린 내연남 브론스키를 따라 어린 자식을 두고 사랑을 선택합니다. 둘은 불같이 뜨겁게 사랑을 합니다. 그러나 시간이 지날수록 사랑의 모양과 색깔이 변한다는 걸 모릅니다. 안나는 브론스키에게 처음과 같은 불같은 사랑을 계속 요구하게 되고 집착하게 됩니다. 이 속에서 둘은 힘들어하고 안나는 아이를 두고 온 죄책감을 느끼며 괴로움에 시달립니다. 두 사람의 사랑에는 성장이란 없습니다. 두 사람은 처음 불같은 사랑에 묶여 한 발짝도 나아가지 못한 채 결국 안나는 스스로 생을 마감합니다.

두 번째 사랑은 레빈과 키티라는 인물을 통해 이야기합니다. 레빈과 키티는 처음부터 사랑이 쉽게 이루어지지 않았습니다. 레빈은 행동과 말투가 세련되지 않은 시골 청년이었고 키티는 브론스키에게 마음이 끌리고 있는 그런 상황이었습니다. 그러나 우연한 기회에 다시 둘은 만나게 되고 결혼을 하게 됩니다. 시골에서 살아가는 이 부부의 처음 결혼생활은 순탄하지 않았습니다. 둘은 싸우고 또 싸웁니다. 싸우다가 언젠가부터 둘은 소통을 시작합니다. 소통하는 가운데 부부는 서로를 이해하게 되고 깊은 관계를 쌓아가는 사랑을 하며 성장하는 부부의 삶을 살게 됩니다.

이 두 부류의 사랑을 보면서 나는 깨달았습니다. 욕구 충족에만 이끌린 뜨거운 사랑은 오래가지 못합니다. 그러나 서로 소통하고 이해하며 어려움을 극복하는 가운데 깊은 관계를 쌓아가는 사랑은 성장하게 된다는 것을 알게 되었습니다.

연애 때처럼 그런 뜨거운 사랑은 계속되지 않습니다. 이걸 깨닫게 되면 오히려 사랑이 쉬워집니다. 그런데 우리는 연애 때의 사랑을 갈구하며 사랑이 변했다고 소리칩니다. 바로 안나와 브론스키처럼 말입니다. 그러면 오래가지 못합니다. 성장하지 못하고 오히려 위험합니다. 소리치는 자신의 마음이 상처투성이가 될 테니까요.

나도 결혼해서 처음에는 이런 이치를 깨닫지 못했습니다. 계속 사랑을 갈구하고 남편에게 요구했습니다. 그러면 그럴수록 남편은 자기만의 심리적 동굴로 들어갔습니다. 사랑의 화살이 오기는커녕 지쳐가는 남편을 보게 되었습니다. 그 모습을 보는 나는 더 지쳤습니다. 우리는 수없이 싸웠습니다. 그런데 참 신기하게도 싸우다 보니 어느 순간 서로를 이해하는 시점이 찾아왔습니다. 소통되었습니다. 레빈과 키티처럼 말입니다.

부부가 싸우는 건 당연한 일입니다. 20년, 30년, 요즘은 40년을 다른 환경과 문화에서 살아온 두 사람이 사랑해서 결혼했다고 한들 어떻게 서로를 다 이해하겠습니까. 싸우는 가운데 서로를 알아가고 이해할 수 있게 되는 겁니다. 대신 싸우는 동안 서로를 비난하거나 무시하거나 학대하지 않아야 합니다. 이건 꼭 지켜야 합니다. 이 규칙을 세워 놓고 싸우다 보면 어느 순간 상대를 깊이 이해하게 되는 시점이 찾아올 겁니다. 그러면 부부는 편안해지고 사랑의 본질을 알게 됩니다. 이제 부부는 성장하는 삶을 살게 됩니다.

오십은 사랑의 본질을 아는 나이입니다. 그래서 더 편안하고 사랑하게 됩니다. 남자에서 아이들의 아빠로 그리고 지금 친구로 살아가는 이 남자, 영원한 내 편인 이 남자, 바로 남편입니다. 오십에는 친구 같은 남편을 사랑하며 살아갑니다.

6

돈 버는 기쁨 일하는 재미

오십에 들어오면서 주위 사람들로부터 이런 말을 자주 듣습니다. "일하면서 재미를 느끼고 재미있는데 돈도 벌고 그래서 인생이 더 재미있다."라는 말입니다. 이게 무슨 말일까요? 나의 오랜 친구 숙이의 이야기를 통해 이 말의 의미를 만나 봅니다.

숙이는 결혼해서 아이 셋을 키웠습니다. 아이 한 명을 낳고는 "나는 아기가 걷기 시작하면 돈 벌러 가야지."라고 말했습니다. 그러다 둘째를 낳았습니다. 둘째를 낳고는 "나는 둘째가 걷기 시작하면 돈 벌러 갈 거야."라고 말했습니다. 그러다 셋째를 임신했습니다. 그리고 셋째까지 낳아 기르느라 숙이는 어느덧 오십이 되었습니다.

셋째가 중학생이 되고 숙이는 다시 똑같은 말을 했습니다. "이제는 돈 벌러 가야지." 그런데 사회 속으로 돈 벌겠다고 나간 숙이는 울상이 되어 말했습니다. "나이가 너무 많아서 안 된단다." 음식점에서도 일반 사무실에서도 그리고 공장에서도 다 나이가 많다며 숙이를 채용하지 않았습니다.

숙이는 몹시 실망하며 풀이 죽어 있었습니다. 숙이는 집안에 돈이 넉넉해서 아이 셋을 낳은 것이 아닙니다. 돈이 넉넉해서 아이들 뒷바라지만 한 것도 아닙니다. 나도 아이를 키워 봤지만 아이 키우는 일이 쉬운 일이 아닙니다. 엄마의 역할이 정말 많이 필요한 일입니다. 그 역할을 하며 살다 보니 숙이의 상황이 그렇게 된 겁니다.

숙이는 포기하지 않고 직업의 세계로 계속 도전했습니다. 이력서를 써서 여기저기 면접을 봤습니다. 도전하고 또 도전한 끝에 김밥집에서 연락이 왔습니다. 숙이는 뛸 듯이 기뻐했습니다. 하루에 4시간, 일주일을 근무하게 되었습니다. 손님이 몰려 바쁜 시간에 4시간 동안 설거지를 하는 일이었습니다. 숙이의 말에 의하면 팔과 손이 잠시도 쉴 틈이 없답니다. 허리를 펴고 잠시 휴식하는 시간도 없답니다. 숙이는 그렇게 매일 4시간을 꼬박 설거지했습니다. 숙이가 혹 힘들지는 않을까 염려되는 마음으로 내가 물었습니다.

"일은 어때?"
"너무 좋아. 야, 이 나이에 내가 일을 할 곳이 있다는 게 정말 꿈만 같지 않냐."

"정말? 아주 잘됐네."

"내가 설거지를 참 잘 하더라고. 주인 언니가 얼마나 칭찬하는데. 그러니까 일도 재미있고 신나. 그런데 돈도 준다. 매일매일 따박따박 돈을 준다. 야, 돈 버는 재미까지 대박이야."

나는 한참을 생각했습니다. 지금까지 아이 키우며 매일 했던 그 설거지를 또 해야 하나 싶어 자기 삶을 한탄할까 봐 나는 염려했었습니다. 손목이 아프고 어깨가 아플까 걱정이 되었습니다. 설거지 냄새가 옷에 배 속상할까 봐도 생각했었습니다.

나의 염려와는 달리 숙이는 신나 했고 그저 감사했습니다. 일하는 것에 재미를 부여하고 돈 버는 재미까지 느끼고 있었습니다. 이건 분명 감사에서 오는 진심이었습니다. 욕심 부리지 않고 상황을 탓하지 않으며 내가 일을 할 수 있다는 것에 감사하는 마음에서 우러나오는 진정성이었습니다. 벌써 숙이는 6개월째 일하고 있습니다.

이 훌륭한 친구가 내 친구입니다. 생각할수록 얼마나 자랑스러운지요. 그리고 이 친구를 통해 나는 또 배웠습니다. 지금 내가 하는 일이 얼마나 소중하고 감사한 일인지를 말입니다. 그러면서 지난날 내가 욕심내며 일을 했던 그 시절이 떠올랐습니다.

결혼하여 얼마 되지 않아 남편이 운영하던 사업이 부도가 났습니다. 아이는 셋이었고 둘째 딸이 희귀병에 걸렸다는 사실을 알았습니다. 우리 가족이 살 집은 컨테이너 하나, 아이들 먹일 양식이 없었습니다. 희귀병에 걸린 딸을 살리려면 병원비를 벌어야 했었습니다.

남편의 만류에도 나는 돌도 안 된 아들을 업고 대학으로 뛰어갔습니다. 지도교수님을 만났고 무작정 강의를 달라고 매달렸습니다. 아이들을 살려야 한다는 모성애가 작동했던 것 같습니다. 다행히 지도교수님은 나를 믿고 강의를 주셨고 나는 돈을 벌기 위한 강의를 시작했습니다.

돈을 벌기 위한 강의는 재미라고는 찾을 수가 없었습니다. 이 강의에서는 아름다움이라고는 하나도 없었습니다. 나는 강의를 충실히 했고 돈만 벌었습니다. 그 속에서 나는 어쩌면 교수라는 직업에 우쭐함도 있었던 것 같습니다. 교수라는 직업이 남들이 말하는 괜찮은 직업이라고 생각했을지도 모르겠습니다.

강사를 하면서 전임교수의 자리도 생각했었습니다. 그러면 돈을 더 많이 벌 수 있다고 생각했습니다. 실력도 모자라면서 욕심만 가득했던 그때 내가 떠오릅니다. 매일 기도하는 마음으로 학생들을 만나도 어려운 것이 가르치는 일인데 그런 제가 참 부끄럽습니다. 그때 나를 만났던 학생들은 정말 어땠을까요? 무엇을 느끼고 배웠을까요? 지금 생각만 해도 너무 부끄럽고 아찔합니다. 참으로 미안합니다.

그때 나는 정말 먹고살기 위해 돈을 벌었고 진정 숙이 같은 감사한 마음이 없었습니다. 나의 이런 부끄러운 시간을 발판으로 삼아 나는 이 시기 이후로 돈을 벌기 위한 강의는 하지 않았습니다. 적어도 이 마음은 그때 나를 만났던 사람들에 대한 예의이기도 하며 진심으로 배우고 가르치는 일에 대한 아름다움과 재미를 알았기 때문입니다.

숙이는 나에게 직업에는 귀천이 없다는 것을 정확하게 가르쳐 주었습니다. 세상에서 가장 귀한 직업은 내가 일하면서 재미를 느끼는 직업입니다. 재미를 느끼는 일에는 아름다움이 살아 있습니다. 일하는 게 재미있는데 돈까지 준다면 그 직업은 최고의 직업이 되는 겁니다. 바로 숙이가 하는 일처럼 말입니다.

숙이는 나에게 최고의 직업을 가지기 위해서 가장 중요한 것은 감사하는 마음이라고 가르쳐 주었습니다. 어떤 곳에서 무슨 일을 하든 늘 감사하는 마음이 있는 사람은 최고의 직업을 가진 사람입니다. 그 직업에서 나의 능력을 가치 있게 쓰며 보람되게 살아갑니다. 그 사람은 진정 최고가 됩니다. 그 사람은 바로 성공한 삶을 살아가는 사람입니다. 이것이 진정 성장하는 삶입니다.

오십에는 모든 날 모든 순간을 감사하며 살아갑니다. 욕심내지 않습니다. 친구 숙이가 가르쳐 준 것처럼 '일하면서 재미를 느끼고 재미있는데 돈도 벌고 그래서 인생이 더 재미있다.'는 말의 뜻을 정확하게 알게 되었습니다.

그렇지만 오십이 되었는데도 감사하는 마음이 생기지 않는다고 해서 걱정할 필요는 없습니다. 감사하는 마음은 매일 노력하면 생깁니다. 그래서 '감사일기'라는 게 있습니다. 감사일기장에는 하루에 한 가지 이상 감사한 일을 적는 겁니다. 가만히 하루를 들여다보면 분명히 감사한 일이 있기 마련입니다. 아침에 눈을 뜨는 사실만으로도 감사한 일입니다. 밥을 먹을 수 있다는 사실만으로도 감사한 일입니다.

세부적으로 이야기를 하면, 오늘 좋은 친구를 만나 커피를 마셔서 감사합니다. 시원한 바람을 맞으며 산책을 10분 해서 감사합니다. 읽고 싶었던 책을 30분 읽어서 감사합니다. 남편이 나를 보고 반갑게 웃어서 감사합니다. 나열하고 보면 감사할 일이 얼마나 많은지 모릅니다.

그러니 감사한 일을 적어 봅니다. 매일 한 가지 이상 감사한 일을 적습니다. 적다 보면 오늘은 감사한 일이 한가지였는데 내일은 두 가지가 될 수도 있습니다. 1년이면 얼마나 감사한 일이 많이 쌓이겠습니까. 매일 우리는 감사함 속에서 살아갈 것입니다. 감사함이 있는 매일은 행복합니다.

7

돌다리도 두들겨 보고 건너야지

우리 속담에 '돌다리도 두들겨 보고 건너라.'라는 속담이 있습니다. 돌다리가 아무리 안전하다고 해도 돌다리를 건널 때는 조심해야 한다는 말입니다. 내가 시골에서 살 때는 돌다리가 참 많았습니다. 지금처럼 다리가 만들어지지 않은 시기였으니 시냇물을 건널 때는 돌다리를 밟고 건넜습니다.

우리 아버지가 농사짓는 밭은 한곳에 모여 있지 않고 여기저기에 있었습니다. 어떤 밭은 시냇물을 건너야 밭에 갈 수 있었습니다. 시냇물을 건널 때는 발이 다 젖으니 아버지께서 손수 돌다리를 놓아주셨습니다. 아버지는 시냇가 근처에 있는 가장 크고 평평하면서 단단한 돌을 돌다리로 놓았습니다. 그러고는 돌다리를 건너는 몇 번의 연습 끝에 안전함을 확인하셨습니다. 안전함이 확인된 다음에도 항상 돌다리를 건널 때는 이렇게 말씀하셨습니다.

"아버지가 안전하다는 걸 확인했지만 그래도 돌다리를 두들겨 보고 건너야 한다. 왜냐하면 돌다리가 한 번 놓았다고 가만히 있는 게 아니다. 시간이 흐르면서 물살에 깎이기도 하고 움직이기도 해서 항상 조심해야 한다."

아버지는 당신의 자식들이 돌다리를 건널 때마다 항상 당부하셨습니다. 자식들이 언제나 안전하고 건강하게 자라기를 바라는 마음에서였던 것 같습니다. 내가 자라 인생을 고민할 즈음에 아버지는 나를 앉혀 놓고 말씀하셨습니다.

"네가 어릴 적 돌다리를 두들겨 보고 건너는 습관으로 늘 안전하게 시냇물을 건넜다. 그와 마찬가지로 인생을 살 때도 똑같다. 항상 돌다리를 두들겨 보고 건너는 마음으로 확인하고 또 확인하면서 조심조심 안전하게 살아가야 해."

하시며 아버지의 살아온 경험을 이야기해 주셨습니다.

아버지가 결혼했을 당시 아버지의 집은 아주 부자였답니다. 대궐 같은 집에서 인심을 나누며 사람들과 살아가는 그런 집이었답니다. 그런데 믿었던 사람에게 보증을 서는 바람에 살기가 무척 어렵게 되었다는 이야기였습니다.

이 이야기를 하시며 아버지는 인생의 여러 면에서 한 번 놓은 돌다리가 그대로 있는 것이 아니며 오늘 잘 산다고 해서 내일도 꼭 그렇지는 않으니

조심해서 인생을 살아야 한다고 하셨습니다. 특히 돈의 경우에는 더 그렇다고 말씀하셨습니다. 살아가는 내내 아무리 믿는 사람이라도 돌다리를 두들겨 보는 마음으로 다시 살펴야 한다고 당부하셨습니다.

　나는 아버지의 말씀을 깊이 새기며 결혼을 했습니다. 그런데 인생은 그렇게 마음처럼 되지 않았습니다. 결혼하자마자 남편이 아버지와 같은 어려움을 당하고 말았습니다. 그래서 몇 년 동안 참 눈물 나도록 어려움을 겪었습니다. 쌀이 없을 정도로 굶주림에 시달렸습니다. 한 번 기울어진 가정경제는 회복되는 데 오랜 시간이 걸렸습니다.

　오랜 시간 어려움을 겪으며 나는 깨달았습니다. '돌다리도 두들겨 보고 건너라.'는 아버지의 가르침은 단순한 게 아니었구나. '서로 신뢰를 쌓고 잘 지내는 사이라 하더라도 신뢰가 무너질 수 있구나. 상대가 처음부터 악한 의도를 가지지 않았더라도 처한 상황에 따라 남에게 상당한 피해를 줄 수 있구나.' 내가 직접 경험해 보지 않고 아버지의 설명만으로는 다 이해할 수 없었던 것 같습니다. 내가 경험해 보고서야 한 번 놓은 돌다리는 그대로 있지 않는다는 걸 몸소 깨달았습니다.

　그리고 나의 건강 상태를 보며 한 번 더 깨달았습니다. 그 혈기왕성한 삼십 대 중반의 나이에 암이 찾아올 줄이야 어찌 알았겠습니까. 건강을 탄탄하게 쌓았다고 생각했고 또 단단한 나이라고 생각했습니다. 그런데 한 번 놓은 돌다리는 그대로 있지 않았습니다. 세월의 흐름 속에서 지치고 힘든 가운데 나의 건강은 무너지고 말았습니다. 돌다리를 두들겨 보듯이 매일 나에게 관심 가지며 두들겨 보았어야 했었습니다.

이런 경험 이후로 나는 조심조심 인생길을 걸었습니다. 돌다리도 두들겨 보는 심정으로 말입니다. 그런데도 또 한 번의 어려움이 찾아왔습니다. 이 때는 처음과는 다른 어려움이었습니다. 바로 투자였습니다. 우리 부부는 고민 끝에 신중하게 결정을 내리고 투자를 했습니다. 투자 회사 사장을 믿었습니다. 몇 번의 두드림도 거치며 안전하다고 생각했습니다. 회사 사장을 잘 안다고 생각했었는데 아니었습니다. 일명 사기를 당한 겁니다.

돌다리를 더 많이 두들겨 보고 건넜어야 했습니다. 돌이켜 보면 이건 순전히 우리의 욕심이었습니다. 사기를 당하고 나서야 깨달았습니다. 조금 더 쉽게 돈을 벌 수 있을 거라는 착각과 돈을 쉽게 더 벌고 싶은 욕심 때문에 사기를 당한 거였습니다. 분명 우리의 잘못이었습니다. 욕심으로 빚어진 가슴 아픈 깨달음을 맛보았습니다.

오십이 되고 나서 주위를 돌아보면 투자나 사기로 경제적 어려움과 심리적 어려움을 호소하는 사람을 많이 만나게 됩니다. 상담하면서도 이런 분들을 심심치 않게 만납니다.

상담에서 만난 오십 대 어느 부인의 이야기를 한 번 들어봅시다. 부인은 지금까지 모은 전 재산을 투자 회사에 투자하는 바람에 부도가 났습니다.

집도 팔았고 차도 팔았고 심지어 투자하려고 은행에서 빌린 돈 때문에 빚을 산더미로 안게 되었습니다. 투자 회사는 사라져 버렸고 사장은 감옥에 가 있답니다. 부인은 이혼을 당했고 아이들은 엄마를 만나지 않는다고 합니다. 친구들도 다 떠나 버렸습니다. 부인은 어떻게 살아야 할지 막막하다며 울었습니다. 부인은 돈을 벌려고 투자를 했다고 했습니다. 투자하여 돈을 많이 벌고 잘 살아 보려고 했다고 했습니다. 진짜 마음은 잘 살고 싶은 마음이었으나 현실은 살기 어렵게 되었습니다.

오십 대 어느 남편의 사연도 만나봅시다. 남편은 선물 옵션거래를 하다가 투자했던 모든 돈이 휴지 조각이 되었다고 했습니다. 빚을 냈고 빚은 눈덩이처럼 불어났습니다. 남편은 점점 폐인이 되어갔습니다. 가정은 산산조각이 났고 남편의 화는 나날이 커졌습니다. 세상을 탓했고 술로 하루하루를 살았습니다. 남편은 한 번만 더 하면 돈을 벌 수 있다고 계속 주장했습니다. 그 희망에서 벗어날 수가 없어 더 화가 난다고 했습니다. 남편은 잘 살려고 투자를 했지만 현실은 살기 어렵게 되었습니다.

우리가 오십에 투자로 돈을 벌고자 하는 이유는 새로운 일을 하기에는 자신감이 떨어져 쉽게 돈 버는 방법을 생각하기 때문입니다. 또 나이가 더 들면 돈을 벌 수 없을 것 같은 조바심이 생겨 지금 돈을 많이 벌어 놓아야 한다는 생각에 투자를 선택할 수도 있습니다. 그리고 '한 방'이라는 기대심이 작동한 이유일 수도 있습니다. 남들이 투자해서 돈을 많이 벌었다고 하니까 그런가 보다 하며 돌다리를 두들겨 보지 않고 그냥 믿고 할 수도 있습니다.

이런 심리는 너무 이해가 가지만 오십에는 조심해야 합니다. 세상은 그렇게 호락호락하지 않습니다. 돌다리를 강하게 두들겨 보아야 합니다. 돈 잃고 사람 잃고 나도 잃어버릴 수 있습니다. 100세를 살아갈 우리가 오십에 투자를 잘못하면 경제적 회복뿐만 아니라 마음의 회복도 어렵기 때문입니다.

오십에는 돈에 투자하지 말고 마음에 투자하는 때입니다. 욕심에 투자하지 말고 행복에 투자할 때입니다. 지나친 욕심에서 지금 잘 살고 있는 삶을 망칠 수 있습니다. 중심을 잡아야 합니다. 돈에 욕심내거나 무엇에 욕심내기보다는 자신의 삶을 잘 들여다보며 보살펴 주는 삶을 살아야 합니다. 그러면 마음이 편안하고 지금을 즐길 수 있습니다. 이런 삶은 분명 돌다리를 잘 두들겨 안전하게 성장하는 삶입니다.

8

갱년기도 친구처럼

갑자기 온몸이 너무 아팠습니다. 몸살인가 싶어 병원을 갔더니 몸살도 아니고 감기도 아니라고 했습니다. 의사는 그냥 피곤함이 겹쳐 쉬어주면 괜찮을 거라고 했습니다. 그런데 의사의 말도 무색하게 나는 머리가 깨질 듯 아팠습니다. 어떤 생각도 할 수 없었습니다. 머리가 아프다 못해 얼굴 안면까지 만질 수가 없었습니다. 눈, 코, 입, 귀가 내 것이 아닌 것 같았습니다. 심한 통증으로 인해 세수를 할 수 없었습니다. 코에서는 피가 계속 흘렀습니다.

잠이 오지 않았습니다. 몇 날을 뜬 눈으로 잠을 지새웠습니다. 땀이 비 오듯 온몸을 적셨습니다. 땀이 나다가 싸늘하게 식어 버리자 한기를 느껴 오돌오돌 떨었습니다. 밥을 먹을 수가 없었습니다. 배가 터질 것처럼 아팠 습니다. 그러자 급기야 숨을 쉴 수 없을 것 같았습니다. '이러다가 내가 죽는구나.' 하는 공포가 밀려왔습니다.

한 달 정도 이 증세는 지속되었습니다. 도저히 살 수 없을 것 같아 다른 병원을 찾았습니다. 의사가 말했습니다. "갱년기가 심하게 왔네요." 천만 다행입니다. 다른 큰 병이 아니어서 정말 다행입니다. 나는 삼십 대 때 두 번이나 큰 수술을 받고 나서부터 죽음에 대한 공포가 있습니다. 살면서 치유가 되었다고 생각했는데 이번에 너무 아픈 나머지 나도 모르게 죽음의 공포가 다시 올라왔던 겁니다.

'이제 살았구나.' 하는 안도의 마음이 들자 공포는 사라지고 갑자기 갱년기가 반가워졌습니다. 반가운 마음으로 갱년기 증상에 대해 가만히 들여다보기 시작했습니다.

내가 아는 언니들은 갱년기 증상에 대해 이렇게 이야기했습니다. 일단 감정의 기복이 심합니다. 감정이 오르락내리락하는 것이 종잡을 수 없습니다. 그래서 '사춘기와 갱년기가 싸우면 누가 이길까.'라는 말이 있을 정도랍니다. 사춘기보다 감정의 기복이 심한 게 갱년기라고 언니들은 말했습니다.

갱년기에는 몸이 아프고 잠이 오지 않습니다. 땀이 삽시간에 온몸을 적시다가 갑자기 한기가 듭니다. 얼굴이 붉게 달아오릅니다. 소화가 안 되고 변비가 생깁니다. 없었던 비염이 생기기도 합니다. 하루도 아프지 않은 날이 없습니다. 아는 언니들을 통해서 들은 바로는 이렇게 힘든 게 갱년기였습니다.

요즘 친구들을 만나면 하나같이 자신의 갱년기 증상에 대해 이야기합니다. 가만히 듣고 있으면 참 재미있습니다. 갱년기가 시작되면서 아프지 않은 친구는 아무도 없습니다. 아픈 증상도 가지가지입니다. 많이 먹지 않아도 뱃살과의 전쟁을 치른다는 이야기도 너무 공감됩니다. 인지적으로 두 가지를 동시에 처리하기가 어렵습니다. 그러니 늘 시간에 쫓기고 마음이 분주합니다. 특히 건망증에 관한 이야기는 파자마를 입고 하룻밤을 지새워도 부족할 만큼 다양합니다.

한 친구는 다른 아파트에 방문해서 엘리베이터를 타고는 지금 자기가 사는 층을 눌렀답니다. 엘리베이터에서 내리고는 아차 하는데 이런 일이 자주 있답니다. 또 지하로 내려가야 하는데 층을 누르지 않고 한참을 혼자 엘리베이터에 있었던 날도 있었답니다.

외출 시 자동차 키와 핸드폰을 찾는 일은 거의 매일 있는 일입니다. 아무리 찾아도 없던 물건이 오랜 시간이 지난 후 생각지도 못했던 곳에서 찾게 된다고 하거나 전화번호를 외우는 일은 상상도 못 합니다. 또 갑자기 단어가 떠오르지 않아 말을 할 때 더듬거리는 증상이 나타납니다. 하루의 계획을 적어 놓아도 깜빡 잊어버립니다. 생일이나 결혼기념일 같은 특별한 날도 어제저녁까지는 생각했는데 오늘 아침에 잊어버리고 맙니다.

이런 이야기를 듣고 있으면 그냥 한마디로 '나도 그런데.'라는 말로 정리가 됩니다. 너무 공감됩니다. 어쩜 이렇게 비슷한 경험을 할까 싶어 안도가 되면서도 마냥 웃기지만은 않습니다. 씁쓸하기도 하고 서글프기도 합니다.

이야기하다가 울기도 하는 친구도 있고 그 친구를 보며 또 함께 우는 친구도 있습니다. 세월의 흐름 속에서 변화해 가고 있는 우리의 모습을 그저 받아들이게 되는 눈물입니다.

반면 어떤 사람들은 갱년기 증상에 대해 또 다른 시선으로 이야기합니다. 이 사람들은 오히려 완경이 되고 나니 날아갈 듯 편안하다고 합니다. 한 달에 한 번 생리할 때쯤이면 배가 아파 데굴데굴 바닥을 구를 만큼 아팠는데 그 증상이 싹 없어지고 나니 살 것 같다고 합니다. 또 생리하며 느꼈던 불편함을 더는 느끼지 않아도 되고 생리 시작쯤 올라오는 불안감이 사라졌다고 합니다. 목욕도 마음대로 할 수 있어 좋다고 합니다. 생리대 사는 돈도 절약되었습니다. 피임하지 않아도 되는 장점도 있습니다. 갱년기에 대한 이런 시선은 참 긍정적인 시선입니다.

긍정적인 시선으로 갱년기를 바라보다 보니 내가 지금까지 살아오면서 얼마나 귀하고 중요한 일을 했던가를 떠올리게 되었습니다. 한 달에 한 번 생리라는 중요한 과정을 거쳤고 생명의 탄생이라는 귀한 일을 한 나를 만나게 됩니다. 나는 두 아들을 낳았고 키우는 동안 삶의 희로애락을 배웠습니다. 그 위대한 일을 내가 해냈구나 싶어 자랑스러움이 밀려옵니다. 아파 누워 있는 나를 보고 아들이 말합니다.

"엄마, 갱년기라며, 많이 아프구나. 우리 낳아 키우느라 고생했어요. 이제는 우리 신경 쓰지 말고 엄마 몸만 신경 쓰면서 사세요. 그동안 못했던 거 다 하면서."

아들의 위로를 받으니 갱년기를 긍정적인 시선으로 바라보는 힘이 생겼습니다. 갱년기는 힘들고 서글픈 일이 아니라 오히려 응원을 받아야 하는 때입니다. 여성으로서 처음 생리를 했을 때 생리 파티를 하듯이 완경이 되었으니 완경 파티를 해야지요. 그동안 애썼고 귀한 일을 한 나에게 박수를 쳐 줍니다. 그리고 이제는 생명 탄생의 일을 멈추고 새롭게 나로 살아갈 인생을 응원합니다.

응원하며 갱년기를 맞이했는데도 갱년기는 자꾸 울고 보챕니다. 손뼉도 쳐 주고 응원해 준다고 해서 갱년기가 금방 사라지는 건 아닙니다. 이럴 때 '우는 아이 떡 하나 더 준다.'는 속담을 떠올리게 됩니다. 아이가 자꾸 울고 보채니까 입막음하려고 떡을 하나 더 주는 것처럼 갱년기도 떡 하나 더 주는 심정으로 봐 주어야 합니다.

갱년기는 오늘은 허리가 아프다고 보채다가 내일은 머리가 아프다고 보챕니다. 잠을 못 자겠다고 보채고 땀이 나서 죽겠다고 보챕니다. 짜증이 나 못 살겠다고 보챕니다. 소리가 잘 들리지 않는다고도 하고…. 매일매일 울고 보챕니다. 하루도 조용할 날이 없습니다. 그러니 떡 하나 더 줘서 달래 주듯 매일 달래주어야 합니다. 화내지 말고 밀어내지 말고 그냥 달래주어야 합니다.

내가 갱년기를 달래주는 방법의 하나는 명상호흡입니다. 명상호흡은 가만히 눈을 감고 내 몸과 마음에 집중하는 겁니다. 몸과 마음은 연결되어 있어서 마음의 흐름을 잘 따라가다 보면 몸이 무엇을 원하는지를 알 수 있습니다. 눈을 감고 나의 호흡에 집중합니다.

숨을 들이마시고 내쉬고 또 들이마시고 내쉬고를 반복합니다. 천천히 반복합니다. 들숨에 배를 불리고 날숨에 입을 살짝 벌리고 '후' 소리를 내며 숨을 다 빼냅니다. 불렸던 배가 엉덩이에 달라붙는 느낌이 들면서 홀쭉해집니다. 숨이 고릅니다. 머리가 맑아집니다. 몸에 들어갔던 힘이 빠지면서 몸이 편안해집니다. 불안하고 긴장되었던 마음이 안정을 찾습니다.

편안하게 자리게 누워 호흡합니다. 명상호흡은 자주 해 주면 좋습니다. 만약 일상이 너무 바쁠 때는 잠자기 전 10분 정도만 해 줘도 내 몸과 마음이 안정을 찾을 겁니다. 나를 돌아보고 안아 줄 수 있는 아주 좋은 방법 중 하나입니다.

우리가 사춘기 자녀를 키울 때 너무 힘들고 이해가 안 되지만 그래도 위안이 되었던 말이 있습니다. '사춘기는 지나간다.' 이 말이 어찌 그리 위안이 되던지요. 이 말 믿고 그 순간에 할 수 있는 걸 하고 있었더니 정말 사춘기가 지나갔습니다. 그 힘든 사춘기가 말입니다. 갱년기도 그렇겠지요. '갱년기도 지나간다.' 이 말을 기억하며 갱년기를 친구로 데리고 살아가 봅시다. 오십은 갱년기를 친구로 맞이할 때입니다.

5장

새롭게 가꾸는
나의 정원

내일은 더 맑음

    집단상담을 할 때 참여자들이 별칭을 짓는 활동을 합니다. 별칭은 그 사람의 이름을 대신하여 부르는 명칭입니다. 그렇다 보니 별칭에는 그 사람을 대신해 줄 만한 중요한 경험들이 녹아 있습니다. 예를 들어, 어릴 때 가지를 무척 싫어했는데 어른이 되고 보니 가지가 몸에 좋다는 걸 알게 되면서 몸에 좋은 가지처럼 살고 싶어 '가지'라고 별칭을 지었다고 하는 사람이 있습니다. 또 그동안 외롭게 살았는데 이제는 하늘처럼 넓은 마음으로 살고 싶어서 '하늘'이라고 별칭을 지었다고 하는 사람도 있습니다. 사랑이라는 단어만 생각하면 사랑하는 그 사람이 떠올라 기분이 좋아지기 때문에 '사랑'이라는 별칭을 쓰는 사람도 있습니다. 이처럼 별칭의 의미를 듣다 보면 그 사람을 이해하기가 쉬워집니다.

    나는 이십 년 동안 쓰고 있는 별칭이 있습니다. '샘물'입니다. 샘물은 땅속 깊은 곳에서 솟아나 언제나 마르지 않고 너무 깨끗해서 사람이 먹는 물입니다. 나는 샘물처럼 언제나 깨끗하고 마르지 않는 사랑으로 만나는 사람들과 함께하고 싶은 마음에서 샘물이라는 별칭을 씁니다. 샘물이라는 별칭을 지은 이유는 실제 어릴 적 샘물을 먹고 자란 나의 경험에서 나온 겁니다.

내가 자란 시골 마을에는 샘이 두 군데 있었습니다. 열두 가구가 옹기종기 모여 사는 작은 마을이라 두 군데 샘에서 나오는 물을 사이좋게 나누어 먹으며 살았습니다. 지금 우리가 먹는 수돗물은 없었기 때문에 샘물이 유일한 식수였습니다. 샘은 우물과는 다릅니다. 그렇다고 웅덩이와는 완전 다릅니다. 나지막하게 3면이 돌로 둘러싸여 있고 윗면에도 돌로 덮여 있습니다. 한쪽은 트여 있어 우리는 트여 있는 쪽에서 바가지로 물을 떠서 먹었습니다. 상상해 보면 동굴 같은 느낌인데 동굴은 아닙니다. 정확하지는 않지만 돌 틈에서도 물이 흘러나오고 바닥에서도 물이 솟아 나오는 것 같았습니다.

샘물은 언제나 마르지 않았습니다. 그리고 언제나 깨끗했습니다. 샘물에는 도롱뇽이 살았고 개구리도 살았습니다. 가재도 살았고 우리는 이 친구들과 함께 물을 나누어 먹으며 살았습니다. 때로 도롱뇽 알이 너무 많거나 낙엽이 바람에 날려 샘에 들어갔을 때는 샘 청소도 했습니다. 그 담당은 오 남매 막내였던 내가 항상 했었습니다. 그때 나는 그 미끈거리는 알과 도롱뇽이 너무 싫었는데 어쩔 수 없이 했었던 기억도 납니다.

참 신기한 건 이 샘물이 여름에는 수박을 담가놓고 먹을 만큼 시원했고 겨울에는 따뜻했습니다. 겨울에 학교 갈 채비를 할 때는 샘에 와서 따뜻한 물로 세수를 했으니까요. 고등학교 때 대구라는 대도시로 나온 후에 알았습니다. 모든 사람이 이 샘물을 먹고 살지는 않는다는 것을 말입니다. 대구에 와서 먹었던 수돗물은 샘물과는 비교도 할 수 없을 만큼 차원이 달랐습니다. 그때부터 나는 샘물의 고마움을 알게 되었습니다. 샘물은 언제나 마르지 않으며 그 깊은 곳에서 흘러나와 우리 가족과 마을 사람들을 살게 해준 고마운 물, 깨끗한 물, 맛있는 물이었습니다.

그래서일까요. 샘물이라는 별칭을 사용할 때마다 나는 이미 어릴 적 그 시간으로 돌아가 있습니다. 그러면 어느새 마음은 따뜻해지고 맑아집니다. 사랑이 샘물처럼 솟아 흐릅니다. 이런 마음으로 나는 만나는 사람들과 사랑을 나누며 아름답게 살아가기를 바랐습니다. 적어도 이십 대까지는 말입니다.

그런데 사람들과 사회 속에서 부딪히며 살다 보니 샘물처럼 맑기가 쉽지 않았습니다. 특히 결혼하고 가정을 이루며 살 때는 만만치 않았습니다. 남편과 시어머니를 이해하기가 참 어려웠습니다. 우리가 별칭이라도 지어 살아온 경험을 나누었다면 이해하기가 쉬웠을까요. 가장 어려웠던 건 오고 가는 말이 주는 상처가 가장 아프고 힘들었습니다. 김윤나 저자는 『말그릇』에서 사람들은 저마다 말을 담는 그릇 하나씩 지니고 살아간다고 합니다.

말그릇의 상태에 따라 말의 수준과 관계의 깊이가 달라진다고 말합니다. 저자는 말그릇이 크고 단단해서 그 안에 사람을 담을 수 있는지, 아니면 얇고 작아서 스치는 말 하나에도 불안하게 흔들리는지를 묻습니다.

이 물음에 나는 나를 가만히 들여다보았습니다. 나는 말그릇이 크고 단단하여 어떠한 사람도 다 담을 수 있을 거라고 생각했습니다. 말에서 상처를 받지 않으며 그럴 수 있다고 의연하게 넘기는 그런 나를 꿈꾸었습니다. 샘물처럼 맑고 투명하여 상처받지 아니하고 누구에게도 사랑을 나눌 수 있는 사람이라고 생각했습니다.

그러나 정작 나는 말에서 상처를 받았고 한 번 받으면 오래가고 휘청거렸습니다. 내 마음은 맑아지고 싶었지만 괴로워지고 불안해하는 나를 보았습니다. 그러면 그럴수록 내 마음의 날씨는 어두웠습니다. 시원하게 비가 내리는 것도 아니고 아름답게 눈이 내리는 것도 아니었습니다. 상쾌하게 바람이 불어오는 것도 아닌 그냥 어두운 날씨. 그래서 곧 비가 올지, 눈이 올지, 바람이 불어올지도 전혀 알 수 없는 어두운 상태. 적어도 삼십 대 내 마음은 이런 어두운 날이 많았습니다.

삼십 대의 어두운 시간을 살아내는 동안 나는 맑은 날들을 고대했습니다. 맑은 날은 아름다움 자체입니다. 바로 여름의 맑은 하늘처럼 말입니다. 맑은 여름 하늘은 너무나 투명한 파란색에 하얀 구름으로 그림을 그립니다. 양 떼 모양도 그리고 공룡도 그립니다. 용도 그리고 나비도 그리고 사람도 그립니다. 어떤 그림도 내가 마음껏 그릴 수 있으며 그리는 것마다 무척 아름답습니다. 이것이 내가 고대했던 맑은 날이었습니다.

맑은 날을 고대하며 공부하기 시작했습니다. 스치는 말 하나에 불안해하며 흔들리지 않으려고 공부했습니다. 말에서 상처받지 않으며 그럴 수 있다고 의연하게 넘기기 위해 공부했습니다. 그래야 내가 살 것 같았습니다. 소중한 내 가정을 쉽게 포기하고 싶지 않아 절실한 마음으로 공부했습니다. 그러다 적절히 감정을 자제하고 의연하게 넘기는 '목계 이야기'를 만나게 되었습니다. 목계는 나무로 만든 닭이란 뜻입니다. 나무로 만든 닭처럼 감정이 쉽게 흔들리지 않고 의연하게 대처할 수 있는 상태를 말합니다. 이 이야기는 『장자』의 「달생」 편에 나오는 이야기인데 내용이 이렇습니다.

또 열흘이 지나고 왕은 조련사에게 물었습니다. 조련사는 "아직 멀었습니다. 조급함은 버렸으나 상대방을 노려보는 눈초리가 너무 공격적입니다." 라고 대답했습니다.

그리고 열흘이 또 지나 왕이 묻자 조련사는 "이제 된 것 같습니다. 다른 닭들이 아무리 소리를 질러도 미동을 하지 않습니다. 멀리서 바라보면 나무로 만든 닭 같습니다. 다른 닭들이 감히 맞서지 못하고 도리어 달아납니다."

이 이야기는 나에게 큰 깨달음을 주었습니다. 닭이 하루아침에 목계가 된 것이 아니었습니다. 거듭되는 훈련 끝에 교만함도 버리고 조급함도 없어지고 부드러운 눈을 가진 목계가 되었습니다. 이처럼 우리도 오랜 시간 훈련해야 합니다. 우리의 말도 감정도 훈련해야 합니다. 훈련을 통해 의연할 수 있게 되고 말그릇도 크게 됩니다. 그러면 내 안에 사람을 담을 수 있게 됩니다. 이런 훈련이 바로 공부입니다. 자신을 깊이 들여다보는 공부, 그리고 변화를 위해 노력하는 공부를 하다 보면 우리는 변화해 갈 수 있습니다.

사실 나는 무척 노력했습니다. 그리고 지금도 노력하고 있습니다. '나는 나의 감정을 잘 들여다보며 살고 있는가. 나는 상대방의 상황과 감정을 이해하고 적절하게 대처하고 있는가.' 늘 이러한 물음에 스스로 답하며 노력하는 동안 변화하는 나를 만났습니다. 삼십 대에는 쉽게 일희일비하던 내 감정이 오십에는 적절히 감정을 자제할 줄 아는 의연함이 생겼습니다. 사람들이 마음대로 던지는 말에도 감정이 올라오거나 어두워지지 않습니다. 말 때문에 외로워지지 않습니다. 모두가 나를 들여다보는 공부 덕분입니다. 공부를 통해 내 감정이 조화를 이루었습니다.

오십은 내 마음을 잘 들여다볼 수 있는 나이입니다. 마음을 잘 들여다보고 말하기 전에 한 번 더 생각하고 말을 해야 합니다. 그리고 말을 받을 때도 내 것이 아닌 것을 다 받아서는 안 됩니다. 적절히 의연하게 목계의 교훈을 새겨 봅니다. 목계가 되고 나서는 더 많이 웃으며 긍정적으로 살아갑니다. 마르지 않는 샘물처럼 사랑을 나누며 살아갑니다. 그러면 마음 날씨는 맑아집니다. 맑은 마음으로 아름다운 사람들을 담아 봅니다. 그들과 향기 나는 대화를 나누며 내일을 밝힙니다.

내일은 더 맑음입니다.

2

더 재미있을 내일을 위해

『세상에 읽지 못할 책은 없다』의 저자 사이토 다카시는 책 읽기를 어려워하는 사람들에게 어떤 책도 읽을 수 있는 책 읽기 기술을 알려줍니다. 책읽기 기술은 처음부터 끝까지 책을 다 읽을 필요가 없으며, 책을 많이 사서 집안 곳곳에 배치해 두고 기회가 있을 때마다 조금씩 읽도록 하는 방법입니다. 그러다 보면 나에게 맞는 책을 고르게 되고 그것이 나의 책이 된다고 합니다.

여기서 나의 책이 된다는 것은 나와 책과의 관계가 달라졌다는 겁니다. 처음에는 그냥 '이런 책이 있네.' 하며 막연한 호기심이었다면 책을 읽는 동안 책속으로 깊이 들어가 작가와의 만남이 시작되는 겁니다. 작가와의 만남이 시작되면서 이미 이 책은 나에게 그냥 책이 아니게 됩니다. 책이라는 사물에서 시작하여 인간관계까지 교감이 이루어지면서 책의 의미가 달라집니다. 그러면 이 책은 너무 재미있고 나에게 의미 있는 나의 책이 됩니다.

나는 일주일에 한 번 독서모임을 합니다. 내가 존경하는 교수님과 동료 선생님들이 함께 책을 읽고 느낌을 나눕니다. 그동안 철학적인 사고를 하는 책을 읽다가 이번에는 에세이를 읽게 되었습니다. 책도 가볍고 내용도 읽어 내려가기가 쉬운 책을 선정하여 읽기 시작했습니다. 독서모임 동료 중 책 읽기를 남달리 좋아하는 윤 선생님이 나에게 질문했습니다.

"근데 나는 이번에 왜 이 책을 읽자고 했는지 교수님의 의도를 잘 모르겠어. 이 책은 어렵지도 않고 빨리 읽어 내려갈 만한 책인데 이런 책을 독서모임에서 왜 하자고 했을까?"

이 말을 듣고 나는 아직 책을 읽어 보지 못했던 터라 그냥 피상적인 대답을 했습니다.

"글쎄, 분명히 교수님의 의중이 있으실 텐데. 책을 읽어 내려가다 보면 우리가 알게 되지 않을까?"

그리고 우리는 매주 만나서 책을 읽고 글을 쓰며 느낌을 나누었습니다. 이 책의 마지막 부분에 왔을 때 윤 선생님이 나에게 이런 말을 했습니다.

"나는 어느 순간 이 책을 보면서 이 작가의 삶을 보게 되었어. 이 작가의 삶을 알겠더라고. 그리고 나의 삶을 보게 되었어. 그래서 더 정겹고 좋았어. 어떤 친구가 나에게 요즘에 읽을 좋은 책을 추천해 달라고 했을 때 이 책을 내가 추천했지. 교수님과 선생님들과 함께 책을 읽는 동안 이 책은 나의 인생 책이 되었어."

윤 선생님의 이 말을 듣고 나는 깨달았습니다. 처음엔 그냥 책이었는데 책과 내가 교감을 하면서 완전히 다른 책이 된다는 사실을 알았습니다. 교감을 통해 이 책은 처음 만났을 때의 그 책이 아니라 나와 긴밀한 관계를 맺은 인생 책이 되었다는 사실입니다.

또 누구와 함께 책을 읽고 어떻게 읽는가에 따라 책을 읽는 재미가 달라진다는 것입니다. 처음에는 쉽고 가볍다고 생각했던 이 책이 좋은 사람들과 함께 읽고 나누는 동안 책 읽는 재미가 남달랐으며 책과 긴밀한 관계까지 맺었습니다. 책과의 긴밀한 관계를 맺으며 공부하다 보니 나의 삶을 더 깊이 들여다보게 되었습니다. 내 삶을 깊이 들여다보며 살다 보니 내가 살아가는 인생의 재미를 더 느끼게 된다는 사실까지 깨닫게 되었습니다.

이런 경우는 단지 책뿐만이 아닙니다. 나를 둘러싼 사물과 자연, 동물과 사람까지 우리가 인생을 살면서 만나게 되는 수많은 경우에 다 해당합니다. 예를 들어, 나 혼자 바다를 볼 때는 그 바다가 그냥 많은 바다 중 하나에 불과했다면, 좋아하는 연인과 함께 바다를 보게 되면 그 바다는 더 이상 그냥 바다가 아니게 됩니다. 다음 날 연인 없이 혼자 그 바다를 보게 되더라도 연인과의 추억을 떠올리며 교감하게 되면서 나와 바다와의 관계가 달라집니다. 그 바다는 이제 그 이전과는 다른 나에게 의미가 있는 바다가 되는 겁니다.

이처럼 사람이든 자연이든, 동물이든 사물이든, 관계가 달라지면 내가 만나고 보고 느끼는 모든 것들이 의미가 있게 됩니다. 의미 있는 것들이 많으면 많을수록 세상이 다르게 보이며 더 아름답게 느끼게 됩니다. 이런 삶은 살맛 나고 사는 게 재미있습니다.

특히 인간관계는 더 그렇습니다. 별처럼 수많은 사람 중에 그 사람이 나에게 의미 있는 사람이 되는 것은 그와의 긴밀한 관계가 맺어졌기 때문입니다. 긴밀한 관계는 그와 교감을 하고 더 나아가 '공감'이 일어날 때 가능해집니다. '공감'을 한다는 것은 그 사람이 느끼는 감정을 나도 그와 똑같이 느끼는 상태를 말합니다. 인간관계에서 공감이 잘되면 그 사람들과 의미 있는 관계가 맺어지고 그때 우리는 인생이 재미있다고 말하게 됩니다.

오십은 이제 재미있게 살 나이입니다. 아이도 다 키우고 그동안 미루어 왔던 일들과 하고 싶었던 것들, 그리고 꿈꾸어 왔던 것들을 자유롭게 펼칠 나이입니다. 이 나이쯤 되면 마음의 여유와 시간의 여유까지 생기면서 대부분 사람이 재미있게 살고 싶어 합니다. 그래서 재미있는 것을 찾게 되고 전문가들의 조언을 듣게 됩니다.

전문가들은 재미있게 살기 위해서 웃어라, 운동해라, 취미를 가져라, 좋아하는 사람들과 만나라, 호흡해라, 적절한 휴식을 취해라, 적절한 수면과 음식을 섭취해라, 건강한 사회관계를 맺어라, 감정을 조절해라 등 많은 조언을 해 왔습니다.

사람들은 전문가들의 말에 따라 자신에게 맞는 재미를 찾기 위해 노력합니다. 운동도 하고 취미도 즐기고 사람들을 만나 맛난 음식도 먹으며 웃고 즐깁니다. 그런데 가만히 사람들의 이야기를 들어보면 이렇게 노력하는데도 외롭고 공허하다는 말을 많이 합니다.

내가 오십의 나이가 되고 보니 전문가들이 하라는 대로 노력을 해 보아도 궁극에는 사는 게 재미가 없다는 말에 공감이 됩니다. 물론 노력에는 사람에 따라 정도의 차이는 있지만 말입니다. 그럼 전문가들이 말하는 노력을 하고도 진짜 삶의 재미는 어디에서 찾을 수 있을까요?

나는 상담을 통해 여러 사람을 만나면서 이 질문에 대한 답을 여러 해 동안 고민해 왔습니다. 그러다 사람들이 어떻게 '관계'를 맺고 사는가를 듣고 보게 되었습니다. 사람은 혼자서 살 수 없습니다. 아무리 혼자 운동하고 밥을 잘 먹고 잠을 잘 자고 돈을 잘 번다고 해도 큰 틀에서 보면 인간관계 속에서 사는 겁니다. 가장 최소한의 인간관계, 가정만 보더라도 혼자서 사는 게 아닙니다.

혼자서는 잘 살고 있지만, 인간관계에서 어려움을 겪게 되면 사는 게 재미없어집니다. 결국 '관계'를 어떻게 맺고 사는가에 따라 사는 재미가 달라집니다.

사람과의 의미 있는 관계는 '공감'을 통해 이루어집니다. 우리가 책을 읽을 때 교감하면서 책을 읽으면 그 책과 나와의 관계가 달라지듯이 사람도 공감하며 만나는 사람은 나와의 관계가 달라집니다.

어느 중년 부부가 크게 싸움을 하며 황혼 이혼을 하겠다고 상담실을 찾아왔습니다. 부부는 지금까지는 아이들 때문에 참고 살았지만, 이제는 더 이상 못 살겠다고 했습니다. 부인이 말했습니다.

"아니, 우리가 30년을 살았는데도 이렇게 안 맞아요. 힘들어서 더는 못 살겠어요."

"30년을 살았는데도 그렇게 안 맞아서 힘이 든다는 이야기군요. 어떤 부분이 그렇게 안 맞는다고 느끼는지 예를 하나 들어 이야기해 줄 수 있을까요?"

"아니, 내가 얼마 전에 옆집 언니랑 싸웠거든요. 뭐 싸운 거는 다 말하려면 길고. 내가 얼마나 억울하고 화가 났겠어요. 싸웠으니까. 그러면 남편이라는 사람이 내가 이야기를 하면 아이고 그랬나 하면서 내 마음을 알아주면 좋잖아요. 그런데 내 마음을 알아주기는커녕 내가 잘못했다고 말하더라고요. 내가 지금 누가 잘못했는지를 말해 달라고 했습니까. 남편이라는 사람이 이렇게 내 마음을 공감 못하는데 화가 나서 살겠어요? 지금까지 남편은 내 마음을 공감해 준 적이 한 번도 없어요. 그러니까 내가 외롭고 사는 게 재미가 없다고요.”

이 부부의 이야기는 정도의 차이만 있지 다른 부부나 가족, 친구 그리고 직장에서도 자주 만나게 되는 이야기입니다. 많은 사람이 사는 게 재미가 없다고 할 때 '공감이 안 된다, 공감을 받지 못한다.'고 합니다. 이 사람들은 돈도 있고 취미도 즐기고 운동도 하고 맛난 음식도 먹으며 지냅니다. 그런데도 인생이 재미없다고 합니다. 바로 관계 속에서 공감이 안 될 때 그런 말을 합니다. 공감은 의미 있는 관계를 맺는 데 아주 중요합니다. 의미 있는 관계는 공감이 일어납니다. 공감 있는 삶은 진정 재미있는 삶입니다.

이제 오십에는 의미 있는 관계를 만들어 가는 시기입니다. 나를 둘러싼 환경과 교감하고 만나는 사람들과 공감하며 조화롭게 관계 맺기를 할 때입니다. 지금부터 세상과 의미 있는 관계 맺기를 하며 살아가면 100세 시대까지 우리는 재미있게 살 수 있을 겁니다.

전문가들이 말하는 운동도 하고 취미도 즐기고 잠도 잘 자고 맛있는 음식도 먹으며 삶의 전체적인 조화를 이루면서 세상과 의미 있는 관계를 맺어 봅시다.

나는 이번 주에도 있을 독서모임을 기다립니다. 교감하고 공감하며 공부

할 것을 생각하니 벌써 재미있어집니다. 더 재미있을 내일을 꿈꾸며 포근히 잠자리에 듭니다.

3

늙은 호박의 교훈

봄입니다. 봄을 맞이하는 풍경이 다채롭습니다. 겨우내 텅 비어 있던 텃밭들이 주인의 사랑을 받습니다. 장화를 신고 모자를 쓴 주인들이 밭을 갈고 돌을 걸러 내며 고운 흙으로 만듭니다. 이내 텃밭들이 갓 이발을 하고 나온 사람처럼 인물이 훤합니다. 밭고랑과 밭이랑이 아름답게 조화를 이루고 나면 이제는 농작물들이 한껏 뽐을 냅니다. 밭이랑에 피어난 농작물들의 아름다움은 예술 그 자체입니다.

작년 봄에 남편과 나도 농사를 지었습니다. 자그마한 텃밭에 무엇을 심을까 고민 고민하다가 호박을 심었습니다. 재작년에 오이, 가지, 상추, 고추, 옥수수, 땅콩을 심었다가 고라니 밥으로 모두 주고는 하나도 수확을 하지 못했던 경험 때문입니다. 호박은 고라니가 싫어합니다. 그래서 호박으로 선택했습니다.

"호박은 거름을 많이 주어야 해. 그래야 호박이 튼튼해."

우리 농장 주변에서 농사를 짓는 텃밭 주인들이 알려 주었습니다. 우리는 조그마한 호박 모종을 심고 모종마다 거름을 듬뿍듬뿍 주었습니다. 커다란 늙은 호박이 달릴 것을 상상하며 신나게 거름을 주었습니다.

그런데 생생하던 호박 모종이 얼마 지나지 않아 시들시들하더니 말라버렸습니다. 물도 정성스럽게 주고 햇볕도 잘 받았는데 이게 어찌 된 일일까요.

호박을 처음 심어 보았던 나는 얼마나 실망을 했는지 모릅니다. 실망스러운 마음으로 가만히 앉아 말라 버린 호박을 보다가 문득 깨달았습니다. 거름을 너무 많이 준 탓이었습니다. 거름 때문에 호박이 숨을 쉴 수 없었던 모양입니다. 우리가 한 번에 밥을 너무 많이 먹으면 탈이 나듯이 호박도 한꺼번에 거름을 너무 많이 먹어 말라 버린 겁니다.

'과유불급(過猶不及)'이었습니다. 과유불급은 '정도를 지나침이 부족함만 못 하다.'는 뜻입니다. 호박에 적당량 거름을 주었어야 했는데 정도가 지나쳤습니다. 거름과 물과 햇빛의 조화가 맞아야 호박이 살 수 있었는데 조화롭지 못했습니다.

작년 호박의 교훈을 톡톡히 새기며 올해 다시 호박을 심었습니다. 조화를 생각하며 거름을 주었습니다. 호박에 필요한 적당량 거름과 물을 주었습니다. 그러자 호박은 햇빛을 받아 쑥쑥 자랐습니다. 한 번 자라기 시작하더니 온 천지가 자기 자리인 마냥 넝쿨째 퍼져 나갔습니다. 작은 애호박을 얼마나 따 먹었는지 모릅니다. 금방 밭에서 딴 애호박의 맛은 표현하기 어려울 만큼 맛있었습니다. 호박이 커 가는 걸 보는 재미가 쏠쏠했습니다.

시간이 점점 지나 여름의 끝자락에 다다르자 호박이 자기의 빛깔을 드러냈습니다. 누런빛에 둥글넓적하고 주름이 있는 것이 가만히 보면 참 편안해 보입니다. 그 맛은 또 어떻고요. 달콤하고 부드러워 어떤 음식과도 조화를 잘 이루는 것이 성격도 좋아 보입니다. 또 피로회복, 면역력에도 도움이 되며 특히 몸의 부기를 빼는 데 도움을 주기 때문에 출산 후 많이 애용됩니다. 호박은 잘만 보관하면 오래갑니다. 내가 어릴 적 겨울에는 늘 엄마가 늙은 호박을 긁어 호박 부침을 해 주었는데 그 맛은 잊을 수 없습니다.

늙은 호박은 익어갈수록 더 각광을 받습니다. 우리네 인생도 늙어 갈수록 각광을 받는 삶을 산다면 얼마나 멋있을까요. 호박이 커 가는 과정을 보며 우리네 인생과 참 닮았다는 생각을 했습니다.

우리는 세상에 태어나 부모의 보살핌을 받고 자랍니다. 부모가 아이를 어떻게 보살피며 키우는가에 따라 아이는 건강하게 자라기도 하고 상처로 얼룩지기도 합니다. 어린 호박 모종에 거름을 너무 많이 주어 호박이 시들어 말라버린 것과 같이 말입니다. 부모는 아이에게 사랑을 듬뿍 준다고 하지만 아이는 구속받는다고 생각할 수도 있습니다. 반대로 아이는 늘 사랑이 고프다고 할 수도 있습니다. 호박의 교훈처럼 모든 게 조화롭게 되어야 아이도 건강하게 자랍니다.

또 호박이 한 번 힘을 받으면 넝쿨째 퍼져 나가듯이 아이도 부모의 사랑을 받고 힘을 받으면 급속도로 성장합니다. 몸도 마음도 쑥쑥 자랍니다. 그러다 어느새 세월이 흘러 늙은 호박이 되듯이 우리도 늙어 갑니다.

늙는다는 건 나이가 들어 아무것도 할 수 없다는 뜻이 아니라 익어가는 겁니다. 호박이 익어가는 것처럼 말입니다. 익어서 늙은 호박이 되면 오히려 애호박보다 더 사랑받고 각광받습니다. 많은 사람에게 부드러움과 달콤함을 전하며 좋은 효능까지 모두 나누어 주는 그런 늙은 호박이 됩니다. 빛깔이 좋아 뽐내는 것이 아니라 편안하고 묵직하게 그 자체로 빛을 냅니다. 늙은 호박을 보며 나도 늙어 갈수록 이런 늙은 호박이 되어야겠다고 생각했습니다.

우리는 살면서 건강하게 늙어 가고자 노력합니다. 건강하게 늙는다는 것은 단순히 몸이 건강한 것만을 말하지는 않습니다. 기본적으로 몸이 건강해야 다른 걸 할 수 있겠지만 몸이 건강한 것만으로는 건강하게 늙어 간다고 말할 수 없습니다. 그리고 시술을 통해 얼굴에 주름을 없앤다고 건강하게 늙어 간다고 말하지도 않습니다. 그럼 건강하게 늙어 간다는 건 어떤 모습일까요? 호박을 보며 건강하게 늙어 가는 사람들의 특징을 정리해 보았습니다.

첫째, 건강하게 늙어 가는 사람은 베풀며 사는 사람입니다. 호박은 애호박에서부터 늙은 호박이 되기까지 하나도 남김없이 우리에게 베풉니다. 여린 잎도 줄기도 하나 버릴 것 없이 아낌없이 나누어 줍니다.

사람이 죽을 때가 되면 가장 후회하는 첫 번째가 '베풀며 살걸.'이라는 말을 한답니다. 긁어모으고 움켜쥐어 봐도 죽을 때는 맨몸으로 간다고 하지 않습니까. 살아 있을 때 특히 늙어서 아이들이 다 자라고 나면 이제는 베풀 수 있는 나이가 됩니다. 이때는 베풀 수 있는 것이 많아집니다. 친절도 웃음도 사랑도 그리고 그 무엇도 다 베풀 수 있습니다. 베풀 수 있는 게 많은데도 베풀며 살지 못했을 때 어리석은 자기를 만나게 되면서 가장 후회를 한다고 합니다.

건강하게 늙어 가는 사람은 아낌없이 베푸는 사람입니다. 베풀 때는 꼭 돈으로만 베푸는 것이 아니라 마음도 지혜도 사랑도 모두가 좋은 것입니다.

둘째, 건강하게 늙어 가는 사람은 여유로운 마음을 가지는 사람입니다. 호박이 힘을 받으면 넝쿨째 자리를 만들고 뻗어 나갑니다. 그 모습은 자리를 잡고 누워 있는 듯하여 참으로 여유롭습니다. 누구의 눈치를 보지도 않고 오직 자기 자신으로 뻗어 나가는 모습이 오히려 자신감이 넘칩니다. 뻗어 나간 줄기를 누군가가 밟거나 꺾어도 화내지 않습니다. 하나의 목표 지점을 두고 내달리는 것이 아니라 여기도 호박을 달고 저기도 호박을 답니다. 누군가가 호박을 따 가더라도 성질내지 않으며 느긋하고 차분합니다.

여유로운 사람은 화를 잘 내지도 않고 느긋하고 차분합니다. 남의 눈치를 잘 보지도 않습니다. 오롯이 자신에게 집중하며 하고 싶은 것과 좋아하는 것을 찾아 여유를 즐깁니다. 하나의 목표를 향해 내달리느라 쫓기는 삶이 아닌 누워 쉴 때는 쉬면서 아름다움을 보고 느낄 수 있는 여유를 즐깁니다. 나이 들수록 이런 여유로운 삶을 살아갈 때 우리는 건강한 사람이라고 말합니다.

셋째, 건강하게 늙어 가는 사람은 조화롭게 사는 사람입니다. 호박은 거름이 너무 많으면 시들어 말라버립니다. 반대로 거름이 부족하면 또 잘 자라지 못합니다. 거름이 적당해야 잘 자랍니다. 그러고도 거름과 물과 햇빛이 조화를 이룰 때 건강하게 커 나갑니다. 늙은 호박이 되어서도 겉은 딱딱하며 속은 달콤하고 부드럽게 조화를 이룹니다.

우리는 나이가 들수록 어느 한쪽에 치우치지 않고 조화롭게 인생을 살아가는 사람을 보고 참 어른이라는 말을 합니다. 그 사람 옆에는 젊은이들이 오히려 많습니다. 젊은이들이 나이 든 사람에게 꼰대라고 하며 만나서 이야기하기를 싫어하는 것과는 달리 오히려 그 사람 주위로 몰려듭니다. 참어른의 지혜를 배우고자 합니다. 이런 삶이야말로 각광받는 삶이며 건강하게 늙어 가는 사람입니다.

늙은 호박의 교훈은 참으로 깊습니다. 지금 오십이 어떤 텃밭일지라도 영양분을 조화롭게 주면서 가꾸어가면 건강하게 늙어 갈 수 있습니다. 나도 호박처럼 건강하게 늙어 가렵니다. 자그마한 텃밭에서 시작하여 인생을 배운 이 시간이 참 고맙습니다.

나는 내년에도 호박을 심으렵니다.

새롭게 '나'라는 정원을 가꿉니다

딸에서 엄마로, 엄마에서 딸로

이기주 님의 『말의 품격』을 읽어 내려가다 보면 이런 일화를 만나게 됩니다. 지하철에서 백발이 성성한 어머니가 아들인 중년 사내에게 여기가 무슨 역이냐고 묻고 또 묻습니다. 이때 사내는 짜증 한번 내지 않고 노모의 질문에 계속해서 웃으며 답한다는 이야기입니다. 이 일화에서 저자는 사내의 행동이야말로 역지사지의 정수라고 말합니다.

역지사지(易地思之)는 '처지를 바꾸어 생각한다.'는 뜻으로 우리가 흔히 말하는 입장 바꿔 생각해 보는 겁니다. 일화 속 아들은 치매를 앓고 있는 어머니가 금방 했던 말을 잊어버리고 또 묻고 또 묻기를 반복하는 가운데도 어머니의 입장을 정확하게 이해하고 대답해 줍니다. 자신이 어릴 적 길을 가다가 엄마에게 '이게 뭐야.' 하고 묻고는 또 묻고 물어도 엄마는 똑같이 대답해 준 것과 같이 말입니다. 나이가 들어 그 어머니가 이제는 아이가 되고 그 아들이 어버이가 되어 묻고 대답하기를 하고 있습니다.

나는 이 대목에서 갑자기 가슴이 콱 막혀 더 글을 읽어 내려갈 수가 없었습니다. 엄마 생각에 눈물이 앞을 가렸습니다. 눈물이 하염없이 흐르는 동안 나는 눈물의 의미를 알게 되었습니다. 가슴 깊은 곳에 자리하고 있는 나의 죄책감과 슬픔이었습니다.

우리 엄마는 아버지를 너무나 사랑하고 존경하는 분이었습니다. 아버지가 생전 엄마는 늘 말씀하셨습니다. "18세에 너거 아버지를 처음 봤는데 그날 반해서 바로 손 잡고 따라왔지. 너거 아버지는 정말 훌륭한 분이야. 잘 생겼고 글도 많이 알고 똑똑하고, 다 말할 수 없다." 입버릇처럼 아버지 자랑을 하시던 엄마였습니다. 엄마에게는 아버지가 인생의 전부였던 것 같습니다. 그런 아버지가 갑자기 사고로 돌아가시자 엄마는 정신줄을 놓고 말았습니다. 그리고 그 젊은 육십 대 나이에 치매를 앓게 되었습니다. 지금은 10년이 훨씬 넘어 증세가 악화되었지만 당신의 아들딸은 알아보고 좋아하십니다.

특히 막내인 나를 무척 기다리고 좋아합니다. 그 언젠가부터 엄마에게 나는 늘 '박사님'입니다. 엄마는 나를 보면 절대로 이름을 부르지 않습니다. "우리 박사님 오셨습니까? 아무나 박사 되나 하늘 복을 타야 박사 되지." 매일 이렇게 말씀하십니다. 이 말은 30번 이상은 반복해야 하루 해가 저뭅니다. 아마 엄마 인생에서 마음껏 공부하지 못했던 날들이 자식을 통해 위안이 되었는지도 모르겠습니다. 그러고도 박사학위를 받았던 그 순간이 엄마에게는 아주 자랑스러운 순간으로 기억에 남았는지도 모르겠습니다. 하여튼 이 말은 절대로 잊어버리지 않습니다.

육십 대 중반 어느 날부터 엄마는 어떤 남자가 와서 쇠사슬로 자신을 묶는다고 하거나 현관문을 자꾸 열고 누가 들어온다고 하는 망상에 시달렸습니다. 그리고 외로움에 치를 떨며 울었습니다. 그럴 때마다 "엄마, 괜찮아. 그런 일은 없어." 하며 나는 말만 했습니다. 하루하루 쳇바퀴처럼 돌아가는 나의 삶을 살아내기 버거워 엄마에게 시선을 돌리지 못했습니다. 급한 불을 끄는 심정으로 잠시 엄마에게 들려 안아주고는 다시 내 가정을 살피기 바빴습니다. 어쩌면 내가 살자고 외면했었는지도 모르겠습니다. 자식이 나밖에 없냐고 속으로 합리화하며 엄마를 돌보지 못했습니다.

엄마가 치매라는 의사의 말을 들었을 때 나는 극심한 죄책감에 시달렸습니다. 엄마를 생각하면 너무 가여웠습니다. 그리고 나는 무서웠습니다. 엄마가 나를 기억하지 못할까 봐 너무 두려웠습니다. 슬펐습니다. 엄마를 보고 집으로 돌아오는 날에는 운전하면서도 슬픔을 이기지 못해 꺼이꺼이 운 적도 많았습니다.

참다 참다 죄책감과 슬픔에 살 수가 없어서 방학 기간에 엄마를 우리 집에서 모시기로 마음먹었습니다. 남편을 설득했고 시어머니랑 두 분을 함께 모시는 거로 동의를 얻었습니다. 남편은 동의가 되었으나 청소년인 막내아들이 걱정이었습니다. 청소년인 아이가 치매 어른을 이해하지 못해 문제가 생길까 걱정되었습니다. 아들 방에 들어가 조용히 눈물로 호소했습니다. "엄마는 할머니가 돌아가시는 날 당신의 아들딸을 이렇게 훌륭하게 키웠고 그 훌륭한 자식들을 기억하며 당신이 잘 살았구나 하며 돌아가시게 하고 싶어. 이게 엄마의 마지막 소원이야."

다행히 아들은 "엄마, 나도 엄마 아들인데 엄마 마음 이해해." 하며 동의를 해 주었습니다. 온 가족의 동의하에 나는 엄마와 시어머니를 함께 모셨습니다. 오랜 시간은 아니었지만 50일 정도 매일 엄마와 함께했습니다.

엄마는 밥상을 차리면 가만히 앉아 기다립니다. 그리고 '잘 먹겠습니다.' 라고 인사를 하고 먹습니다. 음식에 욕심내는 건 당연합니다. 목욕할 때는 하기 싫어 난리를 피웁니다. 한참 실랑이 끝에 겨우 목욕을 시키면 내 몸이 물에 젖은 옷처럼 무겁습니다. 운동하자고 하면 하기 싫다고 소리소리 칩니다. 양치도 마찬가지입니다. 했던 말 반복하는 건 일상입니다. 정말 엄마는 어린아이와 같았습니다.

이런 어린아이를 어떻게 잘 돌볼까 고민하다가 아이들이 좋아하는 놀이를 해야겠다고 마음먹었습니다. 그리고 동화를 읽었습니다. 노래를 부르고 춤을 췄습니다. 게임을 했습니다. 그림을 그리고 퍼즐을 맞추고 색종이 놀이를 했습니다. 놀이터에 나가 그네를 탔습니다. 시소 타기는 정말 몇 번을 해도 또 하자고 할 만큼 즐거워했습니다. 엄마는 정말 어린아이들이 좋아하는 놀이를 너무 좋아했습니다. 그리고 이 놀이를 하는 동안은 눈이 초롱초롱하고 해맑은 웃음으로 신나 했습니다. 그러고도 부드러운 음성으로 말하는 것을 무척 좋아했습니다.

"참 잘하십니다. 정말 잘하시네요. 어쩜 이렇게 훌륭하세요. 박수~~~"

엄마는 이런 말들을 들으면 해맑게 웃었습니다. 그렇습니다. 엄마의 감정은 어린아이처럼 섬세했습니다. 어린아이에게 칭찬과 관심 그리고 사랑이 정말 중요하지 않습니까. 엄마도 똑같았습니다. 이런 과정에서 나는 엄마의 상태를 받아들이게 되었고 엄마를 이해하게 되었습니다. 그리고 모든 상황에서 엄마의 입장이 되어 가고 있었습니다.

우리가 아주 다급하고 믿기지 않는 상황을 맞이했을 때 대부분 거부하거나 사실을 부정한다는 이론이 있습니다. 처음엔 나도 그랬습니다. 그래서 엄마에게 '정신 똑바로 차려 엄마.' 하며 소리쳤습니다. 또 '엄마 여기 집중해 봐.'라고 하며 엄마를 다그쳤습니다. 그러면 처음 상태로 돌아올 거라는 막연한 기대와 믿기지 않는 상황을 부정했습니다. 그러나 50여 일의 엄마와의 깊숙한 경험 속에서 나는 치매를 공부했고 엄마를 많이 이해하게 되었습니다. 엄마를 이해할수록 나의 죄책감과 슬픔은 연해졌습니다.

지금 나는 오십. 엄마는 팔십. 엄마는 기억학교에 다니십니다. 일명 노인유치원입니다. 휴지를 자꾸 주머니에 넣어오는 행동이 문제가 되고 있지만 그래도 복지사 선생님들의 도움을 받으며 지내고 있습니다.

주말에는 오 남매가 돌아가며 시간을 조율해서 엄마를 돌봅니다. 토요일은 늘 내 당번입니다. 나는 엄마를 목욕시키고 옷을 갈아입힌 후 차를 타고 소풍을 갑니다. 소풍은 언니들과 함께 다니니 더 즐겁습니다. 지금 엄마가 제일 좋아하는 건 꽃입니다. 꽃을 보면 엄마는 어린아이가 됩니다. 여전히 노래를 좋아합니다. 엄마와 함께 트로트를 크게 부르며 세상을 구경합니다.

한참 놀다 저녁이 되면 저녁 식사 후 잠에든 엄마를 보고 집으로 돌아옵니다. 엄마와 함께 하는 이 시간은 나에게 참 행복한 시간입니다.

오십이라는 나이에는 내 마음에도 조화가 찾아왔습니다. 엄마는 엄마의 삶의 패턴을 찾았습니다. 시어머니는 인지 치료사가 와서 도움을 주고 있습니다. 이 두 분의 인생을 보며 내가 할 수 있는 부분과 손을 놓아야 하는 부분을 이제는 압니다.

지금 우리는 100세 시대를 삽니다. 어쩌면 120세 시대를 살 수도 있다고 전문가들은 말합니다. 94세인 우리 시어머님만 보더라도 그렇습니다. 그러니 내 인생의 남은 50년을 준비해야 합니다. 두 분의 어른들이 남은 50년을 어떻게 살아야 하는지 나에게 알려 주고 있습니다. '아프지 말고 건강하게 살아라.' 그래서 '매일 공부하고 운동해라.', '사람을 만나면 역지사지 하려 노력해라.', '욕심내지 말고 삶을 조화롭게 살아라.'

그대여 아무 걱정하지 말아요. 우리 함께 노래합시다.

그대 아픈 기억들 모두 그대여 그대 가슴에 깊이 묻어 버리고

지나간 것은 지나간 대로 그런 의미가 있죠.

우리 다 함께 노래합시다.

후회 없이 꿈을 꾸었다 말해요.

이적이 부른 〈걱정말아요 그대〉 가사 일부분입니다. 이 노랫말처럼 나는 엄마에게 '아무 걱정하지 마세요.'라고 말합니다.

"엄마, 이제는 내가 엄마가 되어 줄게요. 그동안 딸이었던 내가 이제는 엄마가 될게요. 이제 엄마는 저의 예쁜 딸로 함께 해 주세요. 엄마 고맙습니다. 사랑합니다."

5

쿨한 할마가 되고 싶다

오십의 나이에 들어서자 친구들이 청첩장을 보내기 시작했습니다. 자녀의 결혼식을 알리는 청첩장입니다. 이제는 하나둘 자녀를 결혼시킵니다. 어떤 친구는 먼저 할머니 역할을 하는 친구도 있습니다. 손자녀를 돌보고 있는 친구가 말합니다.

"너도 손자, 손녀 키워 봐라. 얼마나 귀여운지. 내 아들 키울 때는 이 기쁨을 왜 몰랐는지 몰라. 하나에서 열까지 다 예뻐 죽겠어."

친구는 한참 동안 손자녀를 자랑하며 얼굴에 웃음기가 가시지 않습니다. 그러다 갑자기 웃음기가 사라지며 이런 이야기를 합니다.

"그런데 좋은 것만 있는 것도 아니야. 이 나이에 아이를 다시 보니까 허리도 아프고 손목도 아프고 지친다. 그렇다고 안 봐줄 수는 없고. 먹고 살겠다고 둘 다 나가서 일하는데 아이는 누가 돌보냐. 그래도 내 새끼니까 내가 봐야지. 어린 걸 어디 맡길 수도 없고."

친구의 넋두리는 계속 이어집니다.

"이 나이가 되면 주위 친구들 보니까 하고 싶은 거 하면서 재미나게 살잖아. 등산도 가고 골프도 치고. 하려고 하면 공짜로 배울 수 있는 건 또 얼마나 많냐. 그런데 나는 여기 꼭 메어서 꼼짝도 못 한다. 주말에 쉬면 된다고 하겠지만 내 집 살림은 안 하냐."

"이건 좀 나아요. 제일 힘든 건 아들과 며느리가 자꾸 나를 질책하듯이 한마디씩 한다. 아이는 그렇게 하면 버릇이 나빠진다는 둥, 아무거나 먹이면 안 된다는 둥. 야, 이건 시어머니 잔소리보다 더 무섭다. 나를 무시하는 것도 아니고 내가 아이를 얼마나 많이 키워 봤는데 말이야."

가만히 친구의 이야기를 듣다 보면 너무 공감됩니다. 남 이야기가 아니라 머지않아 내 이야기가 될 테니까요. 나는 1년에 서너 번 정도, 매년 조부모 교육을 해 오고 있습니다. 조부모 교육을 할 때마다 참여한 조부모들은 지금 내 친구가 하는 이야기와 똑같은 어려움을 호소합니다.

이럴 때마다 조부모와 부모가 된 성인 자녀, 손자녀 모두가 행복한 육아가 되려면 어떻게 해야 할까? 지혜롭고 현명한 조부모 육아는 어떤 걸까?

라는 고민에 쌓입니다.

　이 물음에 대한 자료는 여러 곳에서 내놓고 있습니다. 육아와 부모 그리고 조부모 교육에 대한 자료는 보건복지부, 육아정책연구소, 육아종합지원센터 그리고 인터넷 자료들에서 넘쳐납니다. 자료는 넘쳐나는데도 현실에서 어려움을 호소하는 것은 조부모 육아에 복잡한 감정들이 얽히고설켜 있어 육아가 쉽지 않다는 겁니다.

　전문가들은 그래도 이 방법을 써 보면 좋아질 거라고 하며 내놓은 방법들이 있습니다. 가장 먼저 '손자녀를 이해하라.'라고 합니다. 손자녀를 이해한다는 것은 조부모 시대와 손자녀 시대의 문화 및 가치관이 너무나 달라서 손자녀와 충분한 대화 시간을 가지고 잔소리나 명령의 언어보다는 공감하는 언어로 대화하고 손자녀를 이해하라는 이야기입니다.

　두 번째는 '자녀와 양육 가치관에 대해 서로 소통하라.'라고 말합니다. 조부모의 양육 가치관과 부모가 된 자녀의 양육 가치관은 다릅니다. 서로의 양육 가치관에 대해 소통하여 이해하고 일치된 양육 태도로 손자녀를 양육해야 합니다. 그러면 손자녀는 안정된 환경에서 사랑받으며 건강하게 자랄 수 있습니다.

　세 번째는 '자녀와 문제가 생길 때 대화로 해결하라.'라고 합니다. 손자녀 양육을 하다 보면 양육의 문제뿐만 아니라 감정의 문제가 생깁니다. 말하는 사람은 그런 의도가 아니라고 하지만 듣는 사람은 섭섭할 수 있습니다.

섭섭함이 쌓이면 화가 날 수도 있고 외로워질 수도 있습니다. 조그만 갈등이라도 그냥 넘어가지 말고 대화를 통해 해결해 나가면서 살아야 다 함께 건강할 수 있습니다.

마지막으로 '조부모 자신이 건강을 먼저 챙겨라.'라고 말합니다. 손자녀 양육에 너무 몰방하지 말고 조부모 자신의 건강을 먼저 챙겨야 합니다. 집안 살림까지 하려 하지 말고 손자녀 돌봄에만 집중합니다. 그리고 손자녀가 잠을 잘 때 같이 휴식을 취하고 바깥 놀이를 갈 때 바람을 함께 맞으며 세상의 아름다움을 감상할 줄 알아야 합니다. 일터에서 자녀가 돌아오면 모든 양육의 권한은 자녀에게 넘기고 조부모 자신은 운동을 해야 합니다. 자신의 건강을 먼저 챙기는 습관을 지니라고 전문가들은 말하는 겁니다.

이와 같은 전문가들의 조언을 들으면 참 이상적입니다. 조부모들이 전문가들의 조언대로 삶에서 실천하며 산다면 3대가 모두 행복해질 것입니다. 그런데 3대가 모두 행복한 조건들이 있음에도 불구하고 조부모들이 손자녀 양육의 어려움을 끊임없이 호소하는 것은 필시 이 조건들은 하루아침에 만들어지는 것이 아니라는 겁니다.

그러면 건강한 조부모는 어떻게 준비해야 할까요? 건강한 조부모가 되려면 매일 공부하며 노력해야 합니다. 더 좋은 방법은 조부모가 되기 전부터 부단한 노력을 하며 준비하는 겁니다. 그 나이가 바로 오십 대입니다.

오십인 나는 건강한 조부모가 되기 위해 어떤 노력을 하고 있는가? 나에게 묻습니다. 나는 내 아이들이 결혼해 손자녀 양육을 부탁하면 어떻게 할 것인가부터 생각해 봅니다. 만약 아이 중 누군가가 내가 사는 집 가까이에 살게 된다면 나는 기꺼이 손자녀 양육에 동참할 것입니다. 그 예쁜 손자녀를 마음껏 만나게 해 준다는데 애써 밀어내고 싶지는 않습니다. 당장이라도 손자녀를 만나보고 싶은 마음은 꿀떡 같으니까요.

그렇다고 전적으로 양육을 맡아서 하기는 어렵습니다. 나도 건강한 내 인생을 살면서 자녀와 손자녀의 행복에 도움을 주는 사람이 되고 싶습니다. 한마디로 조화롭게 살고 싶습니다.

요즘은 유아교육 기관들이 너무 잘되어 있습니다. 아이들의 인원도 많지 않고 훌륭한 선생님들도 많습니다. 이런 전문가의 도움을 받으며 조부모로서 내가 해야 할 영역에서 도움을 주고 싶습니다. 그러기 위해 늘 공부하며 준비합니다. 전문가들이 말했던 지혜롭고 현명한 조부모가 되기 위해서 공부합니다. 손자녀의 발달에 대해 이해하도록 공부합니다. 손자녀 시대의 문화에 대해 이해할 수 있도록 공부합니다. 전반적인 소통에 관해 공부합니다. 내 자녀와 그리고 손자녀와의 소통을 공부하고 실천합니다. 이것만 해도 해야 할 공부가 너무 많습니다. 예쁜 손자녀를 기다리는 마음으로 성실히 공부해 갑니다.

그리고 부지런히 나를 돌봅니다. 꾸준히 운동하면서 건강도 챙기고 세상의 아름다움도 볼 줄 아는 여전히 아름다운 사람이 되도록 노력합니다. 그래서 쿨한 '할마'가 되렵니다. '할마'는 '할머니와 엄마'를 합친 말입니다. 시대에 맞게 탄생한 신조어입니다. 할머니 역할도 잘하고 엄마 역할도 잘해내는 그러면서 손자녀와 친구 같은 쿨한 '할마'가 되렵니다. 그 속에서 변함없는 진실한 사랑을 엮어가렵니다.

6

그저 살아 있음에 감사해

새봄이 시작된 일요일 아침, 고등학교 때부터 절친한 친구로 지내는 경미가 전화했습니다. 여느 때 같으면 너무나 반갑게 전화를 받았을 텐데 오늘은 전화가 오지 않기를 바랐습니다. 얼마 전 경미가 유방암 검사를 했다는 이야기를 듣고 조마조마한 마음으로 시간을 보냈던 터라 가슴이 철렁 내려앉았습니다. 떨리는 목소리로 경미가 말을 했습니다.

"영아, 나 유방암이래."

경미의 말에 나는 아무 말도 하지 못했습니다. 한참 동안 정적이 흘렀습니다. 정적이 흐르는 동안 내 마음은 눈물로 범벅이 되었고 머리는 복잡한 생각들로 휘감겼습니다. 아팠습니다. 모든 것이 아팠습니다.

우리의 고통은 아는지 모르는지 시간은 조용히 흐르고 있었습니다. 경미는 수술 날짜를 받아 놓고 잠을 이루지 못했습니다. 수면제를 먹고도 잠을 이루지 못했다고 합니다. 자꾸만 몰려오는 불안을 어떻게 하지 못하고 무척 힘들어했습니다. 힘든 친구에게 희망을 주고 싶어 나는 태연하고 담담하게 대했습니다. 그러다 경미가 수술하는 날, 나는 참았던 울음을 토해냈습니다. 아무도 보지 않는 차 안에 혼자 앉아서 꺼이꺼이 울었습니다. 그냥 울고 싶었습니다.

'얼마나 무서울까.' 내가 수술을 받는 것 같은 느낌을 받았습니다. 동시에 지난날 내가 갑상선암 수술을 받았던 순간이 떠올랐습니다. 마취 전 무척 떨리고 불안했던 그 순간이 온몸으로 느껴졌습니다. 그때 불안은 내가 마취에서 깨어나지 못할까 봐, 어쩌면 이대로 죽게 될까 봐 너무도 무서웠던 겁니다. 그 감정이 고스란히 올라왔습니다.

'잘 이겨내, 꼭 이겨내.' 당부의 말을 되뇌며 온 마음을 다해 기도했습니다. 참으로 감사하게 경미는 내 기도를 들었나 봅니다. 경미는 성공적으로 수술을 받고 항암치료 4번에 방사선 치료 20번까지 다 해냈습니다. 참으로 대견한 내 친구입니다. 경미는 수술을 받을 때부터 항암치료와 방사선 치료를 받을 때마다 나에게 이런 말을 했습니다.

"영아, 너 옛날에 암 수술받을 때 어떻게 혼자 견뎠니? 많이 무섭고 아팠을 텐데. 내가 수술해 보고 나니 알겠더라. 그때 나는 너의 아픔을 하나도 공감하지 못했어. 미안해. 그리고 고마워."

"미야, 잘 이겨내 줘서 고맙다. 훌륭해. 고마워."

우리는 이제 병도 함께 공감하는 그런 절친이 되었습니다. 그리고 진정으로 감사한 일이 무엇인지를 알게 되었습니다. 우리는 매번 같은 말을 또 하고 또 하고 또 합니다.

"살아 있음에 감사합니다. 살아 있어서 감사합니다."

정말 살아 있음에 감사합니다. 경미는 죽을 것 같은 아픔과 공포를 이겨내고 살아 있는 자신을 만나며 진정 살아 있음에 감사했습니다. 저도 마찬가지입니다. 이렇게 살아 있음에 정말 감사한 지금입니다.

그런데 마음의 안정을 찾고 나서 나를 가만히 들여다보니 3040 시절을 살아오면서 느끼는 감사함과 지금 오십에 느끼는 감사함은 다르다는 것을 알게 되었습니다. 그동안 나는 죽을 위기를 한 번 넘기고 살아 있음에 감사하며 살아왔지만 지금 느끼는 감사함은 또 다른 감사함입니다.

영화 〈나 없는 내 인생〉에서는 2개월 시한부 선고를 받은 엄마가 죽기 전에 하고 싶은 10가지를 적는 장면이 나옵니다. 엄마는 죽기 전에 꼭 해야 할 일로 남아 있는 가족들을 먼저 생각합니다. 그리고 이렇게 적습니다. 아이들에게 하루에도 몇 번씩 사랑한다고 말해 주기, 아이를 좋아하며 남편에게도 어울릴 새 아내를 찾아주기, 아이들이 18세가 될 때까지 생일 축하 메시지를 녹음하기, 가족이 다 같이 해변으로 놀러 가기 등 어린아이를 키우는 엄마로서 죽는 순간까지도 나 없이 남겨질 아이들과 남편을 먼저 생각합니다.

나는 이 영화를 보면서 펑펑 울었습니다. 자신이 죽는 순간까지도 나 없이 살아갈 아이들과 남편을 생각하는 영화 속 엄마의 모습이 서른의 내 모습이었기 때문입니다. 나도 서른의 나이에는 영화 속 엄마와 똑같았습니다.

내 나이 34세, 갑상선암 진단을 받고 무서웠습니다. 그러나 주위 사람들이 갑상선암은 가벼운 암이니 걱정하지 말라는 말에 희망을 품었습니다. 그런데 정작 의사는 그것도 우리나라에서 갑상선 수술에 최고의 권위자라고 하는 의사 선생님이 나의 경우는 수술이 어렵다며 포기하겠다고 했습니다. 희망을 품었던 나에게는 청천벽력 같은 일이었습니다. 이때 나는 인생 최고의 시련을 맞이했던 겁니다.

의사의 말을 듣고 나는 '내 인생이 여기서 끝나는구나.'라고 느끼며 죽기 전에 무엇을 하고 싶은지를 생각했었습니다. 그런데 참 신기하게도 이 영화의 엄마처럼 나 또한 아이들과 남편 걱정을 가장 먼저 했습니다. 아니, 오로지 아이들과 남편 걱정뿐이었습니다. 이제 14개월인 아기를 남겨두고 내가 죽는다고 생각하니 이 아기를 어떻게 키워야 할 것이며 남편은 어떻게 살아갈 것인지에 대한 막막함이 나를 더 슬프고 아프게 했습니다.

그래서 의사에게 매달렸습니다. 내 가족을 위해서라도 꼭 수술을 받아 살고 싶었습니다. 엄마로서 어린아이들을 지켜내야 했기에 반드시 살아야 겠다는 소망으로 의사에게 울면서 부탁했습니다. 살려달라고요. 살아야겠 다는 나의 강한 의지와 소망은 기적을 가져왔습니다.

수술을 받고 내가 기적처럼 살아난 겁니다. 내가 살았다고 생각했을 때 가장 먼저 한 말이 '살아 있음에 감사합니다.'라는 말이었습니다. 경미가 했 던 말과 똑같았습니다. 그런데 이때 살아 있음에 감사하다는 느낌은 지금 과는 의미가 다릅니다.

그때 나는 살아 있어서 내 역할을 다 할 수 있음에 감사했습니다. 나는 건강하게 살아서 내 아이를 정성으로 돌보았고 남편과 잘 지내려 노력했습 니다. 그리고 정말 매 순간 감사하며 살려고 노력했습니다. 그러나 세월이 흐르는 동안 그 감사함이 잊히기도 하고 때로는 살아 있음이 당연하게 느 껴지는 순간도 있었습니다.

그러던 내가 지금 오십에 다시 내 친구를 통해 죽음의 위기를 함께 겪으 며 진정 살아 있음에 감사함을 다시 느낀 겁니다. 지금은 어린아이들이 성 장하여 성인이 되었고 남편도 어느 정도 독립하여 밥도 혼자 해결하기도 하며 잘 살아갑니다. 이 나이쯤 되니 이제 내가 죽는다 해도 아이들 걱정과 남편 걱정이 먼저 앞서지는 않습니다. 오롯이 나에게 집중됩니다. 남은 인 생 어떻게 의미 있게 살아가고 어떻게 인생을 잘 마무리할 것인가에 대한 생각으로 살아 있음에 감사합니다.

우리는 살면서 우리 앞에 다가온 시련에 고통스러워하고 왜 나에게 이런 시련을 주냐며 불평하기도 합니다. 저도 그랬습니다. 그런데 생각해 보면 그 시련 또한 의미가 있었습니다. 나에게 다가온 시련은 내가 살아 있기 때문에 오는 시련이었습니다. 그리고 그 시련을 의미 있게 받아들이고 긍정적으로 살아냈기 때문에 지금을 사는 겁니다.

신은 인간에게 선물을 줄 때 시련이라는 포장지에 싸서 준다고 합니다. 그것도 선물이 크면 클수록 더 큰 포장지에 싸서 준다고 브라이언 트레이시는 말했습니다. 나의 삶에도 큰 깨달음을 주기 위해 신이 주신 선물에 감사할 따름입니다. 살면서 남편과 싸우기도 하고 서로에게 상처를 주기도 했지만, 이 또한 살아 있어 가능한 일이었습니다. 나는 이런 아픔을 겪고 난 후에야 삶을 더 소중하게 생각하고 감사하며 살게 되었습니다.

영원한 삶은 없습니다. 인간은 그 누구도 영원히 살 수 없습니다. 오십의 나이가 되고 보니 주위 사람들의 아픈 소식이 자주 들립니다. 함께 수업하는 선생님이 자궁암에 걸렸다고 합니다. 아는 선생님이 위암이랍니다. 갑상선암은 여기저기서 들립니다. 오십에는 아픈 사람도 많아지고 여기저기 아프기 시작하는 나이인 것 같습니다. 그러니 너무 욕심내지 말고 건강을 챙기며 조화롭게 살아야 합니다. 만약 지금 아프지 않고 건강하더라도 지금부터 건강을 챙기며 조화롭게 살 나이입니다.

존재하는 것은 모두 가치가 있다고 했습니다. 존재하는 나는 가치 있는 사람입니다. 내가 무엇을 잘 해서 가치 있고 남들이 말하는 성공을 해서 가치 있는 게 아니라 살아 있는 자체가 의미 있고 가치 있는 것입니다. 지금까지 살아온 삶에 대한 후회보다는 지금 존재하는 이 삶에서 의미와 가치를 찾아 긍정적으로 살아가야 합니다. 그러면 나이가 들수록 삶의 만족감과 행복감은 점점 더 커질 겁니다. 이것을 깨닫고 나니 세상과 소통하기가 쉬워지고 세상이 훨씬 아름답습니다.

이제 오십에는 살아 있음에 감사하며 주어진 삶에 감사하며 살아갑니다. 살아 있음에 감사하며 사는 것이 가장 나답게 사는 것임을 이제는 알겠습니다.

7

치우치지 않고 조화롭게 산다는 것

나는 수국을 처음 보았을 때 감탄을 금치 못했습니다. 초여름에서 무더운 여름 중순까지 뜨거운 햇볕에도 아랑곳하지 않고 탐스럽게 피어 있는 모습에 감탄이 절로 나왔습니다. 다른 꽃들은 뜨거운 태양 아래 힘들어하고 있을 때 수국은 꼿꼿하게 피어 있었습니다. 자기가 피어야 할 때는 뜨거운 태양쯤이야 하며 지치지 않는 그 힘을 보았습니다. 그 힘은 아주 자신 있어 보였습니다.

수국은 색도 자기만의 색을 띠고 있습니다. 한 나무에서도 같은 색의 꽃을 피우는 것이 아니라 자기만의 독특함을 자랑하듯 다른 색으로 피어납니다. 그러면서도 혼자서 뽐내지 않고 여러 송이가 어울려 아름드리 꽃을 이룹니다.

몽실몽실한 한 송이 꽃을 자세히 들여다보면 한 송이가 아닙니다. 작은

한 송이 한 송이가 모여 큰 한 송이가 되었습니다. 송이 송이를 자세히 보면 자신이 도드라지게 피어난 송이는 하나도 없습니다. 일정한 질서 속에서 조화를 이루고 있습니다. 그래서 한 송이의 수국은 더 탐스럽고 힘이 있어 보입니다. 참 조화롭게 아름답습니다.

나는 이런 이유에서 수국을 참 좋아합니다. 수국을 자세히 보고 있으면 꼭 인간의 삶을 보고 있는 듯하여 더 정이 갑니다.

우리는 내가 원하지 않아도 봄 여름 가을 겨울의 계절을 맞이합니다. 그 계절을 사는 동안 늘 봄처럼 따스한 햇볕이 들기를 바라지만 따스한 햇볕 뒤에는 강렬한 여름이 기다립니다. 물론 봄이라고 해서 늘 따스한 햇볕만 있는 것은 아닙니다. 갑자기 꽃샘추위도 있고 날씨의 변덕이 심하기도 합니다. 우리는 인생이 봄날 같기를 바라며 봄날을 보낸 후 여름을 맞이합니다. 여름의 뜨거운 햇볕은 참으로 강렬합니다. 강렬한 햇빛은 때로는 열정을 불태우게 하지만 때로는 지치게도 합니다.

그래서 우리는 나무 그늘을 찾게 됩니다. 무작정 더위에 맞서다가는 쓰러질 수도 있습니다. 그러니 어디가 나무 그늘인지 알고 쉬어주고 강렬한 햇빛은 잠시 피해 주면서 조화롭게 살아가는 지혜가 있을 때 여름은 참으로 열정적인 계절이 됩니다. 봄이 가고 여름이 오는 그때를 잘 받아들이고 힘 있게 살아가다보면 곧 다음 계절인 가을을 맞이하게 됩니다. 가을을 맞이하고 겨울을 살아내고 나면 다시 봄이 오지요. 자연의 이치대로 우리네 인생도 순리를 잘 받아들이면서 자기만의 색깔로 살아가면 되는 겁니다. 수국이 자기가 피어야 할 때를 잘 알고 당당하게 피고 지는 것처럼 말입니다.

수국이 자기만의 색을 띠는 모습은 우리에게 나답게 살아가라고 말하는 듯하여 인간의 삶을 보게 됩니다. 인간은 혼자 살 수 없습니다. 공동체를 이루며 그 속에서 조화롭게 살아갈 때 행복을 느끼게 됩니다. 가족이 바로 그러합니다. 부모와 자녀가 한 인격체로서 서로 존중하고 존중받으며 살아갈 때 가족은 평화롭습니다. 가족 안에서도 누구의 힘이 더 강하고 약한 사람이 없이 모두가 조화롭게 공동체를 이루어야 각자가 삶의 주인으로 살아가게 되는 겁니다.

또 사회 속에서도 정해진 규칙을 지키는 가운데 자기만의 색을 띠어야 합니다. 나의 직업의 경우만 보더라도 학교라는 공동체 속에서 정해진 규칙을 지키며 나의 역할과 나의 색깔로 나답게 살아가고 있습니다. 아니, 나다움을 잃지 않으며 조화롭게 살아가려고 노력하고 있습니다. 그러면 특별한 어려움 없이 즐겁게 직장생활을 하게 되고 그 가운데 나는 행복을 느끼게 된다는 사실을 알았습니다. 수국이 자기만의 독특함을 자랑하면서도 아름드리 꽃을 이루는 것처럼 말입니다.

그리고도 수국은 삶에서 질서와 조화를 보여 주고 있습니다. 꽃송이를 자세히 보면 자신이 도드라지게 피어난 송이는 하나도 없습니다. 모두가 조화를 이루어 아름다움을 보여 주고 있습니다. 인간의 삶도 그러합니다. 우리가 살면서 한쪽으로 치우치면 다른 한쪽은 반드시 문제가 생기게 됩니다. 나는 이런 상황을 늘 경험하며 삽니다.

잠을 적게 자고 일을 한 날은 피로가 더 많이 몰려오거나 오래 앉아서 컴퓨터 작업을 하고 나면 허리가 아픕니다. 잠을 적절하게 자고 앉아서 일할 때 자주자주 일어나 쉬어주어야 한다는 신호입니다. 밥을 제대로 먹지 못하면 현기증이 나고 물을 적당량 마시지 못한 날은 온몸이 힘이 듭니다. 운동하지 않은 날은 몸이 무겁고 어딘가가 꼭 아픕니다. 특히 어깨와 목은 매일 조금이라도 운동하지 않으면 어김없이 뭉쳐 버립니다.

이뿐만이 아닙니다. 내가 나의 일에만 열중하느라 아이들에게 소홀했다 싶으면 아이들이 힘들어하고 아이들에게만 집중한다 싶으면 남편이 힘들어합니다. 친구 사이, 친정 식구, 시댁 식구에게도 시간과 마음 그리고 에너지를 어떻게 쓰는가에 따라 관계의 질이 달라지는 것을 보게 됩니다. 이처럼 나에게 중요한 관계에서의 조화는 건강한 삶을 위해 너무 중요하다는 걸 알았습니다.

또 만나는 사람들 사이에서 오고 가는 말에서도 조화가 중요합니다. 상황과 분위기에 따라 정확하게 내 주장을 해야 할 때와 침묵해야 할 때가 있으며 상대의 말을 듣고 가슴으로 새겨야 할 때와 가볍게 넘겨야 할 때가 있습니다. 때로는 유머로 분위기를 살려야 할 때가 있고 그냥 웃고만 있어도 되는 때가 있습니다. 유머도 상황에 맞게 넘치지도 않고 지루하지도 않게 조절할 수 있는 지혜가 필요합니다.

　이렇듯 어느 한 가지만 도드라지면 반드시 삶의 어려움이 생깁니다. 수국은 이런 삶의 조화를 보여 주며 묵묵히 자신의 아름다움을 드러내고 있습니다. 그러면서 치우치지 않고 조화를 이루는 삶이 어른이 되는 거라고 말하고 있는 듯합니다.

　양순자 선생님은 『어른 공부』에서 어른이 된다는 것은 조화롭게 살아가는 거라고 말하고 있습니다. 마지막 당신이 암에 걸려 죽음을 맞이할 때 나지막하게 이야기합니다. '내가 책을 쓰고 출판사에서 하라는 대로 너무 많은 강의를 했어. 그러다 내 몸이 망가지는지도 모르고.'

　나는 이 대목에서 양순자 선생님이 우리에게 하고 싶은 말은 결국 삶의 조화를 이야기하고 있다고 보았습니다. '삶의 조화를 이루며 살 때 결국 어른이 되는 거야.'라고 당신이 살아 보고 나니 그러하다고 알려 주었습니다. 수국이 나에게 살며시 말해 주듯이 말입니다.

　오십의 나이에는 치우치지 않고 조화롭게 살아야 할 때입니다. 지금 삶의 조화를 몸으로 익히고 노력하며 살아간다면 앞으로 우리가 맞이할 100세 시대가 두렵지 않으리라 봅니다. 수국의 아름다움처럼 우리도 아름다움을 뿜어내며 살아갈 겁니다.

오늘 아침, 생각나는 노래가 있습니다. '뜰 아래 반짝이는 햇살같이 창가에 속삭이는 별빛같이 반짝이는 마음들이 모여 삽니다. 오순도순 속삭이며 살아갑니다.' 가수 정훈희가 부른 〈꽃동네 새 동네〉입니다. 이 노래를 부르며 다짐합니다. 내 인생에도 햇살이 비치고 별빛이 비치도록 조화롭게 살아가렵니다.

8

오십, 지천명해야 할 때

강의 시간이 임박해 점심을 먹지 못할 것 같은 날이 있었습니다. 굶을까
도 생각했는데 그러면 너무 힘이 없을 듯했습니다. 학교 근처에 있는 빵 가
게에 들러 샌드위치 하나를 샀습니다. 시간이 넉넉하지 않아 급하게 선택
한 샌드위치였는데 그 샌드위치가 내 허기를 가시게 했고 그 맛이 일품이
었습니다. 평소에 샌드위치를 즐겨 먹지 않았던 나로서는 배가 너무 고파
서 샌드위치가 맛있었나 하는 의문이 들 정도로 아주 맛있었습니다.

그 맛이 생각나 다음 날 여유 있는 시간에 다시 그 빵 가게를 들렀습니
다. 그날과 똑같은 샌드위치를 사서 먹었는데 그 맛이 한결같았습니다. 배
고 고파서 맛있었던 게 아니었습니다. 다음날도 빵 가게에 갔습니다. 가만
히 둘러보니 이 빵 가게에는 샌드위치뿐만 아니라 빵 종류도 다양했습니
다. 몇 가지 빵도 사서 먹어 보았는데 빵 재료와 모양, 맛까지 정말 일품이

었습니다. 빵을 좋아하지 않던 내가 이 가게 빵에 반해버렸습니다.

어느 날 나도 모르게 홀린 듯 그 빵 가게에 갔는데 주방에서 구슬땀을 흘리며 누가 왔는지도 모른 채 빵을 만들고 있는 사람이 있었습니다. 그 순간을 방해하고 싶지 않아 한참을 서서 구경하자니 인기척을 느꼈는지 아저씨가 나를 쳐다보았습니다. 사장님이었습니다. 나도 모르게 사장님을 보고 반갑게 인사를 꾸벅했습니다.

"맛있는 빵을 만들어 주셔서 정말 감사합니다. 정말정말 맛있게 먹고 있습니다. 늘 빵을 먹을 때마다 이렇게 맛있는 빵을 만들어 주신 분이 어떤 분인가 궁금했는데 이렇게 뵙네요. 고맙습니다."

이 말을 들은 사장님은 환한 미소를 지으며

"아이고, 고맙습니다. 맛있다고 하니까 일할 맛이 납니다. 새벽부터 나와서 반죽을 하고 빵을 만드는데 맛있게 먹어주는 분이 계셔서 정말 기분 좋습니다. 이럴 때는 돈도 안 받고 싶은 마음이 듭니다."

"사장님, 언제부터 이렇게 맛있는 빵을 만드셨습니까?"

"몰라요, 처음에는 다 돈 벌려고 시작했지요. 하다 보니까 자꾸 연구하게 되고 고민하는 만큼 사람들이 맛있다고들 하니까. 내가 하는 일이 보람되네요."

자신이 만든 빵을 정말 맛있다고 칭찬하는 나를 보며 사장님은 수줍게 말씀하셨습니다. 사장님은 처음에는 돈을 벌려고 빵 가게를 시작했지만 지금은 돈은 물론이거니와 돈보다 자신이 하는 일에 보람을 느끼고 있었습니다. 이 모습에 나는 찐한 감동을 받았습니다. 사장님은 많은 사람에게 맛을 나누고 허기를 채워주고 기쁨을 나누는 그런 사람이었습니다. 빵 가게 사장님이야말로 진정 사명을 다하는 분이었습니다.

나는 한식을 참 좋아합니다. 늘 내가 좋아하는 한식당이 있습니다. 이 식당의 사장님은 제철에 나는 신선한 재료로 정성껏 한상을 차려 줍니다. 분명 돈을 지불하고 밥을 먹는데 너무나 고마운 마음은 숨길 수 없습니다. 집에서는 절대로 만들 수도 없고 이렇게 차려 먹을 수도 없는 영양 만점 식사를 할 수 있음에 참으로 감사한 마음이 듭니다.

음식점 사장님은 제철에 나는 신선한 식재료로 늘 정성 들여 밥을 짓는 일이 힘들고 지칠 때도 있지만 잘 먹고 건강하게 살아갈 사람들을 생각하면 힘이 나고 보람된다고 합니다. 지금 자신이 하는 일에 정성을 다하는 사장님이야말로 진정 사명을 다하는 분입니다.

세상을 살면서 사명을 다하는 분들을 만나면 서로가 기분이 좋아집니다. 버스 운전을 참 안전하게 하는 분들, 화장실 청소를 반짝반짝 빛나게 하는 분들, 마트에서 친절하게 물건을 계산하는 분들…. 이분들은 더 많은 부과 권력과 명예를 좇는 것이 아니라 자신이 하는 일에 의미와 가치를 알고 살아가는 사람들입니다. 이런 분들이 진정 사명을 다하는 분들이고 이런 분들을 보면 참 아름답게 느껴집니다.

공자는 오십에 '천명을 알았다.'라고 했습니다. 천명은 하늘의 명을 알았다는 건데 여기서 하늘의 명은 무엇일까요? 어떤 사람은 운명이라고도 하고 어떤 사람은 사명이라고도 합니다. 우리가 오십을 '지천명'이라고 할 때 여기서 명을 나는 '사명'이라고 말합니다. 빵 가게 사장님, 식당 사장님, 그리고 자기가 하는 일에서 정성을 다하며 보람을 느끼는 분들을 보면서 그런 생각이 들었습니다. '사명'은 내가 하는 일을 긍정적으로 받아들이고 정성을 다하며 욕심 없이 베풀고 삶의 보람을 느끼는 것이라고 말할 수 있겠습니다. 이것이 공자가 말한 '천명'이 아닐까 싶습니다.

오십에 '천명'을 깨달으면 성인의 경지에 든다고 공자는 말했습니다. 내가 오십이 되고 보니 고개가 끄덕여집니다. 공자가 살았던 시대와 지금의 시대가 달라 오십에 천명을 깨닫기가 어렵다고 하는 사람도 있지만 오십은 '천명'을 깨달을 때입니다.

빵 가게 사장님과 나누었던 대화를 되뇌며 나의 삶을 깊이 들여다보았습니다. 나는 이십 대부터 지금 오십 대까지 살아오면서 공부하고 가르치는 일을 하며 돈을 벌었습니다. 분명 어느 때까지는 돈을 벌기 위한 강의를 했던 적이 있었습니다. 그런데 어느 순간부터 공부하고 가르치는 일의 의미와 가치를 깨달았습니다. 지식을 나누고 마음을 나누는 사이 점점 성장하는 우리를 보며 무척 기뻤습니다. 내가 하는 일이 보람되었습니다. 강의를 준비하기 위해 공부하는 자체가 즐거운 시간이 되었습니다. 또 어떤 사람들을 만날까 연애하듯 설렜습니다. 정성을 다해 강의하고 나면 나 스스로가 뿌듯했습니다. 그러고도 잘 배웠다고 인사하고 고맙다고 인사하는 사람들을 만날 때 참 행복했습니다.

아, 그러고 보니 지금 내가 하는 일이 나의 '사명'이었습니다. 이것이 분명 나에게 준 '천명'일 겁니다. 꼭 돈을 많이 벌지 않아도 꼭 어떤 권력을 가진 사람이 되지 않아도 내가 하는 일을 즐겁게 하며 긍정적으로 살아가는 지금이 하늘의 뜻이었다는 것을 이제는 알겠습니다.

이 깨달음이 있고 난 후 나의 삶은 분명 예전과는 다릅니다. 행복하다는 같은 말을 해도 그 느낌은 예전과는 완전 다릅니다. 그래서 공자는 '천명'을 깨달으면 성인의 경지에 든다고 했는지도 모르겠습니다.

그럼 나는 이 깨달음을 어떻게 얻었을까 생각해 보았습니다. 가장 먼저는 내 삶을 깊이 들여다보는 데서 시작되었습니다. 그리고 그동안 살아온 나의 삶을 긍정하고 지금 나의 삶을 긍정적으로 바라볼 때 가능했습니다. 또 남이 좋다고 해서 그것을 탐하는 것이 아니라 내가 할 수 있고 내가 하고 싶은 일을 하는 것이 가장 즐겁고 의미 있는 일이라는 걸 느꼈기 때문입니다.

그렇습니다. 오십이 되었다고 무조건 '천명'을 아는 건 아닙니다. 어떤 사람들이 오십이 되어도 '천명'을 알기가 싫지 않다고 하는 데에는 그동안 살아온 자신의 삶을 부정하고 지금의 삶을 부정하는 이유일 것입니다. '그동안 왜 더 많은 부를 축적하지 못했을까. 그동안 왜 권력 하나 가지지 못했을까. 그동안 왜 명예롭게 살지 못했는가. 나는 지금 이렇게 살 사람이 아닌데.'라고 하며 자신의 삶을 부정한다면 오십이 되어도 천명을 알지 못할 수도 있습니다. 57세의 한 남성이 상담을 와서 이런 말을 했습니다.

"저는 알코올 중독자였어요. 도박도 했고요. 결혼을 못 해서 돈을 주고 베트남 여성과 결혼을 했어요. 그런데 마누라는 1년도 안 살고 도망갔어요. 상처를 너무 많이 받아서 정신과 치료도 받았어요. 어느 날부터 술을 너무 많이 먹었어요. 도박도 했고 도박하다가 난동을 부려서 경찰서에도 갔었어요…. 지금 이 나이가 되고 보니 그동안 뭐 하고 살았나 내가 한심해요. 돈도 없고 그렇다고 힘도 없고 뭐 해 놓은 게 없어서 어떻게 살아야 할지 모르겠어요."

남성의 이야기를 들으며 생각했습니다. 우리는 지금부터 노력해야 합니다. 가장 먼저 자신의 삶을 잘 들여다보고 살아온 삶을 긍정적으로 받아들여야 합니다. 과거에 내가 어떻게 살았더라도 그 삶을 자세히 보면 그 속에서 긍정할 것들이 분명히 있습니다. 이 남성도 결혼해서 잘 살아 보겠다고 노력했던 부분들이 분명히 있고 병원에서 치료를 받을 만큼 용기도 있었습니다. 그리고 지금, 술과 도박에서 벗어나 잘 살고 싶은 마음으로 상담을 왔다는 건 엄청난 변화입니다. 긍정을 찾으려면 더 찾을 수 있습니다. 하지만 이 모습만으로도 살아온 삶을 긍정적으로 인정할 수 있습니다.

그리고 지금 돈이 없고 힘도 없으며 해 놓은 게 없다고 하지만 지금 자기의 삶을 잘 들여다보면 살아 있는 지금을 긍정적으로 바라볼 수 있게 됩니다. 이 남성은 상당한 노력 끝에 골프장에서 잔디 깎는 일을 하게 되었습니다. 이 일을 하면서 남성은 얼굴이 무척 밝아졌고 자신이 살아가는 의미를 깨달았다고 했습니다. 지금 자신이 하는 일이 가치 있고 지금이 가장 행복하다고 말했습니다.

이처럼 삶을 깊이 보고 긍정하면 분명히 삶의 의미와 가치를 찾을 수 있습니다. 그러면 '천명'을 깨달을 것입니다. 우리가 오십에 천명을 깨달을 때 진정으로 '나답게' 살 수 있습니다.

나는 오십에 깨달은 하늘의 명대로 살아갑니다. 돈 버는 것과 베푸는 것의 조화를 알고 일에 최선을 다하면서도 즐길 수 있는 삶의 조화를 이루며 살아갑니다. 살다가 언젠가 이 세상 떠나는 순간 내 인생을 한 줄로 비문에 쓰라면 나는 이렇게 쓰고 싶습니다.

"나의 삶을 진심으로 사랑한 나, 나는 다시 태어나도 나로 태어나기로 했습니다."

나는 암 수술을 받고 만약 내가 살아난다면 남은 삶은 감사하며 살겠다고 약속했습니다. 그때는 그 약속이 진심이었는데 살다 보니 진심이 흐려지는 날들이 많았습니다. 오십에 갱년기가 오면서 다시 죽을 것 같은 공포를 느낀 후 나는 다시 약속했습니다. '살아 있음에 감사합니다. 그저 감사하며 살겠습니다.'

이 글을 쓰고 나니 더 없이 감사합니다. 부족한 글 마음으로 읽어 주시는 분들께 감사합니다. 이 글의 주인공이 되어 준 사랑하는 남편과 아이들에게 감사합니다. 늘 나를 기다리는 친정엄마와 친정 식구들 모두에게 감사합니다. 이 글을 쓸 수 있도록 용기를 주고 믿어 주신 교수님과 동료 선생님들, 그리고 고등학교 은사님께 감사의 마음 전합니다. 이 책에 등장한 나의 친구와 나를 응원해 주는 친구들에게 감사합니다. 사랑둥이 반려견 '우주'에게 감사합니다. 지금까지 살면서 내 삶의 정원으로 들어온 모든 분께 감사합니다. 부족한 글을 정성으로 다듬어 책으로 탄생시켜 주신 출판사 미다스북스와 이예나 팀장님께 감사의 마음 전합니다.

그동안 나는 '나'를 알았다고 생각했지만 진정 몰랐습니다. 무엇이 나를 힘들게 하고 무엇이 나를 슬프고 외롭게 하는지, 나는 어떻게 살고자 하는지 잘 몰랐습니다. 이 글을 쓰면서 '나'를 진정 깊이 알게 되었고 치유가 되었습니다. 그래서 더 감사합니다. 나는 앞으로 새롭게 나를 돌보며 아름답게 나라는 정원을 가꾸어가겠습니다. 마지막으로 이 글과 함께한 여러분의 희망차고 아름다운 정원을 응원합니다.

　새롭게 '나'라는 정원을 가꿉니다